Stefan Wollschläger

Friesenlohn

Friesenlohn

In der Reihe erschienen bereits:
Friesenkunst
Friesenklinik
Friesenauge
Friesenlohn
Friesennacht

© 2018 Stefan Wollschläger
Cover: Steve Cotten
Alle Rechte liegen beim Autor
ISBN-13: 978-1986008013
ISBN: 1986008010

1. Bushaltestelle

Kai Wiemers raste in dem schwarzen Porsche über die B72. Bisher hatte es nicht viele Hindernisse auf seiner Spur gegeben, aber nun tuckerte dort ein großer Traktor. Kai lenkte den Sportwagen erst viel zu spät auf die Gegenfahrbahn und blieb dort. Auch als ihm ein Lastwagen entgegenkam. Das Signalhorn dröhnte laut und Kai riss im letzten Augenblick das Lenkrad herum.

Kalter Schweiß perlte auf seiner Stirn. Es tat gut, so etwas wie Kälte zu spüren. Kai fasste mit der rechten Hand an seinen Bauch, und als er sie zurückzog, war sie blutrot. Also war er doch stärker verletzt, als er angenommen hatte.

Er legte wieder beide Hände ans Steuer, um den Wagen stabil zu halten. Das Blut verteilte sich schnell auf dem Lenkrad und es fühlte sich rutschig an.

Vielleicht konnte er aber auch einfach nicht mehr richtig zugreifen. Er war so müde, funktionierte nur noch automatisch. Sein Verstand sagte ihm, dass er dringend ins Krankenhaus musste, aber er hatte keine Ahnung, wo das war. Es war ihm unmöglich, irgendeine Entscheidung zu treffen.

Das war aber auch egal, wenn er draufging. Alles Wichtige hatte er erledigt: Er hatte den Koffer versteckt und die Person benachrichtigt, die ihm wirklich etwas bedeutete. Kai lächelte. Er hatte sein Leben verschwendet, aber nun noch einmal die Möglichkeit gehabt, etwas Gutes zu tun. Er hätte nicht gedacht, dass man im Angesicht des Todes begriff, was tatsächlich zählte. So war es gut, so hatte das alles wenigstens einen Sinn.

Das Auto auf der Gegenfahrbahn hupte und für einen Moment durchströmte Kai noch einmal genug Adrenalin. Vielleicht konnte er es ja noch ins Krankenhaus von Norden schaffen. Kai drückte das Gaspedal durch und der Motor jaulte auf. Die Tachonadel stieg auf 160 Stundenkilometer. Er zwang sich, wieder auf die Straße zu achten. Doch da war keine Straße mehr. Vor ihm erschien ein Baum und Kai Wiemers knallte mit voller Wucht dagegen.

*

Die Junisonne schien warm und es waren nur kleine Wolken am Himmel zu sehen. Fee Rickels wanderte einen schmalen Feldweg entlang. Der Rucksack war viel zu groß für eine Tagestour, aber sie wollte das vertraute Gefühl der dicken Träger nicht missen. Wie in den letzten Wochen hatte die Zweiundzwanzigjährige kaum Make-up aufgetragen. Die rote Farbe in ihren Haaren war ausgeblichen und brauchte dringend eine Erneuerung, aber sie hatte sich noch nicht entschieden, welcher Ton am besten zu ihrem neuen Leben passte. Eigentlich wollte sie schon immer mal blaue Haare haben, so wie der ostfriesische Himmel um sie herum, doch das würde an ihrem Arbeitsplatz wahrscheinlich nicht gerne gesehen werden.

Erfreut stellte Fee fest, dass ihr der Gedanke an den Alltag nicht mehr solche Angst machte wie noch heute Morgen. Die Wanderung hatte ihr etwas von der Zuversicht zurückgebracht, die sie in Spanien auf dem Jakobsweg gefunden hatte. *Ich sollte zurück nach Aurich*, dachte sie. *Ich muss noch Lebensmittel einkaufen.* Ihr Kühlschrank war leer. Leider auch ihr Konto, aber irgendwie würde sie es schon bis zum Ende des Monats schaffen.

Fee hielt nach der Hauptstraße Ausschau. Eigentlich dürfte sie nicht so weit von der B72 entfernt sein, schließlich war sie die meiste Zeit über den Weihekreuz-Zeichen des Ostfriesland-Pilgerweges gefolgt. Ihr Blick blieb an einer großen Windmühle hängen. In der Nähe würde sie bestimmt eine Bushaltestelle finden.

Wenig später hörte sie Autos über eine Landstraße rauschen. Bald erreichte sie auch ein Wartehäuschen mit einer blauen Haltestelle des Verkehrsverbundes Ems Jade. Dort standen schon einige Leute, das war ein gutes Zeichen dafür, dass in Kürze ein Bus kam.

Sie war lange nicht mehr Bus gefahren, seit der Schule nicht mehr. Zu ihrer Arbeit kam sie mit dem Fahrrad, alle anderen Touren hatte sie zusammen mit Eiko gemacht. Er hatte das Auto in ihre Beziehung eingebracht und sie die Wohnung. *Nun, jetzt muss ich mir eben selbst ein Auto kaufen.* Sie hatte keine Ahnung, worauf sie dabei achten sollte. Ihren Vater wollte sie nicht fragen, denn dann würde sie mit einem Auto enden, das sie garantiert nicht haben wollte. Außerdem befanden sich ihre Eltern gerade auf Mallorca.

Fee betrachtete die anderen Leute an der Haltestelle. Im Wartehäuschen stand ein Kinderwagen und die Bank war voll besetzt. Die hübsche Blondine war offensichtlich die Mutter des Jungen, in der Mitte saß eine sehr gepflegte ältere Dame in einer Wolke Kölnisch Wasser und ganz in der Ecke kauerte eine junge dunkelhaarige Frau mit übergroßen traurigen Augen. Fee konnte sich an sie erinnern, diese Augen hinterließen Eindruck. „Mine! Das ist ja eine schöne Überraschung."

„Fee?" Mine versuchte zu lächeln, doch ihr Gesichtsausdruck war müde und kraftlos.

„Wie lange ist das jetzt her? Du bist nach der zehnten Klasse abgegangen. Was hast du seitdem gemacht?"

„Dies und das", erwiderte Mine mit dem Enthusiasmus einer toten Taube.

Fee begriff, dass sie lieber alleingelassen werden wollte. *Warum nicht?* Sie hatten zwar ein paar Jahre lang im selben Klassenzimmer gesessen, aber wirklich nahe waren sie sich nie gewesen. Nur einmal hatte Fee sie auch außerhalb der Schule auf einer Party getroffen, zu der Mine Muffins mitgebracht hatte. *Ich habe seitdem nie wieder so leckere Muffins gegessen.* „Man sieht sich."

Fee wandte sich dem Fahrplan zu. Um 17:22 Uhr sollte der Bus kommen, das war in sieben Minuten. Sie stellte sich außerhalb des Wartehäuschens neben einen Mann mit einer großen Fototasche. Er betrachtete sie nervös, aber so reagierte er wohl auf jede Frau. Insgesamt war es eine ausgeglichene Gemeinschaft von Wartenden. Niemand kam dem anderen zu nahe, alle guckten aneinander vorbei. Fee wuchtete sich den schweren Rucksack von den Schultern und stellte ihn ab.

An der Seite des Häuschens war eine Werbung für die Mühle angebracht. *Restaurant Friesenflügel* stand dort in geschwungenen weißen Lettern auf blauem Grund. *Café, Restaurant, Hochzeiten und Familienfeiern.* Wahrscheinlich kamen die anderen Wartenden gerade von dort, schließlich war perfektes Ausflugswetter. Sollte sie sich die Mühle mal ansehen? Ein großes Hefeweizen nach der Wanderung wäre jetzt genau das Richtige. Doch der Gedanke an ihr Konto machte Fee die Entscheidung leicht. Wenn sie jetzt auf das Hefeweizen verzichtete, konnte sie in den nächsten fünf Tagen zu Hause eins trinken.

Die Musik war erst leise, aber wurde schnell lauter. Aus einem getunten Auto mit getönten Scheiben schallte der Sommerhit „Despacito" und der Bass dröhnte so ohrenbetäubend, dass die Einzelteile vibrierten. Der Mini-Rennwagen hielt genau vor ihnen. Die ältere Dame und die junge Mutter guckten sich entrüstet an, doch der kleine Junge im Kinderwagen wippte fröhlich im Rhythmus der Musik.

Die Beifahrertür ging auf und die Lautstärke verdoppelte sich. Ein junger Kerl stieg aus. Er trug die bunte Kleidung eines drei Meter großen Basketball-spielers und die Goldkette vom Papst. Er schloss die Tür wieder und die Musikbox preschte davon.

Der Typ lächelte nervös. Er erachtete es offensichtlich unter seiner Würde, mit dem Bus zu fahren, und hatte Schwierigkeiten, mit dieser Schande klarzukommen. „Das Auto ist von meinem Bruder", erläuterte er. „Ich hab auch so eins, aber das ist in der Werkstatt." Er untermalte seine Worte mit weit schweifenden Hip-Hop-Gesten, dadurch bekam er wenigstens etwas Bewegung an der frischen Luft.

Fee beschloss, ihn zu ignorieren.

„Ich bin Yasha, und wer bist du?"

Fee brauchte einen Augenblick, um zu begreifen, dass er sie angesprochen hatte. Für solche Situationen hatte sie sich einen vernichtenden Blick angewöhnt, bei dem sie sich am Todesstern aus Star Wars orientierte.

Yasha wandte sich dem nächsten weiblichen Wesen zu. Eine Mutter war ihm wohl zu kompliziert, also blieb nur noch Mine übrig. „Und wer bist du, Hübsches? Coole Augen."

Mine wusste gar nicht, wie sie reagieren sollte.

„Na, du bist ja nicht gerade eine Stimmungsspritze."

„Lass sie in Ruhe!", rief Fee. Alle waren jetzt nervös und blickten Yasha angespannt an. Fee hoffte, dass der Bus bald kommen würde.

Yasha drehte sich zu dem Kinderwagen. „Und der Kleine, wie heißt der?"

„Jorin", antwortete die blonde Mutter wenig begeistert.

Yasha beugte sich hinab und lachte Jorin an. Weil er zurücklachte, entspannte sich seine Mutter etwas.

„Du hast ja einen schicken Teddybären." Yasha nahm das braune Stofftier in die Hand und ließ es lebendig werden.

Jorin giggelte, also schwieg die Mutter und auch Fee wollte deswegen nichts sagen.

„Wusstest du, dass dein Bär fliegen kann?", fragte Yasha das Kind.

„Bitte nicht", sagte die junge Mutter, doch wahrscheinlich waren Yashas Ohren durch die laute Musik bereits nachhaltig beschädigt. Er warf den Teddy vor Jorin in die Luft und dieser dankte es ihm mit zuckersüßem Lachen.

Auch Fee lächelte. So nervig Yasha mit Erwachsenen war, mit Kindern konnte er offensichtlich gut umgehen. In seinen übergroßen Klamotten sah er ja auch aus wie ein Clown.

Yasha warf das Plüschtier noch ein paarmal nach oben und Jorin amüsierte sich köstlich. Wie gebannt verfolgte er, wie der Teddy immer höher flog und immer wiederkam. Yasha trat noch einen Schritt zurück, damit der Stoffbär noch weiter fliegen konnte. „Guck mal!"

Jorin war außer sich vor Glück.

Yasha schleuderte den Teddy höher als jemals zuvor, doch plötzlich kam der Bär nicht mehr wieder. Jorin begriff das als Erster und heulte los.

„Du hast ihn auf das Dach vom Wartehäuschen geworfen, du Vollidiot", herrschte Fee Yasha an.

Jorin brüllte aus tiefster Seele und Yashas Blick offenbarte, dass er keinerlei Idee für eine Lösung hatte.

„Hol den Teddy wieder!", rief Fee.

„Nein, lass nur." Die Mutter wackelte wild am Kinderwagen und versuchte Jorin dadurch zu beruhigen. „So schlimm ist das nicht."

Jorin kreischte immer gnadenloser.

„Na gut, ich kümmer mich um das Teil", kündigte Yasha an und schaute an der Seite des Wartehäuschens hoch, um herauszufinden, wie er dort am besten raufkäme.

„Wir helfen dir." Fee tippte den Mann mit Fototasche an. Sie bildeten mit den Händen eine Räuberleiter und schließlich kletterte Yasha über die Schultern des Fotografen auf das Dach des Bushäuschens. Fee war überrascht über das plötzliche Gemeinschaftsgefühl der kleinen Gruppe. Hoffentlich würde der Bus noch nicht sofort kommen.

„Tolle Aussicht von hier oben", verkündete Yasha.

„Hol einfach den Teddy."

Jorin heulte Rotz und Wasser.

„Was machst du so lange da oben?" Fee versuchte zu sehen, was Yasha trieb.

„Ich hab den Bären", rief Yasha. „Aber hier ist noch etwas anderes." Er kletterte wieder über das Dach und der Fotograf half ihm, so gut er konnte.

Yasha hielt neben dem Teddy auch noch einen

schwarzen Aktenkoffer in der Hand. Er übergab dem Knirps das Plüschtier, und als ob er dadurch einen Schalter umgelegt hätte, strahlte Klein-Jorin wie die Sommersonne. Erleichterung machte sich breit und ein gewisser Stolz bei allen Beteiligten über die erfolgreich vollendete Mission.

„Was ist in dem Koffer?", fragte die alte Dame.

„Keine Ahnung, aber schaut schick aus, das Ding, was?"

Er sah tatsächlich ziemlich neu aus und war offenkundig aus echtem Leder.

„Nun mach schon auf." Fee und der Fotograf kamen näher.

In der Mitte hatte der Koffer ein Zahlenschloss, aber das war schon beschädigt. Beide Verschlüsse schnappten problemlos auf. Yasha öffnete den Koffer und Fee traute ihren Augen nicht.

„Ach du meine Fresse – das ist ja Geld!" Bevor Yasha den Koffer wieder schließen konnte, zog der Fotograf ein Bündel heraus. „500-Euro-Scheine!" Er wedelte mit dem schmalen Päckchen. „Das hier sind 10.000 Euro!"

„Und wie viele davon sind da drin?" Fee stierte Yasha an, doch der hielt den Koffer fest bei sich.

„Ich habe das Ding gefunden, also gehört das Geld mir." Yasha drehte sich zum Fotografen. „Gib mir sofort das Bündel."

„Blödsinn. Du musst das Geld bei der Polizei abgeben." Fee nahm ihr Smartphone aus der Tasche, um diese verrückte Situation auf Video festzuhalten. „Du hast höchstens Anrecht auf Finderlohn."

„Aber du hast das Geld nur durch unser Mitwirken gefunden", warf der Fotograf ein. „Ohne uns wärst du niemals auf das Bushäuschen geklettert. Ich will also auch einen Anteil vom Finderlohn."

„Hört auf, euch zu streiten." Die ältere Dame lachte gehässig. „Das Geld ist sowieso nicht echt."

„Falschgeld?" Der Fotograf war enttäuscht. „Dann wird es die Polizei sofort aus dem Verkehr ziehen."

Fee stoppte die Aufzeichnung und nahm dem Fotografen das Geldscheinbündel ab. „Ich arbeite im Modehaus Silomon. Da bekommen wir öfter mal einen 500-Euro-Schein." Sie nahm die oberste Banknote in die Hand, befühlte die Wertzahl und die Fenster der abgebildeten modernen Architektur und betrachtete sie im Gegenlicht. „Stichtiefdruck, Sicherheitsfaden, Wasserzeichen, Farbwechsel." Sie verglich sie mit dem zweiten Schein. „Auch die Seriennummern sind unterschiedlich. Damit könnte man bei mir einkaufen."

Yashas Augen leuchteten. „Und wie viel wäre der Finderlohn?" Er öffnete den Aktenkoffer wieder.

Darin waren weniger Geldbündel, als Fee nach dem ersten Anblick erwartet hatte, trotzdem summierte sich das Geld. „Das sind dreißig Bündel, also insgesamt 300.000 Euro. 10 Prozent Finderlohn bedeuten 30.000 Euro."

Yasha strahlte. „Gut, dass ich heute Bus fahren musste."

„Vergiss nicht, dass wir das Geld zu dritt gefunden haben." Der Fotograf blickte verschwörerisch zu Fee. „Am besten geben wir den Koffer gleich zusammen bei der Polizei in Aurich ab."

„Nun macht aber halblang", rief die Mutter. „Der Möchtegern-Rapper ist nur auf das Bushäuschen geklettert, weil er den Teddy meines Sohnes da hoch geschmissen hat. Ich habe also auch Anrecht auf das Geld."

Die ältere Dame lachte spöttisch. „Wenn das so ist, müssen wir alle beteiligt werden. Selbst ich wäre auf das Dach gestiegen, damit das Kind endlich Ruhe gibt."

„Was soll das", beschwerte sich Yasha. „Wenn wir den Finderlohn durch so viele Leute teilen, bleibt doch kaum noch was übrig."

„Und wenn wir nicht den Finderlohn aufteilen, sondern alles?", fragte der Fotograf.

Alle starrten ihn an.

„Wir sind insgesamt sechs Leute", führte er weiter aus. „Bei 300.000 Euro sind das 50.000 Euro für jeden."

„50.000 Euro", flüsterte Yasha begeistert.

„Natürlich muss das unter uns bleiben." Die Stimme des Fotografen zitterte. „Niemand darf davon erfahren. Kein Wort zur Polizei."

Jeder schaute den anderen an und suchte Bestätigung.

Aber das kann man doch nicht einfach machen, dachte Fee. *Irgendjemandem gehört das Geld doch.*

„Ich bin dafür", sagte die ältere Dame.

Mine strahlte vor Hoffnung.

„Okay", stimmte auch Fee zu. So musste sie sich wenigstens keine Gedanken darüber machen, wie sie durch den Rest des Monats kam.

Mine und auch die Mutter nickten.

„Jawoll!" Yasha lachte. „Dann kann ich gleich noch ein paar Extras in mein Auto einbauen lassen."

„Schnell, der Bus kommt", mahnte der Fotograf und begann damit, die Geldscheinbündel zu verteilen. „Fünf Bündel für jeden. Das sind 100 Scheine."

Das Geld verschwand in Windeseile in Yashas weiten Klamotten, im Kinderwagen der Mutter, in der Tasche des Fotografen und in Fees Rucksack. Nur Mine hatte nichts dabei und bekam ihren Anteil mitsamt dem

Aktenkoffer, den sie mit beiden Armen umklammerte. Ihre Augen leuchteten, so als ob sie das erste Mal in ihrem Leben Glück gehabt hätte.

„Denkt daran, zu niemandem ein Wort!", erinnerte sie der Fotograf.

„Ja, ja."

Der blaue Bus hielt und mit einem Zischen öffnete sich die Tür. Jeder stieg einzeln ein, sie setzten sich weit voneinander entfernt in eine eigene Bank und niemand wagte es mehr, sich umzuschauen. Fees Herz klopfte aufgeregt. Wem gehörte das Geld wohl? Sie war sich plötzlich nicht mehr sicher, ob das so eine gute Idee gewesen war, es aufzuteilen. Aber es war eine gemeinschaftliche Entscheidung gewesen und die anderen hatten es auch genommen. *Mitgefangen, mitgehangen.*

2. Geburtstag

Am Mittwochabend saß Hauptkommissarin Diederike Dirks im Innenhof des Restaurants *Nuevo* und trank einen kühlen Weißwein. Sie hatte einen Tisch für vier Personen reserviert, aber bisher war sie noch mit Jendrik alleine. Das war perfekt, sie genoss jede Minute mit ihm. Er lächelte einnehmend und hielt ihre linke Hand so fest, dass sie unmöglich die Speisekarte greifen konnte, und stattdessen die feine Maserung seiner gewitterblauen Augen studierte. Über ein halbes Jahr war sie mit dem Sportjournalisten der Ostfriesen-Zeitung zusammen und die Schmetterlinge in ihrem Bauch hatten sich stets vermehrt. All die Jahre hatte sie sich damit abgefunden, niemals einen Freund zu haben, und dann hatte sie ihr Glück ausgerechnet in ihrer alten Heimat Ostfriesland gefunden.

„Da ist ja das Geburtstagskind!" Die tiefe Stimme von Oskar Breithammer schallte durch den Hof. „Herzlichen Glückwunsch, Diederike."

Dirks stand auf und umarmte ihren Assistenten, genauso wie seine Freundin. Folinde Fries, eine umwerfend attraktive rothaarige Schönheit, hielt sie länger fest als erwartet und Diederike spürte ihre ganze Herzlichkeit und Oskars Glück.

Auch von den Nachbartischen her gratulierte man ihr. Eigentlich mochte es Diederike gar nicht, im Mittelpunkt zu stehen, aber dieses Jahr war alles anders. Sie war heute auch schon bei ihrem Vater gewesen und hatte einen schönen Nachmittag mit ihm verbracht, das hätte sie noch vor ein paar Monaten auch nicht für möglich gehalten. Im Augenblick war alles perfekt. *Alles soll so bleiben, wie es gerade ist,* wünschte sich Diederike. *Nichts soll sich ändern.*

Sie setzten sich alle an den Tisch und der Kellner verteilte die Speisekarten.

„Gab es eigentlich heute irgendetwas Interessantes bei eurer Arbeit?", fragte Jendrik beiläufig. „Oder sind auch die Verbrecher im Sommerurlaub?"

„Genau, das ist die Erklärung dafür, dass gerade so wenig los ist." Diederike lachte.

„Die Kollegen mussten sich heute um einen Unfall mit Todesfolge kümmern", erzählte Oskar. „Ein Porsche hat sich mit über 160 Sachen um einen Baum gewickelt."

Folinde blickte entsetzt auf. „Das ist ja schrecklich."

Jendrik nickte. „Trotzdem wird solch eine Zeitungs-meldung immer gerne von den Leuten gelesen. Das ist die unbewusste Schadenfreude der Masse, wenn es jemanden der oberen Zehntausend trifft."

„Explodiert ein Auto nicht, wenn es so schnell irgendwo gegen fährt?", fragte Folinde.

„Das ist nur in Filmen so", erwiderte Oskar. „In Wirklichkeit brennen Autos nur noch selten. Das geschieht bloß, wenn Benzin ausläuft, aber die Tanks werden heute sehr sicher gebaut."

Sie wählten sich ihre Speisen aus. Nachdem sie bestellt hatten, wandte sich Folinde an Diederike. „Wie geht es eigentlich mit dir und Jendriks Familie voran? Verstehst du dich inzwischen besser mit ihnen?"

„Leider nicht." Diederike dachte mit Grausen an die beiden Male, bei denen Jendrik sie anlässlich von Familienfeiern nach Altfunnixsiel mitgenommen hatte. „Seine fünf Geschwister sind ja ziemlich umgänglich, aber Jendriks Mutter kann es kaum ertragen, mit mir zusammen in einem Raum zu sein. Meine Anwesenheit erinnert sie einfach noch zu sehr an den Tod ihrer jüngsten Tochter."

„Das wird schon." Jendrik legte Diederike die Hand auf das Bein. „Mit der Zeit wird sie dich akzeptieren." Mehr oder weniger galant wechselte er das Thema. „Dafür war unser Kurztrip nach Berlin zum DFB-Pokalendspiel grandios", erzählte er. „Fast perfekt. Es wäre nur schön, wenn es Werder Bremen mal wieder ins Finale schaffen würde."

„Darauf trinke ich!" Oskar hob sein Bier.

„Und gibt es bei euch etwas Neues?", fragte Diederike Folinde.

„Bei uns? Nö." Oskar trank sein Pils in einem Schluck aus und orderte ein neues. „Alles bestens, könnte nicht besser laufen." Er strahlte über das ganze Gesicht.

Auch Folinde grinste, aber Diederike hatte schon zu viel Zeit in Verhörzimmern verbracht, um dieses Grinsen voreilig als Zustimmung zu missdeuten. Allerdings hakte sie nicht nach. Was auch immer zwischen Oskar und Folinde war, die beiden würden damit schon klarkommen.

Die vier genossen das gute Essen und lachten viel. Nach einer Weile kam die Zeit, um Platz für neue Getränke zu schaffen. Bisher hatte es Diederike immer erfolgreich vermieden, mit Folinde gemeinsam zur Toilette zu gehen. Oskars Freundin war einfach zu offenherzig und Diederike hatte Angst vor den Fragen, die ihr die Lehrerin in solch einer intimen Umgebung stellen könnte. Aber heute war ihr Geburtstag und sie wollte großzügig sein.

Als sie die Tür zum Bad öffneten, fühlte sich Dirks dennoch dazu genötigt Folinde die Grenzen auf-zuzeigen. „Ich werde nicht mit dir über Sex reden!"

„Schade", sagte eine Frau am Waschbecken, die sich gerade den Lippenstift zurechtzog.

„Als wenn es bei mir immer um Sex gehen würde." Genervt holte Folinde eine Zeitungsseite aus ihrer Handtasche und faltete den Artikel vor Diederike auf. Auf dem Foto war ein freundlicher Mann Ende vierzig zu sehen, dessen Brille etwas zu groß war. Er wirkte äußerst adrett, machte aber gleichzeitig einen etwas langweiligen Eindruck. Seinen Arm hatte er um eine hübsche, unsicher lächelnde Frau gelegt, die ein Businesskostüm trug und vielleicht zehn Jahre jünger war. *Alida Ennen und Hannes Kegel sind das neue Traumpaar von Norderney. Nach nur sechs Wochen verlobt sich der Millionär mit der Direktorin eines seiner Hotels.*

„Und?", fragte Dirks.

„Ich fasse es nicht", ereiferte sich Folinde. „Genauso hat Oskar auch reagiert. Eure Kombinationsgabe funktioniert anscheinend nur bei Mord und Totschlag."

Diederike las noch mehr von dem Artikel. Es war eine hübsche Liebesgeschichte, aber was sollte das mit Oskar und Folinde zu tun haben? Die Frau, die sich den Lippenstift erneuert hatte, streichelte mitfühlend Folindes Schulter und verließ das Bad, offensichtlich hatte sie mehr begriffen.

„Du schuldest mir was, Diederike. Ich bin nur deinetwegen in dieser Situation."

„In was für einer Situation?"

„Erinnerst du dich nicht? Es war beim Doppelkopfspielen in Oskars Wohnung. Damals hast du mir gesagt, dass Oskar eine Beziehung furchtbar ernst nimmt, und ich habe mich darauf eingelassen. Jetzt will ich das ganze Paket, aber Oskar versteht keine einzige meiner Andeutungen."

„Du möchtest, dass Oskar sich mit dir verlobt?"

Folinde nickte. „Ich hätte das selbst niemals gedacht, aber ich will den nächsten Schritt gehen. Ich will Ringe an unseren Fingern, einen öffentlichen Schwur und die rechtliche Sicherheit. Ich bin bereit dazu, mit Oskar den Rest meines Lebens zu verbringen, aber ich will hören, dass er das auch will!"

„Warum bittest du ihn nicht um seine Hand? Du bist doch sonst so modern."

„Bei so was ist das etwas anderes. Das muss von ihm kommen. Es wäre schön, beim Essen zu sitzen, der Kellner bringt ein Glas Champagner und darin befindet sich ein Verlobungsring."

Diederike verstand, was sie meinte. Im Prinzip war das wie ein Rollenspiel, auf das sich Folinde eingelassen hatte. Sie war bereit dafür, die Ehefrau zu spielen. Aber auch Oskar musste seinen Teil erfüllen. Das stand ihm eigentlich auch; auf einem Mordkommissionsabschlussgelage hatte er einmal offenbart, schon als Fünfjähriger seine Traumhochzeit geplant zu haben. Warum hatte er denn bisher nicht auf die Andeutungen seiner Freundin reagiert?

„Bitte hilf mir, Diederike. Du kannst Oskar bestimmt dazu bringen, sich mit mir zu verloben."

Diederike traute ihren Ohren nicht.

„Du arbeitest jeden Tag mit ihm zusammen", fuhr Folinde fort. „Wenn du ab und zu andeutest, wie schön es wäre, wenn wir verheiratet wären, dann hält er das bestimmt bald für seine eigene Idee."

„Aber du weißt, wie ich bin. Ich sage die Dinge lieber direkt. Ich bin schrecklich darin, etwas hinten herum zu vermitteln."

„Nein, Oskar soll auf keinen Fall wissen, dass das von

mir kommt." Folinde schüttelte energisch den Kopf. „Du hast recht, wahrscheinlich ist das keine gute Idee. Vergiss es einfach."

Diederike blickte Folinde erleichtert an. *Trotzdem wäre es schön, wenn Oskar und Folinde heiraten würden. Die beiden passen so wundervoll zusammen.* Jetzt hatte sich die Idee in ihr festgesetzt und sie würde sie nicht mehr aus dem Kopf bekommen. Diederike seufzte. „Ich mache es."

„Wirklich?" Folinde fiel ihr um den Hals. „Danke, du bist die Beste!"

Diederike lächelte. Es konnte doch nicht so schwer sein, Oskar von etwas zu überzeugen, was er ohnehin wollte. Außerdem hatten sie sowieso gerade keinen ernstzunehmenden Fall, da stellte diese Aufgabe eine interessante Herausforderung dar.

Wenig später kehrten sie gemeinsam zu den Männern zurück. Oskar nickte Diederike zu. „Ich weise dich nur ungern darauf hin, aber dein Diensthandy hat gerade geklingelt."

Diederike holte das Smartphone aus der Jackentasche und schaute auf den Anrufer. „Das ist die Gerichts- medizin aus Oldenburg." Sie war zu pflichtbewusst, um den Anruf zu ignorieren. Am besten bekam sie ihn aus dem System, wenn sie zurückrief, um zu erfahren, worum es ging.

Bereits nach dem ersten Freizeichen nahm auf der anderen Seite jemand ab. „Professor Doktor Tann- hausen."

„Moin, hier ist Kriminalhauptkommissarin Dirks."

„Man hat mir gesagt, dass Sie heute Geburtstag haben. Es tut mir leid, Sie an solch einem Freudentag zu stören." Der Spezialist redete mit dem Charme einer

Leiche, die Arbeit färbte eben auf jeden ab. „Herzlichen Glückwunsch."

„Danke. Aber weswegen rufen Sie wirklich an?"

„Heute wurde hier ein Unfallopfer eingeliefert, ein Porschefahrer. Ich weiß jetzt, warum er die Kontrolle über sein Fahrzeug verloren hat."

„Zu viel Alkohol im Blut?" Aber dann würde er sie nicht extra anrufen.

„Nein, es handelt sich um eine unnatürliche Todesursache. Erschöpfung durch Blutverlust. Der junge Mann hat eine Stichwunde im Bauch."

Dirks schluckte. „In Ordnung. Machen Sie Ihren Bericht fertig. Ich werde mich morgen früh sofort damit beschäftigen."

*

Fee saß im Wohnzimmer auf dem Sofa und starrte dorthin, wo früher einmal der Fernseher gewesen war. Es wäre schön, sich jetzt durch irgendeine Vorabendserie berieseln zu lassen und eine kleine Geräuschkulisse zu haben. Im Moment hörte Fee nur die runde Plastikuhr an der Wand ticken, von der Eiko immer behauptet hatte, sie würde nicht ticken.

Auf dem Couchtisch lagen die fünf Geldbündel. Daneben stand eine große Packung Kelloggs Cornflakes, die sie gerade im Supermarkt gekauft hatte. Es war ein schönes Gefühl, nicht mehr nur die Eigenmarken in den Einkaufswagen zu packen. Ab jetzt würde es wieder Nutella geben! Für ihr erstes Schlemmermahl hatte sich Fee nicht von ungefähr für ein Frühstück entschieden. Cornflakes mit frischem Obst hatte sie auch immer während ihrer Reise gegessen.

Sie zerknusperte glücklich das Essen und erinnerte sich an Spanien. Auch wenn sie dafür all ihre Urlaubstage verbraucht hatte, war es kein Urlaub gewesen. Sie war den Jakobsweg gegangen, einfach wandern, vergessen und sich neu orientieren. Am Ende hatte sie sogar geglaubt, es geschafft zu haben, dass ihr die Trennung von Eiko nichts mehr ausmachen würde. Aber als sie gestern Abend wieder hier angekommen war, hatte die alte Umgebung ihre Seele wie ein schweres Gewicht nach unten gezogen.

Obwohl Eiko nicht mehr da war, erinnerte sie alles an ihn. Fee hatte sich an seine Geräusche gewöhnt, daran, dass seine T-Shirts überall herumlagen, daran, dass er stets dreckiges Besteck in der Spüle liegen ließ und das Badezimmerhandtuch voll von Zahnpastaflecken war. Sie hatte immer behauptet, dass sie das störe, aber in Wahrheit war es niemals wichtig gewesen. Wenn sie eine Frage hatte, konnte sie einfach in die Wohnung rufen und eine mehr oder weniger schlaue Antwort kam zurück, jetzt war sie alleine und es war still.

Genau das hatte sie heute Morgen nicht mehr ausgehalten und war wieder auf Wanderung gegangen. Und jetzt wollte schon wieder eine Träne in ihr Gesicht steigen.

Eiko war ihr erster Freund gewesen. Ein richtig cooler Typ, ein Skateboarder. Die anderen Mädchen hatten ihr keinerlei Chance eingeräumt. Trotzdem war sie ihm extra zum Rockmusik-Festival nach Manslagt gefolgt. Der erste Abend war magisch gewesen, eine Flasche Bier zu viel und Eiko hatte sie zu seinem Zelt geschleppt. Fee konnte sich noch genau an das Lied erinnern, das von der Hauptbühne schallte, während sie dort lag. Seitdem waren sie unzertrennlich gewesen und nach der Schule sofort zusammengezogen. Nächste Woche wäre ihr vierjähriges Jubiläum gewesen, aber plötzlich wollte er nichts mehr mit ihr zu tun haben.

„*Was habe ich denn getan?*", schallte ihre verzweifelte Frage im Kopf wider.

„*Nichts*", hatte Eiko geantwortet. „*Das ist es ja gerade. Jeder Tag ist gleich. Wir sind erwachsener als unsere Eltern. Ich bin zweiundzwanzig! Ich will noch nicht an meine Rente denken.*"

Waren sie wirklich so festgefahren?

Fee schüttelte energisch den Kopf. Sie wollte sich das Hirn nicht schon wieder zermartern. Sie musste einen endgültigen Schlussstrich ziehen. „Ich trauere dir nicht mehr nach!", sagte Fee mit zitternder, aber lauter Stimme. Ab jetzt würde sie nur noch nach vorne blicken.

Fee stand auf, ging in die Küche und schüttete die Altpapierkiste aus. Dann sammelte sie all die Dinge zusammen, durch die Eiko besonders an ihrem Leben klebte. Die Wanduhr, deren Ticken man definitiv hören konnte, seine Schallplatten, die letzten Kleidungsstücke, den Dosenöffner und das Skateboard, das er ihr geschenkt hatte. Wenn Eiko nicht mehr in ihrem Leben sein wollte, dann sollte er auch endgültig daraus verschwinden. Sie wollte ihn auf keinen Fall wiedersehen.

Fee stellte die Kiste in den Flur und schrieb Eiko eine Nachricht auf dem Smartphone. „*Hol deine letzten Sachen morgen ab, wenn ich bei der Arbeit bin. Am Abend lasse ich das Türschloss austauschen, und wenn der Krempel bis dahin nicht weg ist, landet er im Müll.*"

Erleichtert atmete Fee aus. Es tat gut, selbst die Initiative zu ergreifen. Besonders stolz war sie auf die Idee mit dem Türschloss. So musste sie Eiko nicht mehr gegenübertreten, um den Wohnungsschlüssel einzufordern.

Fee behielt das Handy in der Hand und ging zurück ins Wohnzimmer. Sie öffnete die Facebook-App und entfernte Eiko aus ihrer Freundesliste. Auch das tat gut. Selbst wenn es jetzt nicht mehr viele Menschen in ihrem Leben gab. Seit sie mit Eiko zusammen war, hatte sie keine anderen Freundschaften mehr gepflegt. Auch darin unterschied sich Eiko von ihr, der hatte immer seine Kumpels in der Skatehalle gehabt.

Aber vielleicht habe ich ja eine neue Freundin gefunden. Fee gab in der Suchleiste den Namen „Mine Conrads" ein. Mit ihr hatte sie wenigstens 50.000 Euro gemeinsam. Insgesamt gab es drei „Mine Conrads", aber alle hatten eindeutige Profilbilder. Selbst auf dem Facebook-Foto lächelte Mine äußerst zurückhaltend. Ihre großen Augen waren fantastisch und machten sie einzigartig. Etwas mehr Selbstbewusstsein und sie wäre wunderschön! Fee drückte auf das Feld „Freundschaftsanfrage senden". Sie war gespannt, ob Mine darauf eingehen würde.

Fee legte das Smartphone beiseite und ließ die Gedanken schweifen. Ein Bild kam ihr in den Sinn von einem Kleid, das sie einmal nähen wollte. Und dann war da die Idee von einem eigenen Modeladen. Sie hatte lange nicht mehr daran gedacht, denn so etwas war ein viel zu großes finanzielles Risiko. Aber nun besaß sie 50.000 Euro und auf einmal fühlte es sich wieder gut an zu träumen. War das nicht die Chance, um sich selbstständig zu machen?

Fee holte sich ihren Skizzenblock und zeichnete auf, wie sie das Schaufenster haben wollte und die Eingangstür. „Fee's." Ihr Name sprach dafür, den Laden romantisch zu gestalten, nicht so modern und grau wie ein Modegeschäft von den großen Ketten. Die Kunden sollten sich bei ihr wohlfühlen und einen Kaffee trinken können und Sekt. Fee nahm ein neues Blatt und zeichnete einen Grundriss mit einer Sitzecke und einem Regal mit Modemagazinen. Sie wusste, dass das nicht wirtschaftlich gedacht war und sie den Platz lieber für das Ausstellen von Kleidung nutzen sollte, aber das war ihr egal. Jetzt war die Zeit, ihren Traum zu leben. Ein zufriedenes Lächeln breitete sich über ihrem Gesicht aus, als sie in ihrer Vorstellung den Laden betrat und eine altmodische Türglocke ertönte. Es duftete herrlich und in einem Schaufenster stand eine Puppe mit einem Kleid, welches sie selbst genäht hatte. Unfassbar, dass dieser Traum Wirklichkeit werden konnte!

3. Unfallopfer

Als Diederike Dirks am Donnerstagmorgen ins Büro kam, war noch alles dunkel. Sie drückte den Lichtschalter und die Leuchtstoffröhren flackerten auf. Auf ihrem Schreibtisch stand der riesige Blumenstrauß, den ihr die Kollegen gestern überreicht hatten. Darunter wirkte der Aktenstapel mit den Berichten über den tödlichen Autounfall wie ein Geburtstagspräsent. Und wie bei einem richtigen Geschenk war Dirks gespannt darauf, was sich in der Verpackung verbarg.

Gestern, nach dem Anruf aus der Gerichtsmedizin, hatte sie so abgeklärt reagiert, wie sie es als Profi gerne wäre. Sie hatte doch jetzt ein Privatleben mit Jendrik und brauchte nicht mehr nur an die Arbeit zu denken. Doch in Wahrheit konnte sie sich nicht entspannen, wenn es einen Mord gegeben hatte. Jendrik hatte alles dafür getan, damit sie keinen Gedanken an ihre Arbeit verlor, aber in ihren Träumen war Dirks trotzdem mit voller Wucht gegen den Sous-Turm auf dem Auricher Marktplatz gefahren. *Hoffentlich bin ich am Samstag entspannter, wenn ich mit Jendrik Ausgehabend habe.*

Dirks brauchte Platz auf dem Schreibtisch und verbannte den Blumenstrauß in die Ecke neben den vertrockneten Ficus. Sie schlug den Unfallbericht auf und breitete die Fotos vor sich aus.

Der Porsche war weniger stark zerstört, als sie erwartet hatte. Der Fahrer war noch recht jung gewesen, vielleicht Mitte zwanzig. Dank des Airbags war sein Gesicht halbwegs intakt geblieben. Dirks schaute sich an, wie er im Anschnallgurt hing und danach auf der Bahre des Krankenwagens lag. Es tat weh, ihn dort zu sehen. Seltsamerweise wirkte er irgendwie zufrieden.

Dirks nahm den Plastikbeutel zur Hand, worin sich das Portemonnaie des Mannes befand. *„Kai Wiemers"*, las Dirks auf seinem Personalausweis, *„25 Jahre alt. Graublaue Augen, 1,88 Meter groß."* Außer dem Ausweis waren in der schwarzen Geldbörse noch seine Bankkarten, etwas Bargeld, eine alte Supermarktquittung und die Stempelkarte für einen Schnellimbiss. Die wirklich persönlichen Daten trug man mittlerweile alle im Smartphone mit sich und das hatten die Kollegen offensichtlich nicht gefunden.

Als Nächstes nahm sich Dirks den Autopsiebericht vor. *„Todeszeitpunkt Mittwoch 15:17 Uhr. Die Bauchverletzung wurde ihm etwa fünfzehn bis zwanzig Minuten früher zugefügt. Sie wäre nicht tödlich gewesen, wenn sofort ein Arzt gerufen oder die Wunde ordentlich verbunden worden wäre."*

Die Bürotür öffnete sich und Breithammer erschien. „Moin!"

„Auf deiner Wange ist Lippenstift." Dirks widmete sich wieder der Akte.

„Hast du bei unserem toten Porschefahrer auch schon etwas Besonderes entdeckt?" Breithammer ging zu seinem Arbeitsplatz und hängte sein Jackett über die Lehne.

„Nicht hinsetzen!"

Breithammer fror in der Bewegung ein.

Dirks nahm einen Brieföffner in die Hand. „Kai Wiemers ist aufgrund einer Bauchverletzung ohnmächtig geworden. Die Wunde stammt von einem Messer, 14 cm lang, 3 cm breit. Im Autopsiebericht gibt es eine Skizze, die den Winkel zeigt, mit dem die Klinge eingeführt wurde." Sie ging zu Breithammer und hielt den Brieföffner an die Stelle, die die Zeichnung zeigte. „Das Messer wurde von schräg unten eingeführt. Das resultierte in einer schmerzhaften Wunde und hohem Blutverlust."

„Das ist ungewöhnlich", stellte Breithammer fest. „Wenn man jemanden erstechen will, zielt man eher auf das Herz oder den Hals. Und der Einstich erfolgt direkt von vorne."

Dirks nickte. „Also wurde er nicht gezielt ermordet." Sie legte den Brieföffner zurück und griff nach ihrer Tasche. „Kai Wiemers wohnte in Engerhafe. Sehen wir uns dort einmal um."

*

Fee erwachte, weil die Blase drückte. Sie musste sich erst orientieren, um den Weg zur Toilette zu finden. Niemals zuvor hatte sie die Nacht im Wohnzimmer auf dem Sofa verbracht und ihr Rücken bestätigte, dass das keine gute Idee gewesen war. Trotzdem lächelte sie, als sie all die Zeichnungen ihrer Traumkollektion auf dem Boden liegen sah. So kreativ war sie lange nicht mehr gewesen.

Im Badezimmer schaufelte sie sich kaltes Wasser ins Gesicht, was sie für einen Moment zurück auf den Jakobsweg brachte. Doch sie war in Aurich und musste zur Arbeit. Eilig suchte sie ihr Smartphone. Erleichtert stellte sie fest, dass sie noch genügend Zeit hatte, um sich fertigzumachen. Außerdem zeigte ihre Facebook-App eine neue Nachricht an. Mine hatte ihre Freundschaftsanfrage angenommen!

Neugierig schaute sich Fee das Profil ihrer ehemaligen Schulkameradin an. Schnell war klar, wofür sich Mine interessierte. Sie teilte vor allem Fotos von Essen. Hatte sie das etwa alles selbst gekocht? Alleine durch den Anblick der Bilder lief Fee das Wasser im Mund zusammen. Sie gab den Fotos einen Daumen nach oben.

Im Anschluss öffnete Fee den Messenger. Eiko hatte ihre Nachricht zwar gesehen, aber nicht geantwortet. *Sein Pech, wenn er heute nicht kommt.*

Sie zog sich eilig an. Ihr Magen knurrte und sie wollte vor der Arbeit noch zum Bäcker, um eine Tasse Kaffee und ein Franzbrötchen zu kaufen.

Es dauerte länger als gedacht, sich für die Arbeit zu schminken, daran war sie nach drei Wochen Wandern nicht mehr gewöhnt. Außerdem musste sie sich konzentrieren, um ihre Tasche zu packen. Zuletzt ging sie noch einmal ins Wohnzimmer. Sie zog einen 500-Euro-Schein aus einem der Bündel und steckte ihn ein. Die Geldnote wollte sie während ihrer Pause bei einer Bank in kleinere Scheine wechseln, denn so konnte sie keinen Pizzaboten bezahlen. Das übrige Geld stopfte sie unten in die Cornflakes-Packung und stellte sie in den Hängeschrank über der Spüle.

Fee hetzte in den Keller zu ihrem Fahrrad. Die Reifen hatten viel Luft verloren, aber sie hoffte, dass sie den Tag noch durchstehen würden. Während ihr das Wandern Spaß gemacht hatte, mochte sie Radfahren überhaupt nicht. Beim Wandern musste man auch keine Schrauben feststellen und brauchte kein funktionierendes Rücklicht. Egal, für den Stadtverkehr reichte es aus.

*

Kai Wiemers hatte auf einem Bauernhof gewohnt. Das Haupthaus war groß und hatte eine rote Backsteinfassade, daneben stand eine Scheune. Deren Tor war offen, genauso wie das an der Einfahrt. Neben dem Briefkasten gab es zwei Klingelknöpfe. Über „Kai Wiemers" stand der Name „Michael Krämer".

Dirks drückte beide Knöpfe. Sie erwartete ein Geräusch aus der Gegensprechanlage, oder dass sich die Haustür öffnete, aber es geschah nichts. Sie erinnerte sich an eine Notiz im Unfallbericht. „Gestern waren die Kollegen auch schon hier und haben niemanden angetroffen."

Breithammer deutete auf die Einfahrt. „Es ist kein Auto da."

Dirks öffnete die Gartenpforte und sie betraten das Grundstück. „Wenn Kai eine eigene Klingel hat, dann hat er auch eine eigene Wohnung." Rechts neben dem Haus führte ein gepflasterter Weg entlang.

Breithammer holte sein Handy hervor. „Soll ich den Schlüsseldienst anrufen?"

„Nicht nötig."

An der Seite des Hauses standen die Terrassentüren der Einliegerwohnung offen und quietschten im Wind, ein weißer Vorhang flatterte nach draußen. Als sie dichter herangingen, sahen sie Glasscherben auf dem Boden, eine der Türen bestand nur noch aus dem Holzrahmen.

Dirks zog ihre Pistole und bewegte sich vorsichtig an dem Vorhang vorbei ins Wohnzimmer. Auch drinnen herrschte Chaos. Der Couchtisch war zerbrochen, ein Billy-Regal lag samt Inhalt auf dem Boden und der Fernseher hatte einen Riss im Bildschirm.

„Dort!" Breithammer deutete zur Wohnzimmertür.

„Auf dem Boden."

Dirks sah dunkle Flecken auf dem hellen Teppich und ein Springmesser, dessen Klinge ohne Glanz war. „Offenbar hat hier ein Kampf stattgefunden, dabei wurde Kai verwundet." Dirks steckte ihre Waffe wieder ein und forderte die Spurensicherung an.

Währenddessen ging Breithammer in dem kleinen Raum umher. „Wie genau stellst du dir den Kampf vor?", fragte er, nachdem sie aufgelegt hatte.

Dirks versuchte, sich in das Szenario hineinzuversetzen. „Laut Autopsiebericht wurde Kai gestern um etwa 15:00 Uhr verletzt. Da war es sehr warm, deshalb hatte er die Terrassentüren offen. So gelangt eine unbekannte Person in die Wohnung." Die Kommissarin ging zur Couch. „Kai sitzt hier und erschrickt wegen des Eindringlings. Vielleicht reden sie miteinander und es gibt einen Streit. Jedenfalls gehen sie aufeinander los. Als Erstes zerbricht der Couchtisch und dann der Fernseher. Kai und der Eindringling sind gleichwertige Gegner, niemand gewinnt die Oberhand. Der Unbekannte zieht ein Springmesser und verwundet Kai." Da Breithammer ihr nicht widersprach, war er offenbar einverstanden mit ihren Schlussfolgerungen. „Wir kennen das Ende: Kai konnte in seinem Auto flüchten. Also ist es ihm offensichtlich gelungen, seinen Gegner außer Gefecht zu setzen."

„Trotz der Verletzung?"

„Wahrscheinlich hat er die Wunde zunächst gar nicht bemerkt. Wenn er um sein Leben gekämpft hat, dann war sein Körper voller Adrenalin. Erst im Auto hat er festgestellt, dass etwas nicht stimmt."

„Und was macht der Unbekannte nach dem Kampf?", fragte Breithammer. „Versucht er Kai zu verfolgen?

Oder versucht er, seine eigenen Spuren zu verwischen? Warum entfernt er seine Waffe nicht vom Tatort?"

„Die wesentliche Frage ist: Was wollte der Unbekannte von Kai? Warum kämpfen sie miteinander?"

„Wenn der Widersacher zu Kai in die Wohnung gekommen ist, dann wird er ihn kennen", folgerte Breithammer. „Er stammt also aus seinem persönlichen Umkreis."

„Wir sollten möglichst bald mit Michael Krämer sprechen. Er wird uns mehr über seinen Untermieter erzählen können."

Breithammer ging in Richtung Flur. „Hier müsste doch irgendwo Krämers Telefonnummer zu finden sein. Jeder hat die Nummer seines Vermieters aufgeschrieben."

„Und wenn er sie nur in seinem Smartphone eingespeichert hat?" Dirks folgte ihrem Assistenten. Breithammer stand vor der Kommode und hielt Kais Festnetztelefon in der Hand. Er drückte auf ein paar Knöpfen herum und schließlich grinste er. „,Michael Handy', das ist die Nummer, die wir suchen." Er drückte die Wähltaste und wartete.

Dirks zählte leise die Freizeichen, auch nach dem fünften nahm niemand ab. Schließlich brach das Klingeln ganz ab, Krämer hatte keinen Anrufbeantworter aktiviert. „Wir probieren es später noch einmal. Sehen wir uns erst mal weiter in der Wohnung um. Vielleicht finden wir hier ja auch irgendwo Kais Handy."

Während Breithammer in das Schlafzimmer ging, schaute sich Dirks das Bad an. Kai besaß eine Duschwanne. Der Plastikvorhang war nicht mehr schön und müsste demnächst ersetzt werden. Neben dem Klo befand sich ein Zeitschriftenständer mit Sport-Illustrierten. Im Badezimmerschrank gab es neben einem Nassrasierset auch einen elektrischen Bart-trimmer. Dirks guckte außerdem in den Schrank unter dem Waschbecken. Dort war ebenfalls nichts, was ihre Aufmerksamkeit erregte.

In der Küche traf Dirks auf Breithammer. „Ist dir irgendetwas Besonderes aufgefallen?"

Er schüttelte den Kopf. „Die Wohnung ist klein und übersichtlich." Er öffnete den Kühlschrank. „Ein paar Flaschen Bier, etwas Butter und ein Pizzakarton. Kai Wiemers ist so normal, dass ich mir nur eine Frage stelle."

Dirks hob die linke Augenbraue. Als ob sie in den Gedanken ihres Mitarbeiters lesen könnte, wusste sie plötzlich genau, was ihm rätselhaft vorkam. „Wie kann sich so jemand einen Porsche leisten?"

Breithammer nickte. „Haben die Kollegen denn überprüft, ob es sich bei dem Porsche wirklich um Kai Wiemers' Fahrzeug handelte?"

Dirks dachte an den Unfallbericht zurück. „Vielleicht haben sie das nicht infrage gestellt, weil er den Schlüssel hatte. Trotzdem wäre das schlampige Arbeit." Aufgeregt rief sie in der Zentrale an, damit jemand das Kennzeichen des Porsches überprüfte.

*

Fee stand in der Damenabteilung des *Modehaus Silomon* hinter der Kasse und ließ den Blick durch die Ständer mit der Markenkleidung wandern. Im Hinter-grund lief Saxophonmusik, die etwa zehn Minuten lang entspannend wirkte und danach nur noch Hass hervorrief. Als Mitarbeiter schaltete man irgendwann einfach auf Durchzug.

Es war schön gewesen, heute Morgen die Kollegen wiederzusehen, die sich ehrlich darüber freuten, dass sie wieder da war. Sie war dankbar für die familiäre Atmosphäre in diesem Unternehmen und erzählte ein paar besondere Erlebnisse vom Jakobsweg. Erst als die erste Kundin bei ihr etwas bezahlte und Fee die Scheine in der Kassenschublade sah, dachte sie wieder an die 50.000 Euro und ihre Idee, ein eigenes Modegeschäft zu eröffnen. Auch Mine kam ihr in den Sinn. Was sie wohl mit dem Geld machen würde? Wenn sie so gerne kochte, könnte sie vielleicht ein Café aufmachen. *Vielleicht könnten wir unsere Geschäfte miteinander kombinieren, sodass die Leute vom Café in meinen Laden kommen und umgekehrt.*

Eine Frau kaufte eine blaue Bluse. Fee schaute sich gerne die Leute an und versuchte sich vorzustellen, was sie wohl arbeiteten. Die Frau war schlank und ihre Oberweite wirkte so falsch wie ihr blondes Haar und ihr Lächeln. Wenn sie um diese Zeit einkaufen konnte, war sie wahrscheinlich gerade befördert worden – von der Sekretärin zur Gattin des Chefs.

Um diese Uhrzeit war noch wenig los in der Abteilung. Zwischen einigen älteren Damen sah sich allerdings auch ein Mann die Waren an. Er war groß. Seine dunklen Haare waren kurz geschnitten und schon an einigen Stellen grau. Der Mann hatte breite Schultern und dieser Effekt wurde nicht durch den Schnitt seiner verwaschenen Jacke erzeugt. Er trug eine giftgrüne Krawatte, was ihm allerdings keine Seriosität verlieh. Vielmehr erinnerte er sie an einen abgehalfterten Cop aus einer amerikanischen Krimiserie und er passte so wenig in dieses Modehaus wie Döner zum Frühstück.

Was drückt er sich denn bei den Strumpfhosen herum?
Entweder wollte er eine Bank überfallen oder er war ein
Zuhälter und wollte sein Mädchen neu ausrüsten. Für
beides könnte er die Nylon allerdings in einem
günstigeren Laden kaufen.

Die gewöhnlichen Kundinnen guckten auch schon
irritiert zu ihm und fühlten sich sichtlich unwohl. Fee
seufzte. Es gehörte natürlich zu ihren Pflichten, diese
Situation zu lösen. Sie musste zu ihm gehen und ihn
möglichst laut fragen, ob er Hilfe brauchte.

Der Mann sah direkt zu ihr und grinste zufrieden. Für
einen Moment hatte Fee den Eindruck, als ob er
gefunden hatte, wonach er gesucht hatte.

„Arbeiten Sie hier als Kassiererin oder Schaufensterpuppe?" Eine Dame mit goldener Kundenkarte stand an
ihrer Kasse.

„Als Kassiererin", murmelte Fee und scannte ein
Häufchen Dessous ein.

„Als Schaufensterpuppe müssten Sie auch schlanker
sein."

„Ich wünsche Ihnen ebenfalls noch einen schönen
Tag." Fee blickte zurück zu der Wand mit den
Strumpfhosen, doch der Kerl mit der grünen Krawatte
war verschwunden.

4. Angst

Dirks und Breithammer gingen zurück zur Einfahrt. Einerseits warteten sie auf den Rückruf des Kollegen, der anhand des Nummernschildes den Halter des schwarzen Porsches ermitteln sollte, andererseits musste auch bald die Spurensicherung erscheinen.

Auf der anderen Straßenseite saß ein kleiner dunkelhaariger Junge auf seinem Dreirad und starrte zu ihnen hinüber. Er bewegte sich nicht, und nach einer gewissen Zeit bekam Dirks den Eindruck, dass er dort festgewachsen wäre.

Sie überquerte die Straße und kniete sich neben den Jungen. „Sieh an, ein Polizei-Dreirad. Dann sind wir ja Kollegen."

Der Junge schien nicht vollständig davon überzeugt, der fremden Frau vertrauen zu können. Das war typisch für die Zusammenarbeit zwischen zwei unterschiedlichen Revieren.

„Warst du gestern Nachmittag auch hier?"

Der Junge nickte zögerlich.

„Hast du da ein schwarzes Auto gesehen?"

Der Junge nickte weniger zögerlich.

„Und hast du auch noch ein anderes Auto gesehen?"

Das Kind strahlte.

„Was war das für ein Auto? Welche Farbe hatte es?"

„Es war ein goldenes Auto."

„Ein goldenes Auto?"

Der Junge nickte fröhlich.

„Danke, kleiner Mann." Dirks stand auf.

Die Kleintransporter von der Kriminaltechnik trafen ein. Aus dem vorderen stieg Andreas Altmann, der

Leiter der Spurensicherung. Er trug bereits seinen weißen Schutzanzug. Ein Zitronenfalter flatterte um den Spezialisten herum und flirtete mit seiner sonnengelben Designerbrille.

Dirks begrüßte den Kollegen. „Es ist wichtig, dass ihr auch die Einfahrt und die Scheune untersucht. Welche Reifenspuren gibt es noch außer denen eines Porsches? Gibt es Blutspuren?"

„Wir werden die Reifenprofile sicherstellen und nach Blutspuren gucken", bestätigte Altmann.

Dirks' Telefon klingelte und sie entschuldigte sich.

Es war die Zentrale. „Der Porsche ist nicht auf Kai Wiemers zugelassen, sondern auf eine Cordelia Folkmann aus Papenburg." Der Kollege nannte ihr die genaue Adresse.

Breithammer war sichtlich stolz, dass seine Idee richtig gewesen war. „Was machen wir jetzt? Schicken wir einen Polizisten aus Papenburg bei der Adresse vorbei?"

„Wenn wir Frau Folkmann nicht anders finden, ja."

Dirks öffnete den Browser auf ihrem Smartphone und gab den Namen und die Adresse im Fenster der Suchmaschine ein.

„Volltreffer." Breithammer zeigte auf den Bildschirm. „Architekturbüro Cordelia Folkmann."

Ein Foto der Architektin gab es nicht auf der Internetseite, aber Dirks kopierte sich die Kontakt-telefonnummer heraus und rief sie an.

„Hier spricht Cordelia Folkmann. Mit wem habe ich die Ehre?"

Dirks mochte die Stimme. Sie war sanft, aber auch klar und präzise und würde sich sehr gut dafür eignen, ein Buch vorzulesen. „Mein Name ist Diederike Dirks, ich bin von der Kriminalpolizei in Aurich."

„Kriminalpolizei?"

„Fahren Sie einen schwarzen Porsche?"

„Ja, richtig."

„Wann haben Sie das Fahrzeug das letzte Mal gesehen?"

Folkmann überlegte kurz. „Das war gestern früh. Auf dem Parkplatz der Frisia Reederei in Norddeich. Ich entspanne mich gerade ein paar Tage auf Norderney."

„Tut mir leid, dass ich Sie im Urlaub störe."

„Was ist denn passiert?"

„Ihr Fahrzeug wurde mit hoher Geschwindigkeit gegen einen Baum gefahren. Der Fahrer hat den Aufprall nicht überlebt."

„Wie bitte? Wie ist das möglich?" Es raschelte, wahrscheinlich kramte Folkmann in ihrer Handtasche. „Mein Autoschlüssel ist nicht da. Irgendjemand muss …."

„Können wir uns heute treffen, damit ich Ihre Aussage aufnehmen kann?"

„Natürlich. Jetzt ist es 10:20 Uhr. Ich kann die Fähre um 11:15 Uhr nehmen, dann bin ich um 12:10 Uhr in Norddeich. Dort kann ich Ihnen zeigen, wo ich das Auto geparkt habe."

„Sehr gut. Treffen wir uns am besten im *Fischrestaurant de Beer*. Das ist direkt am Hafen von Norddeich-Mole."

„Ich werde mich am Fährterminal erkundigen." Folkmann legte auf.

„Damit wäre auch geklärt, wo wir zu Mittag essen", bemerkte Breithammer.

„Mal sehen, ob wir vorher noch Krämer erreichen. Ansonsten machen wir uns direkt auf den Weg." Dirks lächelte. „Es gibt schließlich nichts Schöneres, als direkt an der Nordsee zu arbeiten."

*

Um 11:00 Uhr machte Fee bereits eine kleine Pause. Sie ging in den Mitarbeiterraum und nahm sich eine Flasche Cola aus dem Kühlschrank. Sonst hatte sie sich immer für Mineralwasser entschieden, aber gerade brauchte sie etwas Energie. Wirklich motiviert war sie heute nicht.

Sie zog den 500-Euro-Schein aus ihrer Tasche und betrachtete ihn noch einmal genau. Auch diesmal konnte sie kein Anzeichen von Fälschung feststellen und sie war froh darüber. Gestern hatte noch die Möglichkeit bestanden, den Kofferfund bei der Polizei zu melden, aber heute wollte sie die 50.000 Euro auf jeden Fall behalten. Der Traum vom eigenen Modegeschäft war schon zu einem Teil von ihr geworden, den sie nicht mehr aufgeben wollte.

Eigentlich könnte sie den Schein auch in ihrer eigenen Kasse wechseln, dann könnte sie sich gleich ein gutes Mittagessen kaufen. Doch wenn jemand sie beim Geldwechsel beobachtete, würde es Gerede geben, und das war es dann doch nicht wert.

Fee steckte den Schein wieder ein und schaute auf ihr Telefon. Eiko hatte noch immer nicht geantwortet, ob er heute seinen Kram abholen würde, aber dafür hatte Mine etwas geschrieben. Ihre Nachricht war noch keine fünf Minuten alt.

„*Können wir uns treffen?*"

Damit hatte Fee nicht gerechnet. „*Was ist los?*", fragte sie zurück.

Fee brauchte nicht lange auf die Antwort zu warten.

„Ich habe Angst."

„Mach dir keine Sorgen, das Geld ist echt."

„Darum geht es nicht. Ich habe noch etwas gefunden."

Was sollte das denn bedeuten?

„Es tut mir leid, Fee, aber ich muss unbedingt mit jemandem sprechen."

„Ich bin gerade bei der Arbeit. Aber ich komme direkt im Anschluss zu dir. Wo wohnst du?"

Mine schrieb ihr die Adresse.

„In Ordnung. Ich bin um 17:45 Uhr bei dir."

*

Dirks und Breithammer kauften sich Brötchen mit frischem Granat und setzten sich vor das Restaurant von De Beer auf eine Bank. Obwohl hier der Kundenparkplatz war, war es gemütlich. Man bekam die Sonne ins Gesicht, roch die salzige Seeluft und konnte auf den Hafen sehen.

Sie hatten noch etwas Zeit, bis die Fähre aus Norderney anlegen würde. Michael Krämer war wieder nicht ans Telefon gegangen und Dirks hoffte, dass es dafür eine normale Erklärung gab. *Oder ist er etwa der mysteriöse Angreifer, der Kai tödlich verwundet hat?* Die Kommissarin schob diesen Gedanken beiseite. Sie durfte nicht so ungeduldig sein. Jetzt musste erst die Kriminaltechnik ihre Arbeit machen, und wenn sie dann mehr Fakten hatten, konnte sie eine Theorie bilden.

Neben Breithammer lag die Fallakte, denn er wollte sich auch den Unfallbericht und die Ergebnisse der Autopsie ansehen. Allerdings fiel Dirks noch etwas anderes ein, worüber sie mit ihm sprechen könnte. Dazu hatte sie jedoch nicht die geringste Lust. *Wieso habe ich Folinde nur versprochen, Oskar eine Verlobung nahezubringen?* Im Schatten der Ermittlungen um einen toten jungen Mann erschien ihr das vollkommen unwichtig. Aber so war das eben mit dem Privatleben. Es war eine bewusste Entscheidung, sich darum zu kümmern, das wollte sie ja gerade lernen. Nervös beobachtete sie eine Möwe, die zwischen zwei Autos die Reste eines Fischbrötchens aufpickte.

„Und, was brennt dir auf der Seele?" Breithammer musterte sie durch seine Flasche alkoholfreies Pils.

„Ich erinnere mich noch gut daran, wie wir hier saßen und du mir von deinem sechsundzwanzigtägigen Jubiläum mit Folinde erzählt hast." Diederike blickte stur nach vorne.

Oskar lachte. „Stimmt, damals hat sie noch die Tage gezählt. Und jetzt sind wir schon neun Monate zusammen. Ich sollte mir wohl schon mal Gedanken für unser einjähriges Jubiläum machen."

Wie wäre es mit einer Hochzeit? „Du weißt, dass ich euch großartig finde. Ich kann mir euch beide sehr gut als Ehepaar vorstellen. Ich sehe euch schon zusammen unter dem Weihnachtsbaum sitzen mit einem braven Jungen, dem die freche Schwester gerade Sommersprossen mit einem Filzstift anmalt, und der Hund guckt neugierig zu."

Oskar grunzte geschmeichelt.

„Ich meine das ernst. Hast du dir das noch nie vorgestellt?"

„Natürlich", gab Oskar zu. „Du kennst mich doch. Eine Familie wäre wundervoll."

Das läuft ja besser als erwartet.

„Aber du kennst auch Folinde. Sie ist einfach nicht

der Typ für traditionelle Formen. Sie braucht das Gefühl von Freiheit und ich will sie nicht einschränken."

„Vielleicht schätzt du sie in diesem Punkt falsch ein. Vielleicht sucht sie genau nach diesen Formen, weil sie Sicherheit geben."

Oskar schaute sie irritiert an.

Warum kann ich ihm nicht einfach erzählen, dass sich Folinde das wünscht? Aber sie hatte ihr versprochen, es nicht zu sagen. Die Idee sollte von Oskar selbst kommen und vielleicht war er ihr ja schon ein bisschen näher. Besser, sie ließ ihn vorerst in Ruhe.

„Ich schau mir mal den Unfallbericht an." Oskar nahm den Aktenordner in die Hand.

Die Fähre machte am Anleger fest und Dirks beobachtete die Leute, die vom Schiff kamen. Die meisten zogen ihre Rollkoffer zum Bahnhof, die anderen gingen in Richtung der Parkplätze. Kinder lachten und es gab auch eine Gruppe von Jugendlichen mit Skateboards, die auf dem Hafengelände weitertrainierten. Irgendwann löste sich eine Frau aus dem Tross. Sie hatte kein Gepäck dabei, und während die meisten Menschen bunte Sommersachen anhatten, trug sie ein graues Kleid, mit dem sie problemlos an einem Firmenmeeting teilnehmen könnte. Auch das blonde Haar hatte sie streng nach oben gesteckt. Souverän lief sie in High Heels auf das Fischrestaurant zu.

„Frau Folkmann?" Dirks stand auf und die Fremde hielt inne. Jetzt, wo sie die Architektin aus der Nähe sah, verspürte Dirks eine gewisse Enttäuschung. Ihr Gesicht war blass und keines, das man sich merken würde. Sie war etwa durchschnittlich groß, trotz der High Heels. Das Auffälligste an ihr war die Chanel-Handtasche.

Aufgrund ihrer Stimme am Telefon und des Ganges habe ich wohl eine eindrücklichere Person erwartet. Wie alt war sie wohl? Dirks schätzte sie auf Anfang vierzig.

„Richtig, Cordelia Folkmann. Dann müssen Sie Diederike Dirks sein." Ihr Händedruck war kraftvoll und die Stimme war genauso beherrscht wie am Telefon. Aber auch bei Sängern war es ja häufig so, dass ihre körperliche Erscheinung eine ganz andere war, als man es aufgrund ihrer Gesangsstimme erwartete. Dirks versuchte Cordelia Folkmann in die mausgrauen Augen zu sehen, aber sie wich ihr aus.

„Wollen wir ins Restaurant gehen?" Breithammer gesellte sich zu ihnen.

„Ich würde erst gerne sehen, wo Frau Folkmann ihr Auto abgestellt hat", sagte Dirks.

Zu den Besucherparkplätzen der Reederei mussten sie nur den Deich überqueren. Das Gelände war umzäunt und Dirks registrierte mit Genugtuung die Sicherheitskameras an der Ein- und Ausfahrt. Sie gingen allerdings zu einer Ecke, die von keiner Kamera abgedeckt wurde.

„Hier müsste es sein." Cordelia Folkmann deutete auf eine Stelle, auf der jetzt ein roter Mercedes-SUV stand. „Ich glaube, hier habe ich geparkt."

„Glauben Sie das nur oder sind Sie sich sicher?"

„Das Auto steht ja nicht mehr hier, wie soll ich mir da sicher sein? Vielleicht war es auch zwei Plätze weiter links oder rechts."

„Erkennen Sie eventuell das Fahrzeug wieder, neben dem Sie geparkt haben?", fragte Breithammer.

Folkmann schüttelte den Kopf. „Ich war gestern sehr in Eile und wollte nur schnell zur Fähre."

Dirks fand es nicht verwunderlich, dass sich die

Architektin nicht an den genauen Parkplatz erinnern konnte. Viele Menschen fanden ihr Auto erst wieder, wenn es durch das Drücken des Schlüssels aufblinkte. Sie fotografierte die Stelle auf dem Parkplatz und überprüfte, ob sich irgendwelche Spuren auf dem Boden ausmachen ließen.

„Haben Sie bei der Einfahrt in den Parkplatz nicht eine Parkkarte bekommen?", erkundigte sich Breithammer bei Folkmann.

„Die kann ich genauso wenig finden wie meinen Autoschlüssel."

Dirks bückte sich und schaute unter den roten SUV. „Wir werden uns die Aufzeichnungen der Über-wachungskameras genau ansehen. Dann wissen wir, um welche Uhrzeit der Porsche vom Parkplatz gefahren wurde."

„Könnten wir vielleicht zurück zum Restaurant gehen?", schlug Folkmann vor. „Ich würde gerne etwas trinken, was meine Nerven beruhigt."

Fünf Minuten später waren sie wieder bei De Beer und bestellten sich richtige Mittagessen. Cordelia Folkmann war sichtlich unzufrieden mit der nicht vorhandenen Weinkarte und entschied sich not-gedrungen für einen Prosecco.

„Sind Sie alleinstehend?", eröffnete Dirks das Gespräch.

Cordelia Folkmann nickte. „Mein Mann ist vor einigen Jahren gestorben."

„Das tut mir leid."

„Muss es nicht."

Dirks spürte, dass Folkmann nicht weiter über ihr Privatleben sprechen wollte, also kam sie direkt zum wesentlichen Punkt. „Wann sind Sie gestern nach

Norderney gefahren?"

„Ich habe die Fähre um 14:00 Uhr genommen."

Wenn das stimmte, war die Architektin um etwa 15:00 Uhr in Norderney und konnte nichts mit Kai Wiemers' Tod zu tun haben, der um 15:17 Uhr verstorben war.

„Haben Sie noch Ihr Ticket von gestern?", fragte Breithammer.

Folkmann überreichte ihnen eine Fahrkarte, die um 14:10 Uhr entwertet worden war.

„Ein Einzelticket?" Breithammer wunderte sich. „Üblich ist eigentlich eine Hin- und Rückfahrkarte. Das ist viel preiswerter."

„Sparen ist für Arme. Außerdem habe ich Ihnen doch gesagt, dass ich sehr gehetzt war. Ich wollte mich nicht mit dem Mann an der Kasse unterhalten, sondern einfach schnell ein Ticket haben."

„Wo wohnen Sie auf der Insel?"

„Im *Michels Thalasso Hotel*. Dort können Sie mich auch in den nächsten paar Tagen erreichen." Folkmann wurde ungeduldig. „Hören Sie, ich würde gerne wissen, wie mir jemand meine Autoschlüssel stehlen konnte."

„Hat sie auf dem Weg zur Fähre vielleicht jemand angerempelt?"

„Im Wartebereich gab es ein großes Gewühl. Aber angerempelt? Jetzt, wo Sie es sagen, erinnere ich mich: Als ich das Fährterminal betreten habe, bin ich mit jemandem zusammengeprallt und mir ist die Handtasche auf den Boden gefallen. Das hatte ich ganz vergessen! Ich habe geglaubt, dass ich selbst mit schuld war, weil ich es so eilig hatte."

„Das muss es gewesen sein", bestätigte Dirks. „Können Sie die Person, mit der sie zusammengeprallt sind, genauer beschreiben?"

Cordelia Folkmann blickte konzentriert in die Weite. „Es war ein junger Mann. Groß, schlank, sportlich. Und er war höflich. Er hat sich sofort entschuldigt und meine Handtasche aufgehoben."

„Es gibt keine höflicheren Menschen als Trickdiebe", sagte Breithammer. „Wenn sie ihr Gewerbe anmelden dürften, würden sie den Knigge von der Steuer absetzen."

Dirks hatte sich darauf vorbereitet, dass Cordelia Folkmann vielleicht eine Identifizierung vornehmen musste. Sie zeigte ihr auf dem Smartphone fünf Fotos von jungen Männern. Nur auf einem davon war Kai Wiemers zu sehen.

Die Architektin reagierte unsicher. „Es war so ein kurzer Moment und ich wollte nur schnell zum Fahrkartenschalter. Ich will auch keinen Falschen beschuldigen."

„Machen Sie sich darüber keine Sorgen. Denken Sie nur an den Mann, mit dem Sie zusammengestoßen sind."

Folkmann zögerte nicht lange. „Dieser Mann hier war es." Sie deutete auf das Bild von Kai Wiemers.

Breithammer blickte Dirks vielsagend an. „Das war dann wohl Wiemers Masche. Er wartet im Fährterminal und stiehlt jemandem den Autoschlüssel, der auf den letzten Drücker das Schiff erreichen will. Selbst wenn diese Person während des Übersetzens den Verlust des Schlüssels bemerkt, ist sie frühestens in zwei Stunden zurück. Wiemers kann also in aller Ruhe zum Parkplatz gehen und das betreffende Auto suchen. Und wenn er mal die Parkkarte nicht hat, bezahlt er eben den Tageshöchstsatz."

Dirks notierte eine Nummer auf ihrer Visitenkarte und gab sie der Architektin. „Das ist das Aktenzeichen des Falls. Am besten setzen Sie sich gleich mit Ihrer Versicherung in Verbindung."

Folkmann steckte die Karte, ohne sie anzuschauen, ein. „Das ist also der Mann, der in meinem Auto gestorben ist. Jetzt, wo ich sein Gesicht gesehen habe, geht mir das schon ein bisschen nahe. Das muss ich erst mal sacken lassen."

„Gehen Sie am Strand entlang, die Nordsee wirkt Wunder." Dirks' Telefon klingelte.

Es war die Spurensicherung.

„Moin Andreas. Habt ihr etwas gefunden?"

„Nichts, was wir nicht erst gründlich untersuchen müssen. Du weißt genau, wie lange das dauert, Diederike."

„Warum rufst du dann an?"

„Weil hier ein Mann ist, der uns bei der Arbeit stört. Er heißt Michael Krämer."

„Wir kommen sofort."

*

Fee sah sich erneut die Nachricht an, die ihr Mine geschickt hatte.

Ich habe Angst. Können wir reden?"

Ihre Augen wanderten zur Uhrzeit. *13:25 Uhr.* War es richtig, erst in ein paar Stunden zu Mine zu fahren? Aber sie musste doch arbeiten. Und wenn Mine mit der Uhrzeit nicht einverstanden gewesen wäre, hätte sie ihr gewiss noch eine Nachricht geschrieben. *Es wird schon nicht so schlimm sein,* redete sie sich ein.

Trotzdem wollte sie wissen, was mit Mine los war.

„*Ich habe noch etwas gefunden.*"

Fee wollte unbedingt wissen, was Mine damit meinte.

„Was ist los mit dir, Fee?" Herr Jansen, ihr Chef, trat neben sie. „Es wirkt nicht so, als ob du ganz bei der Arbeit bist."

„Ich – ich fühle mich nicht so gut. Mein Magen."

Jansen blickte sie besorgt an. „Dann kurier dich heute noch mal aus. Wichtig ist, dass du am Wochenende fit bist, da brauchen wir jeden Mitarbeiter."

„Ich weiß." Fee sah auf den Boden. „Tut mir leid, gerade nach meinem Urlaub ...."

„Nun geh schon."

Fee verließ das Gebäude durch den Personaleingang. Auf ihrem Smartphone überprüfte sie, wie sie zu Mines Wohnung kommen würde. Sie war nicht allzu weit entfernt.

Fee schloss ihr Fahrrad auf und radelte los. Es musste dringend aufgepumpt werden, sie spürte schon die Straße. Aber nun konnte sie sich ja auch ein neues Fahrrad kaufen. Schade, dass sie jetzt nicht durch die zahllosen Geschäfte schlendern konnte. Das war doch etwas anderes, sich die Sachen angucken zu können, wenn man mal nicht aufs Geld achten musste. Sie könnte sich auch eine neue Frisur machen lassen und im *Nuevo* essen gehen, wo Eiko nie hingehen wollte. *Wenn sich Mine beruhigt hat, können wir ja zusammen dort hingehen.*

Fee sicherte ihr Fahrrad an einer Laterne. Mine wohnte in einem alten Mietshaus, an der grauen Fassade sorgten mehrere Graffitis für frische Farbe. Fee suchte am Eingang nach Mines Nachnamen und fand ihn ganz unten. Sie wollte gerade klingeln, da öffnete von innen eine Frau die Haustür. Ein kleines Mädchen hüpfte kichernd an Fee vorbei und tollte über den Gehweg, die Frau rief das Kind genervt zur Ordnung und eilte hinterher. Bevor sich die Haustür schloss, schlüpfte Fee in den Flur.

Es roch muffig, die alten Fliesen waren schon lange nicht mehr gewischt worden. Fee ging an der Treppe vorbei und suchte nach Mines Wohnung.

Fee klingelte und der schrille Ton klang ungewöhnlich laut. Erst jetzt bemerkte sie, dass die Wohnungstür nur angelehnt war.

Sie wartete etwas, dann klingelte sie erneut. Wieder gab es keine Reaktion.

Fee drückte die Tür auf und betrat die Wohnung. „Mine? Bist du da?" Sie wusste, dass die Frage unsinnig war, denn wenn Mine da gewesen wäre, hätte sie auf ihr Läuten reagiert. *Warum bin ich hier hereingegangen?* Fees Herz puckerte, trotzdem war die Neugier stärker als das flaue Gefühl in der Magengegend.

Die Wohnung wirkte nicht sonderlich gemütlich, was vor allem an dem Muff von Zigarettenqualm und Alkohol lag. Der Teppich war alt und platt getreten, auf der Kommode wimmelte es von Plastikfiguren aus Überraschungseiern. Zu ihrer Linken gab es ein Zimmer, aber die Tür war zu und Fee wollte sie nicht öffnen. Etwas in ihr drängte sie dazu, weiter nach vorne zu gehen ins Wohnzimmer.

„Mine?", fragte Fee erneut. Es tat gut, eine vertraute Stimme zu hören, auch wenn es die eigene war. Sie trat ins Wohnzimmer und konnte nicht glauben, was sie sah.

Mine lag leblos auf dem Boden.

5. Geläutert

Einen Moment stand Fee da wie gelähmt.

„Mine!" Fee kniete sich neben sie und tastete nach dem Puls. Sie versuchte sich auf das zu konzentrieren, was sie im Ersthelferkurs für die Arbeit gelernt hatte. Dazu musste sie sich zunächst selbst beruhigen, sie atmete tief ein. *Was ist passiert?* Sie starrte Mine an, ihr letzter Gesichtsausdruck war eingefrorene Angst.

Panisch sprang Fee auf. *Notarzt! Ich muss die Feuerwehr anrufen.* Ungeschickt zog sie ihr Handy hervor. Mit zitternden Fingern wählte sie 1-1-2. Sie suchte die Verbindungstaste, doch plötzlich war da kein Telefon mehr. „Was …?"

Jemand packte sie am Hals und stieß sie gegen die Wand. Fee wollte schreien, doch der Mann presste ihr die Hand vor den Mund. Sie riss den Kopf nach links und rechts, versuchte zuzubeißen und den Angreifer zu schlagen, doch er war zu kräftig. Mit der zweiten Hand packte er sie am Hals und drückte zu. Die Luft blieb weg und Panik stieg in ihr hoch.

„Wenn ich dich loslasse, gibst du keinen Mucks von dir, verstanden?" Die Stimme des Mannes war tief und knarzig.

Fee starrte in sein Gesicht. Sein Blick war gnadenlos. Ihre Kehle tat so weh und sie wollte nur, dass der Schmerz aufhörte. Seine Pranke war stahlhart, dass es unmöglich war zu nicken. Sie gab ihre Einwilligung, indem sie zweimal blinzelte.

Der Mann lockerte seinen Griff und Luft strömte in Fees Lungen. Es brannte, und selbst wenn sie versuchen würde zu schreien, wäre das in diesem Augenblick unmöglich. Sie konnte nur röcheln und husten.

Der Kerl grinste böse. „Was machst du hier? Musst du nicht bis 17:30 Uhr arbeiten?"

„Woher …" Erst jetzt erkannte Fee die grüne Krawatte. Das war der Typ, der heute früh bei den Damenstrumpfhosen herumgeschlichen war. „Was – haben – Sie – mit – Mine …."

„Mine ist tot", entgegnete er trocken.

„Warum?" Fee schluckte und es brannte im Hals. „Was wollen Sie?"

Der Mann lachte spöttisch auf. „Ist dir das immer noch nicht klar?" Er packte Fee am Arm und zog sie hoch. „Verschwinden wir erst mal von hier, bevor noch jemand hereinplatzt. Und denk dran: Sei leise. Wenn du tust, was ich dir sage, hast du nichts zu befürchten."

Hat er deshalb Mine ermordet, weil sie ihm nicht gehorcht hat? Fee ärgerte sich darüber, dass ihr keine Idee kam, wie sie sich wehren konnte. Ihr Hirn war leer und die Angst saß ihr in den Knochen, ihr Körper war dem Mann willenlos ausgeliefert. Er zerrte sie hinter sich her und ihr Handgelenk wurde schnell taub vor Schmerz.

Auf der Straße gellte ihr der Lärm in den Ohren. Eine Frau starrte sie an und beschleunigte sofort ihre Schritte. Ein Pizzabote hielt mit seinem Roller an und holte die Lieferung aus der Thermobox. Hier musste es doch irgendjemanden geben, der ihr helfen konnte! Aber sie merkte selbst, wie sie normale Schritte machte und lächelte. Obwohl sie innerlich brüllte, nahm niemand von ihr Notiz.

Weiter vorne kam ein Typ Marke Wrestlingstar auf sie zu, der seinen Chihuahua Gassi führte.

„Wag es ja nicht", flüsterte der Mann mit der grünen Krawatte Fee zu. „Niemand kann dir helfen, ich werde dich immer finden. Und wenn ich dich nicht finde, dann finde ich deine Familie."

Der Chihuahua kläffte tapfer, aber sein Herrchen hielt das Tier zurück.

„Jetzt nach rechts." Der Entführer drückte Fee in die nächste Seitengasse.

Fee spürte, dass ihr die Zeit verrann, ihr Verstand sagte ihr, dass sie sich wehren musste, aber ihr Körper konnte das nicht umsetzen. Stattdessen kamen die Tränen.

Sie hielten bei einem dunkelblauen Kleinwagen. Der Mann öffnete die Beifahrertür und stieß Fee hinein. „Hör auf zu flennen!" Er fesselte ihre rechte Hand mit einem langen Kabelbinder an den Griff über der Tür, so konnte sie unmöglich entkommen. Nachdem die Tür zugefallen war, war es erstaunlich still. Fee suchte verzweifelt nach einem Menschen in der Gasse, aber da war niemand, der sie sehen konnte.

Der Krawattenmann begab sich auf den Fahrersitz und steckte sich eine Zigarette an. Die glühende Spitze des Glimmstängels wirkte warm und der Zigarettenrauch beruhigte sie etwas.

„Also, wo ist es?", fragte der Mann.

Ihre Kehle schmerzte immer noch beim Sprechen. „Ich weiß nicht, was Sie …."

„Spiel nicht die Dumme, ich hatte einen Scheißtag."
Endlich begriff sie.

„Der Koffer bei der Bushaltestelle."

„Kluges Kind." Er nahm einen tiefen Zug aus der Zigarette. „Es ist mein Geld. Und ich werde mir jeden Cent davon zurückholen."

Also doch keine 50.000 Euro. Aus der Traum vom eigenen Modecafé, es wäre auch zu schön gewesen.

Aber sie konnte froh sein, wenn sie mit dem Leben davonkam.

„Also, wo ist das Geld?"

„Bei mir zu Hause. Ich werde es Ihnen geben."

*

Als Dirks und Breithammer zurück zur Wohnung von Kai Wiemers kamen, saß ein Mann auf der Terrasse und beobachtete argwöhnisch das Treiben der weißgekleideten Kriminaltechniker. Er rauchte, was seine Nervosität aber nur bedingt bändigte, denn seine Beine wackelten trotzdem noch wild. Sobald er die beiden Polizisten erblickte, sprang er auf wie ein Schachtelteufel.

„Sie sind Michael Krämer?", fragte Dirks.

Der Mann drückte seine Zigarette aus. Dirks schätzte ihn auf Ende dreißig, er hatte dunkles Haar, einen hippen Bart und trug ein türkises Poloshirt, das am Bauch und den Oberarmen ziemlich spannte. Er strahlte sein Befinden deutlich nach außen aus, im Augenblick war er verletzt und verwirrt. „Was ist mit Kai? Diese Leute hier wollen mir nichts sagen, ich ..."

Dirks blickte ihm fest in die Augen. „Kai ist tot."

Er sah zu Breithammer, um sich Bestätigung zu holen. Die Ermittler nahmen sich Plastikstühle und auch Krämer setzte sich wieder. Diesmal bebten seine Beine nicht, sein ganzer Körper war kraftlos. „Was ist passiert?"

„In welchem Verhältnis stehen Sie zu Kai?" Breithammer holte sein Notizbuch hervor.

„Ich bin sein Onkel. Kai wollte lieber bei mir leben als bei seinen Eltern. Hier hatte er seine Freiheit und konnte mir helfen."

„Beim Bestellen der Felder?"

„Das auch. Aber hauptsächlich habe ich einen Hausmeisterdienst und betreue einige Ferienhäuser."

„Dann gehört Ihnen der weiße VW-Bus auf der Straße?", warf Dirks ein.

Krämer nickte. Über Banalitäten zu reden, hauchte ihm wieder Leben ein.

„Warum tauchen Sie erst jetzt hier auf?", fragte Breithammer. „Wir haben schon gestern versucht, Sie zu erreichen."

„Ich habe die Nacht bei meiner Freundin verbracht."

„Und wo waren Sie am frühen Nachmittag?"

„Ich – meiner Freundin gehört ein Ferienhaus, das ich betreue. Wir waren dort den ganzen Tag über zusammen. Und mussten es heute Vormittag erneut putzen." Er hüstelte.

„Wir brauchen die Anschrift Ihrer Freundin, um das Alibi zu überprüfen."

Krämer sprang wieder auf. „Sagen Sie mir bitte endlich, wie Kai gestorben ist!"

„Er ist aufgrund einer Bauchwunde verblutet, die er sich hier bei einem Kampf zugezogen hat", entgegnete Dirks ruhig.

„Ein Kampf? Kai war gut durchtrainiert und ging regelmäßig ins Fitnessstudio, den kann man nicht einfach so umhauen."

„Hatte er irgendwelche Feinde?"

Krämers Augen zeigten Verzweiflung. „Kai war ein guter Junge!"

„Hören Sie auf, uns zu verarschen!", herrschte Breithammer ihn an. „Kai ist in einem Porsche gestorben, den er zuvor gestohlen hat. Tun Sie nicht so, als ob Sie nichts von dieser Nebentätigkeit wüssten. Also, wie oft hat er Autos geklaut und an wen hat er sie verkauft?"

Krämer sackte zurück in seinen Stuhl und atmete tief ein. „Das lag doch alles schon längst hinter ihm." Er blickte Dirks traurig an.

„Was lag hinter ihm?"

„Kai hatte die falschen Freunde. Sie haben ihm Tricks beigebracht und er zeigte ein besonderes Talent für Taschendiebstahl. Aber es blieb nicht bei kleinen Betrügereien. Der Anführer der Gruppe war ein aggressiver und skrupelloser Typ. Bei einem Einbruch verletzte er den Hausbesitzer und kam dafür ins Gefängnis. Das war vor einem Jahr und es war für Kai so etwas wie ein Weckruf. Er ist zu mir gezogen und hat ein vollkommen neues Leben angefangen." Krämer schluckte. „Ich kann es nicht fassen, dass er wieder ein Auto gestohlen hat! Es lief doch gerade alles gut in seinem Leben."

Dirks musterte Kais Onkel.

„Wie heißt der Kerl, der ins Gefängnis musste?", fragte Breithammer.

Krämer überlegte angestrengt. „Zolan. Zolan Tomovic."

Dirks zückte ihr Smartphone und wählte die Nummer der Zentrale. „Dann werden wir mal überprüfen, was wir über Tomovic in unseren Akten finden."

*

Der Mann mit der grünen Krawatte schnitt die Fessel durch und zerrte Fee aus dem Auto. Sie versuchte, einen

Blick auf das Nummernschild zu werfen, aber es gelang ihr nicht. Wahrscheinlich hatte der Typ das Auto sowieso gestohlen.

Fee öffnete die Haustür und hoffte, einen ihrer Nachbarn zu treffen, irgendjemanden, der Hilfe rufen konnte. Selbst Frau Müller mit ihrem Gequatsche über Krankheiten wäre ihr lieb, aber die tauchte ja geheimnisvollerweise immer nur dann auf, wenn es total unpassend war. Vielleicht war es auch besser so, nicht dass noch jemand anderes verletzt wurde.

Fees Herz raste, als sie ihre Wohnung betrat. Der Entführer schloss die Tür hinter ihr ab und steckte den Schlüssel ein. Es war beklemmend, mit ihm in dieser vertrauten Umgebung zu sein.

„Ich hoffe, du hast Verständnis dafür, dass ich mir nicht die Schuhe ausziehe." Der Mann lachte hohl, er schien ihre Ohnmacht zu genießen.

„Das Geld ist in der Küche." Fees Stimme zitterte. „In einer Packung Cornflakes."

„Gutes Versteck." Der Mann verschwand in der Küche und sie hörte, wie er die Türen der Hängeschränke aufriss.

Wird er mich wirklich in Ruhe lassen, werde ich nie wieder etwas von ihm hören? Fee hoffte, dass es so sein würde. Sie bemerkte, dass die Kisten im Flur weg waren. Also war Eiko doch gekommen, um sie abzuholen. Wie schön wäre es, wenn er noch in der Wohnung wäre! Aber könnte er den Krawattenbrutalo überwinden? Eiko wollte ja nicht mehr für sie kämpfen.

„Was ist mit dem Geld von den anderen?", fragte Fee.

„Ich sagte doch, ich hatte einen anstrengenden Tag." In seiner rauen Stimme klang tatsächlich Erschöpfung mit. „Und er wird nicht besser. Hier gibt es keine

Cornflakes!"

„Der zweite Hängeschrank rechts oben. Da sind auch die Backsachen."

„Die Backsachen sehe ich. Aber hier sind weder Cornflakes noch Frosties oder Fruit Loops. Nur Vollkorn-Knusperkacke."

Fee ging ebenfalls in die Küche. Das Regal mit den Cerealien war leer. Schweißtropfen bildeten sich auf ihrer Stirn.

„Wo ist das Geld?" Der Mann packte sie wieder am Hals.

Geschockt versuchte Fee herauszufinden, was passiert sein könnte. „Mein Ex-Freund", presste sie hervor. „Er hat heute Vormittag seine letzten Sachen ausgeräumt. Er muss auch die Cornflakes mitgenommen haben."

„Wie bitte?"

„Ich kann nichts dafür!" Panik ergriff Fee. War jetzt ihr Leben zu Ende? „Bitte glauben Sie mir! Ich habe das nicht gewusst!"

Die Augen des Mannes blitzten vor Zorn. Aber er drückte nicht weiter zu. Stattdessen lockerte sich sein Griff und er ließ von Fee ab. „Das kann doch wohl nicht wahr sein!" Er schleuderte die gute Teekanne in die Ecke und schmiss noch einige Tassen hinterher.

Fees Blick wanderte von den spitzen Scherben zum Messerblock. Der Mann bemerkte das, aber es beunruhigte ihn nicht. Sie brauchte schon Superkräfte, um schneller an eine Waffe zu kommen als er. *Hat Mine sich etwa gewehrt, hat er sie deshalb umgebracht? Mine hat sich so sehr an das Geld geklammert, als ob sie es auf keinen Fall hergeben wollte.*

„Wo wohnt dein Ex-Freund?"

„Ich weiß es nicht." Fee raufte sich die Haare. „Er hat mich verlassen, es war mir vollkommen egal, was er jetzt macht."

„Denk nach! Wo könnte er sein?"

Fees Hirn war weiß wie Neuschnee.

Die letzte Teetasse zersplitterte an der Wand. „Das sind mir zu viele Komplikationen!" Der Mann rieb sich angestrengt die Schläfen. Außerdem guckte er auf seine Uhr. „Verdammt." Er drückte Fee seinen Zeigefinger auf die Stirn. „Das ist deine Scheiße, die musst du auslöffeln. Cornflakes isst man zum Frühstück, bis dahin hast du also Zeit."

„Zeit für was?"

„Um dir die Cornflakes wiederzuholen, du dumme Nuss. Du bist keine Blondine, also verhalte dich nicht so."

Ich soll zu Eiko gehen? „Aber – wie soll ich denn …."

„Das ist mir egal! Du hast das Geld verloren, also wirst du es wiederbeschaffen."

„Eiko wird mir die Cornflakes sicher schneller geben, wenn ich dich dabei habe. Deine Mörderpranken sind das beste Argument."

„Ich kann nicht deinen Babysitter spielen, ich habe auch noch andere Verpflichtungen!" Er starrte Fee fest in die Augen. „Hör mir genau zu. Ich werde morgen wiederkommen. Wenn du das Geld bis dahin nicht hast, bist du tot. Und wenn du zur Polizei gehst und versuchst, mir eine Falle zu stellen, werden deine Eltern sterben. Du wirst niemals wieder sicher sein, bis ich mein Geld habe, verstehst du?"

Sie nickte ängstlich.

Der Mann verließ die Wohnung und Fee sackte verzweifelt in sich zusammen.

*

Dirks wartete auf den Rückruf der Zentrale. Handelte es sich bei Zolan Tomovic um eine Spur, der es sich nachzugehen lohnte? Zumindest konnten sie von ihm mehr über Kais Tätigkeit als Autodieb erfahren.

Michael Krämer ging in seine eigene Wohnung. Er wollte Kais Eltern über den Tod ihres Sohnes informieren. Breithammer hatte mit der Freundin des Hausmeisters telefoniert und sie hatte seine Angaben bestätigt: Seit Mittwoch 11:00 Uhr war Michael Krämer mit ihr zusammen gewesen.

Andreas Altmann und ein anderer Kriminaltechniker kamen aus Kais Wohnung und gingen zu ihrem Kleinbus, dabei diskutierten sie über irgendetwas. Dirks unterdrückte den Drang sich zu ihnen zu gesellen. Wenn es etwas Wichtiges gab, würden sie von sich aus zu ihr kommen.

„Ich bin gespannt, ob sie bei der Untersuchung des Springmessers irgendwelche Spuren des Täters finden", sagte Breithammer. „Und ob Kais Smartphone auftaucht."

Dirks nickte. Die Liste seiner Telefonate konnte man zwar auch so bekommen, aber mittlerweile kommunizierte man gerade als junger Mensch mehr über Messengerdienste und auf solche Daten hatte man ohne das entsprechende Telefon nur sehr schwer Zugriff.

Es klingelte und Dirks ging ran.

„Hallo Frau Dirks." Der junge Kollege in der Zentrale klang aufgeregt. „Wir haben jetzt die Akte von Zolan Tomovic. Er wurde vor einer Woche vorzeitig aus der

Haft entlassen."

Breithammer hörte mit. „Dann wäre es also möglich, dass Zolan gestern seinem alten Kumpel Kai einen Besuch abgestattet hat", stellte er fest.

Auch Dirks konnte nur schwer an einen Zufall glauben. „Welche Anschrift hat Tomovic nach seiner Entlassung als Kontaktadresse angegeben?"

Der Kollege in der Zentrale brauchte nicht lange, um diese Information zu finden. „Er wohnt bei seinen Eltern in Großefehn."

6. Erwürgt

Um 16:02 Uhr parkten Dirks und Breithammer vor dem Haus der Tomovics. Das Garagentor war geschlossen und es gab kein Anzeichen, dass jemand zu Hause war. Der Rasen war fein säuberlich geschnitten und sogar mit einer Gruppe von Gartenzwergen bevölkert, die Mülltonnen standen akkurat an der Seitenwand.

Der Kollege hatte ihnen ein Foto von Zolan geschickt und Dirks betrachtete es auf dem Telefon. Der Einunddreißigjährige hatte kurze blonde Haare und seine himmelblauen Augen strahlten Überheblichkeit aus. Er wirkte kräftig und an seinem Hals befand sich ein Tattoo. Dirks vergrößerte den Ausschnitt und erkannte, dass es sich dabei um einen Doppeladler mit serbischem Kreuz handelte.

Breithammer überprüfte seine Dienstwaffe. „Mal sehen, ob uns jemand öffnet." Sie stiegen aus und gingen zur Haustür.

Dirks klingelte. Obwohl sie keinerlei Geräusch von innen hörte, spürte sie, dass jemand hinter der Tür war und sie durch das Fischauge betrachtete. Wahrscheinlich wurden sie schon seit ihrer Ankunft beobachtet.

Dirks schlug gegen die Tür. „Kriminalpolizei", rief sie laut und hoffte, dass das die Person im Haus aufschreckte. Die meisten Menschen mochten es nicht, wenn die Nachbarn mitbekamen, dass die Ordnungsmacht Ihnen einen Besuch abstattete und Gerüchte aufkamen. „Öffnen Sie!"

Ein Riegel wurde beiseitegeschoben und die Tür ging auf. Eine zierliche Frau mittleren Alters mit hellem Haar und wachen Augen stand vor ihnen. Auf der Stirn waren Sorgenfalten für die Ewigkeit eingebrannt.

„Frau Tomovic?", fragte Dirks.

Die Angesprochene nickte.

„Wir möchten mit Ihrem Sohn Zolan sprechen. Ist er da?"

Ein Seufzer durchfuhr die Frau. „Was wollen Sie von ihm?" Ihre Stimme klang brüchig. „Nehmen Sie ihn mir schon wieder weg? Er ist doch gerade erst aus dem Gefängnis gekommen."

„Wir müssen ihm nur ein paar Fragen stellen. Es ist gut möglich, dass Zolan mit dieser Sache nichts zu tun hat." Dirks versuchte, auf die Räume hinter Zolans Mutter zu achten. Aber da war nichts Auffälliges, kein Geräusch drang aus dem Wohnzimmer oder von der Treppe, die ins Obergeschoss führte.

„Was für eine Sache?"

„Dürfen wir reinkommen, Frau Tomovic?"

Sie trat zurück und ließ die Kommissare eintreten, Breithammer schloss die Tür hinter sich. „Setzen wir uns in die Küche." Das letzte Wort kam Zolans Mutter nur noch hauchend über die Lippen, sie sackte in sich zusammen und Dirks konnte sie gerade noch auffangen. Die Dame war viel schwerer, als sie es erwartet hatte.

„Frau Tomovic!" Dirks wollte gerade Breithammer auffordern, den Notarzt zu rufen, da kamen die Lebensgeister von Zolans Mutter zurück. Sie blickte Dirks verwirrt an und richtete sich schließlich wieder auf.

„Verzeihen Sie, das ist alles so viel", flüsterte sie.

„Ich helfe Ihnen." Dirks stützte sie, bis sie auf einem Küchenstuhl saß. „Nach einer Tasse Kaffee wird es Ihnen besser gehen." Sie sah eine Kapselmaschine auf der Arbeitsplatte stehen und schaltete das Gerät ein.

„Wo ist denn Ihr Mann?", fragte Breithammer.

„Er ist noch auf der Arbeit." Frau Tomovic tupfte sich mit einem Taschentuch die Stirn ab. „Bei ABP in Aurich."

„Und wo ist Zolan?" Die Kapselmaschine war aufgeheizt und Dirks ließ eine Tasse volllaufen.

„Was werfen Sie ihm denn diesmal vor?" Frau Tomovic nahm das Gefäß entgegen.

Dirks entschied sich, mit offenen Karten zu spielen. „Es geht um einen seiner früheren Freunde. Wir möchten wissen, ob Zolan gestern bei ihm war."

„Wenn das alles ist: Gestern war Zolan den ganzen Tag über hier."

„Hatte er Stubenarrest, oder was? Wenn jemand ein Jahr lang im Gefängnis gewesen ist, genießt er es normalerweise, an der frischen Luft zu sein, besonders im Sommer."

„Wenn jemand ein Jahr lang im Gefängnis gewesen ist, dann genießt er es auch, bei seiner Familie zu sein." Frau Tomovic trank den Kaffee aus. „Außerdem haben wir eine schöne Terrasse hinter dem Haus."

„Aber heute ist Zolan nicht da?"

„Ich sage ihm Bescheid, dass er sich bei Ihnen melden soll, wenn er nach Hause kommt. Haben Sie eine Nummer, unter der er Sie erreichen kann?"

Die Augen von Zolans Mutter zeigten starke Entschlossenheit und Dirks konnte kaum fassen, dass diese Frau eben noch in ihrem Arm zusammen-gebrochen war. Auch wenn sie Frau Tomovic für so glaubwürdig wie die Abgastests von VW hielt, so musste sie ihre Aussage akzeptieren. Ohne Durchsuchungsbeschluss oder einen Haftbefehl würde sie hier nicht weiterkommen, aber so etwas würden sie niemals erwirken können, es gab ja bisher keinerlei direkte Verbindung zwischen Zolan und Kais Tod. Dirks reichte Frau Tomovic eine Visitenkarte.

Von draußen war ein Poltern zu hören, so als ob etwas Schweres auf die Mülltonnen gefallen war.

Dirks schaltete in Sekundenbruchteilen. „Zolan! Er war im Obergeschoss und ist aus dem Fenster geklettert!"

Breithammer wollte zur Tür rennen, doch Frau Tomovic sprang blitzschnell auf und klammerte sich an ihn.

„Lauf, Zolan, lauf!", schrie sie.

Dirks konnte unmöglich durch den blockierten Flur hinaus, deshalb riss sie das Küchenfenster auf. Eine Blumenvase ging dabei zu Bruch und einiger Tinnef, doch das war ihr egal. Dirks schwang sich über das Fensterbrett in den Vorgarten. Das Garagentor öffnete sich und ein Motor heulte auf. Dirks sprintete los, doch sie konnte das schnell fahrende Auto nur noch berühren. Es war ein goldener Mercedes und am Steuer saß Zolan.

Dirks zog ihre Pistole und rannte auf die Straße, doch bei den versetzt parkenden Autos war es unmöglich den Mercedes zu treffen.

Inzwischen gelang es Breithammer Frau Tomovic abzuschütteln.

„Schnell, Oskar, wir verfolgen ihn!" Dirks lief zu ihrem Dienstwagen und auch Breithammer war kurz darauf dort.

„Nun mach schon auf!" Breithammer rüttelte an der Beifahrertür.

Aber auch Dirks kam nicht in ihr Auto.

„Was ist los?"

„Ich kann den Schlüssel nicht finden." Dirks tastete hektisch ihre Hosentaschen ab. „Hast du ihn vielleicht?"

Breithammer deutete mit dem Kopf in Richtung Vorgarten, wo Frau Tomovic stand und grinste. „Offenbar hat Zolan auch seiner Mutter beigebracht, wie man jemandem einen Autoschlüssel stibitzt."

„Oder er hat es von ihr gelernt." Dirks dachte daran, wie die Frau in ihrem Arm zusammengebrochen war, diese Situation musste sie dafür genutzt haben. *Und wenn Zolan nicht geflüchtet wäre, hätte sie wahrscheinlich so getan, als hätte ich den Schlüssel in ihrer Küche verloren.*

„Wenigstens wissen wir jetzt, dass Zolan etwas mit dem Fall zu tun hat", stellte Breithammer fest. „Sonst wäre er nicht abgehauen."

„Wir wissen sogar genau, dass er gestern bei Kai war." Dirks nahm ihr Telefon in die Hand, um die Fahndung nach Zolan einzuleiten. „Der Junge auf dem Dreirad hat nämlich bei Wiemers ein goldenes Auto gesehen." Sie wollte gerade die Schnellwahltaste zur Zentrale drücken, da rief das Präsidium bereits von sich aus an. *Die Hellseherstelle war also endlich besetzt worden.*

„Moin", meldete sich der junge Kollege. „In Aurich wurde eine tote Frau gefunden, der Notarzt hat eine unnatürliche Todesursache festgestellt."

Dirks brauchte einen Moment, um diese Meldung aufzunehmen. Ein zweiter Todesfall innerhalb von vierundzwanzig Stunden - damit hatte sie überhaupt nicht gerechnet.

„Frau Dirks?", tönte es aus ihrem Telefon.

„Senden Sie mir die Adresse", sagte Dirks. „Wir fahren los, sobald wir unseren Autoschlüssel haben."

*

Fee wusste nicht, wie lange sie auf dem Boden gekauert hatte. Irgendwann kam ihr Überlebenswille zurück und sie funktionierte wieder, wie ein Computer, den man neu startete. In einzigartiger Klarheit war ihr ihre Aufgabe bewusst. *Ich muss die Cornflakes-Packung von Eiko wiederholen.* Sie wollte nichts mehr mit diesem verfluchten Geld zu tun haben, sondern es so bald wie möglich seinem Besitzer zurückgeben.

Trotzdem meldete sich auch innerer Widerstand. Wäre das nicht ungerecht? Der Mann mit der grünen Krawatte war ein Mörder! Fee wollte, dass er für den Mord an Mine büßte. *Ich sollte zur Polizei gehen.* Aber seine letzten Worte hallten in ihr nach. *„Wenn du zur Polizei gehst und versuchst, mir eine Falle zu stellen, werden deine Eltern sterben. Du wirst niemals wieder sicher sein, bis ich mein Geld habe."*

Sie musste vernünftig sein. Es brachte doch nichts, wenn sie noch ihr eigenes Leben aufs Spiel setzte - oder das ihrer Eltern und der anderen Personen von der Bushaltestelle. Auch wenn Mines Tod dadurch ungesühnt blieb, es würde das Beste sein, wenn sie genau das tat, was der Mörder von ihr verlangte.

Mit Tränen in den Augen stand sie auf. „Ich schaffe das", redete sie sich ein. „Ich werde mir die Cornflakes von Eiko zurückholen." Sie hatte sich zwar gewünscht, ihn niemals wiederzusehen, aber das Leben richtete sich eben nicht nach den eigenen Befindlichkeiten, das hatte sie jetzt begriffen.

Der Muff ihres eigenen Schweißes stieg ihr in die Nase. Sie ging ins Bad und duschte, das heiße Wasser beruhigte sie. Erst als ihre Haut schon schrumpelig wurde, stellte sie den Wasserhahn aus.

Wo wohnt Eiko? Sie könnte ihn anrufen und fragen. Aber was, wenn er ihr seine neue Adresse nicht geben wollte? Fee trocknete sich ab. *Bei der Skatehalle kann mir bestimmt jemand sagen, wo ich ihn finde.*

*

Dirks und Breithammer erreichten das Haus von Mine Conrads um 16:49 Uhr gemeinsam mit einem zweiten Team der Spurensicherung. Während die Kriminaltechniker ihre Ausrüstung auspackten, gingen die Kommissare direkt in die Wohnung, um sich die Leiche anzusehen und mit dem Notarzt zu sprechen. Im Wohnzimmer saß außerdem eine Frau mit hagerem Gesicht und dünnem Haar. Sie wirkte alt, obwohl sie es wahrscheinlich gar nicht war. Vor ihr standen eine Flasche Schnaps und ein halbvoller Aschenbecher. Zum Glück war die Balkontür offen, dadurch hielt sich der Qualm in Grenzen.

„Das ist die Mutter des Opfers, sie hat um 15:36 Uhr die Notrufnummer gewählt", erklärte der Polizist, der den Fall aufgenommen hatte. „Und das hier ist Doktor Hansen."

Der Notarzt nickte den Ermittlern unsicher zu.

Während sich Breithammer in der Wohnung umschaute, kniete sich Dirks neben Mine auf den Boden. Am Hals der jungen Frau waren zahlreiche rote Flecken.

„Das sind Würgemale." Dr. Hansen hatte eine für einen Arzt nicht gerade vertrauenserweckende Stimme. „Außerdem hat sie offenbar einen Schlag ins Gesicht bekommen."

„Der Täter war also wütend", folgerte Dirks. „Er hat sie geschlagen, am Hals gepackt und in seinem Zorn zu

66

stark zugedrückt. Kein geplanter Mord, sondern Totschlag im Affekt."

Der Notarzt nickte. „So würde ich das einschätzen."

Dirks wusste, das genaue Untersuchungsergebnis würde erst nach der Obduktion in der Gerichtsmedizin Oldenburg feststehen, aber sie war immer dankbar, wenn der Notarzt ihr seine ehrliche Meinung mitteilte. „Wie lange ist das her?"

„Ich würde sagen, das ist maximal fünf Stunden her."

„Also lag die Tatzeit zwischen 11:00 Uhr und 15:00 Uhr." Dirks blickte der jungen Frau in die toten Augen und fühlte einen tiefen Schmerz. Sie wusste, dass es unsinnig war, trotzdem entschuldigte sie sich innerlich bei Mine dafür, dass sie ihren Tod nicht verhindert hatte. Sie wandte den Blick ab und sah ein Feuerzeug auf dem Boden liegen. Es war aus schwarzem Kunststoff und zeigte das Bild einer lasziv lächelnden nackten Dame. Dirks wollte den Tatort nicht durcheinanderbringen und machte deshalb nur ein Foto davon.

Breithammer tauchte neben Dirks auf.

„Hast du irgendetwas Auffälliges entdeckt?", fragte sie ihn.

„Für mich sieht es so aus, als ob das Zimmer des Opfers durchsucht wurde."

Dirks blickte zu Mines Mutter und entschied, der Frau noch eine Zigarette lang Zeit zu geben, bevor sie sie befragte. Sie folgte Breithammer in den kleinen Raum, der Mine Conrads' Reich gewesen war.

Auf dem Boden lagen Bücher und Hefter verstreut, die Schubladen beim Schreibtisch standen offen und die Matratze auf dem Bett war hochgeklappt. *Wonach hat der Täter gesucht?* Dirks bemerkte, dass der Nachttisch noch ordentlich aussah, zwei Bücher lagen dort neben dem

Wecker und einer Packung Taschentücher. *Warum hat der Täter die Suche abgebrochen? Hat er etwa gefunden, wonach er gesucht hat?* Bei der Lektüre auf dem Nachttisch handelte es sich um Kochbücher, genauso wie bei den Werken, die auf dem Boden verstreut waren. Die meisten davon waren in Schutzfolie eingeschweißt und besaßen eine Nummer von der Stadtbücherei. Dirks hob einen von den Heftern auf. Er enthielt ausgedruckte Kochrezepte, manche davon waren mit Anmerkungen versehen und einige auf buntem Papier befestigt und mit passenden Aufklebern dekoriert. *Das war also Mines Leidenschaft.*

„Das Rezept sieht echt lecker aus", bemerkte Breithammer. „Und es ist sicher verdammt schwer, das so zuzubereiten."

„Das Zimmer von Frau Conrads ist in Ordnung?"

Breithammer nickte.

„Gibt es Einbruchspuren?"

„Auf den ersten Blick habe ich keine entdeckt."

„Dann hat Mine den Täter selbst durch die Tür in die Wohnung gelassen. Aber auch ins Mietshaus? Vielleicht hat er ja woanders geklingelt und sich durch eine Lüge Zutritt zum Haus verschafft."

„Ich werde mich bei den Nachbarn erkundigen." Breithammer machte sich sofort auf den Weg.

Es wurde auch allmählich eng in der kleinen Wohnung mit all den Kollegen von der Kriminaltechnik, die mit ihrer Arbeit begannen. Dirks wies den Leiter des Teams an, sich auch um Mines Zimmer zu kümmern. Dann widmete sie sich der Mutter des Opfers. „Mein herzliches Beileid." Sie setzte sich ihr gegenüber.

Frau Conrads' Gesicht zeigte Spott und wahrscheinlich hatte sie recht. Niemand konnte nachvollziehen, welchen Verlust sie erlitten hatte.

„Sie sind also um 15:30 Uhr nach Hause gekommen und haben Mine hier auf dem Boden liegend gefunden", fasste Dirks zusammen. „Und dann haben Sie sofort die Polizei gerufen."

Das Elend im Sessel gegenüber nickte, während es die Zigarette ausdrückte.

„Haben Sie eine Idee, wer das getan haben kann?"

Frau Conrads schüttelte den Kopf.

„Besitzt außer Ihnen und Ihrer Tochter noch jemand einen Schlüssel für die Wohnung?"

Kopfschütteln.

„Was ist mit Mines Vater?"

„Das Arschloch hat sich seit fünf Jahren nicht mehr bei mir gemeldet."

„Auch nicht bei Mine?"

„Was weiß ich! Erzählt hat sie jedenfalls nichts davon. Kümmert sich ja auch nur noch um ihre eigenen Sachen." Frau Conrads' Bitterkeit war fast körperlich spürbar.

„Gibt es einen neuen Mann in Ihrem Leben?" Dirks suchte vergeblich nach einer bequemen Sitzposition.

Mines Mutter zeigte ihre gelben Zähne und Dirks kam eine Alkoholwolke entgegen. „Meinen Enno. Wir gehen öfter mal eine Currywurst zusammen essen. Er hat dasselbe Hobby wie ich."

Saufen? Dirks erinnerte sich an die Kommode im Flur. „Überraschungseier-Figuren?"

Frau Conrads nickte stolz.

„Versteht sich Enno auch mit Mine?"

Der Gesichtsausdruck der hageren Frau wurde wieder starr und fest. „Beschuldigen Sie etwa meinen Enno? Der würde ihr niemals etwas antun. Er ist nicht so wie Mines Vater."

„Ihrem Ex-Mann würden Sie solch eine Tat also zutrauen?"

Frau Conrads steckte sich eine neue Zigarette an.

„Haben Sie schon einmal dieses Feuerzeug gesehen?" Dirks zeigte ihr das Foto von dem schwarzen Feuerzeug mit dem Pin-up-Girl.

„Nein." Die alte Frau nickte zum Tisch, auf dem neben dem Aschenbecher ein weißes lag. „Ich kaufe immer das einfachste vom Discounter. Muss ja sparen."

„Der Täter hat Mines Zimmer durchsucht. Hat sie irgendetwas von Wert besessen?"

Frau Conrads lachte spöttisch.

Dirks korrigierte erneut ihre Sitzhaltung. „Erzählen Sie mir von Mine. Wie war sie?"

„Total egoistisch, wollte immer etwas Besonderes sein, etwas Besseres. Anstatt ordentlich Geld heranzuschaffen, hat sie ihren Vollzeitjob im Automatencasino aufgegeben, um ihre Traum-Ausbildung anzufangen. Wie lange soll ich sie denn noch durchfüttern? Wenn Mine wenigstens einen Freund hätte! Ist zwar nicht hübsch mit ihren Glubschaugen, aber wenn man Leo-Muster trägt und Titten zeigt, geht alles. Aber die Kleine ist ja viel zu verklemmt."

Dirks schluckte. „Was für eine Ausbildung hat Mine denn gemacht?"

„Sie wollte Köchin werden. Da verdient man doch nix! Trotzdem hat sie sich wie Bolle gefreut, als sie einen Ausbildungsplatz im Restaurant *Friesenflügel* bekommen hat."

Dirks sagte der Name des Lokals etwas. „Ich habe das Werbeplakat an einer Bushaltestelle gesehen."

„Ein ganz feiner Schuppen, hat erst vor zwei Monaten eröffnet. Mine macht auch immer nur diesen besonderen Kram mit irgendwelchen Gewürzen aus Muslimistan. So eine Scheiße! Der Kuchen von Aldi schmeckt mir immer noch am besten."

„Heute ist Donnerstag. Warum war Mine zu Hause und nicht bei ihrer Ausbildung?"

Frau Conrads' Augen zeigten Unwissenheit und Gleichgültigkeit.

„Ich werde mich selbst dort erkundigen." Dirks stand auf und das fühlte sich bereits erholsam an. Mines Mutter hatte heute jedes Recht darauf, unausstehlich zu sein, doch Dirks hatte das sichere Gefühl, dass das ein Dauerzustand war. Hoffentlich würden die Leute im Restaurant *Friesenflügel* netter über Mine reden.

7. Eiko

Fee ging zuerst zurück zum Modegeschäft, um sich ihr Rad zu holen. In der Skatehalle erfuhr sie, dass Eiko zusammen mit seinem Kumpel Tom in einer WG wohnte. Sie radelte sofort dorthin.

Fee konnte sich gut an Tom erinnern, andersherum war es aufgrund begrenzter Speicherkapazitäten wahrscheinlich nicht so. Der schlaksige Kerl mit langen blonden Haaren trug bei jedem Wetter ein Muskelshirt und war Frontmann einer Deutschrock-Band mit dem wohlfeilen Namen „Starter". Das große Ziel der Band war es, sich einmal in „Hauptgericht" umbenennen zu können, doch man brauchte keine übernatürlichen Fähigkeiten, um vorauszusehen, dass sich dieser Traum niemals erfüllen würde. Fee hatte früher einmal Saxophon gespielt und bis zu dem Zeitpunkt, als sie Toms Band zum ersten Mal hörte, hatte sie sich selbst für den unmusikalischsten Menschen der Welt gehalten. Die Songs von „Starter" waren nur erträglich, nachdem man zwei Weinflaschen getrunken hatte und sich die Korken in die Ohren stopfen konnte.

Fee schloss ihr Fahrrad wieder an einer Laterne an. Die Tür des Mietshauses stand offen, eine junge Frau schleppte gerade einen Kasten Bier hinein. Im Hausflur sah Fee ein Schild. „Liebe Mitbewohner", stand dort in bunten Lettern, „heute wird es etwas lauter werden, denn ich feiere eine Party. Wenn ihr nicht schlafen könnt, kommt vorbei. 1. OG rechts."

Eiko wohnte im zweiten Obergeschoss links. Mit jedem Schritt wurde es Fee unbehaglicher. Was war ihr Plan? *Einfach mit ihm reden.* Hoffentlich gelang ihr das.

Ihr Herz schlug schneller und das Geld wurde immer unwichtiger. Vor vier Wochen war sie noch davon überzeugt gewesen, dass sie mit Eiko den Rest ihres Lebens verbringen würde. Der stechende Schmerz war wieder da wie in dem Moment, als er ihr gesagt hatte: „Ich will nicht mehr. Wir müssen uns trennen."

Fee blieb stehen und krallte sich am Treppengeländer fest. *Es geht nicht um Eiko. Ich muss mich auf die Cornflakes konzentrieren.* Sie rief sich in Erinnerung, wie Mine tot auf dem Teppich gelegen hatte, und sie dachte daran, wie der Typ mit der Krawatte ihr den Hals zupresste. Ihr Leben hing davon ab, das Geld zu bekommen.

„Moin." Die Frau von der Party hetzte an ihr vorbei, wahrscheinlich, um mehr Bier zu holen. Um ihre Wohnungstür herum leuchtete eine bunte Lichterkette.

Fee schlurfte daran vorbei. Auf den nächsten Stufen zwang sie sich zu einem aufrechten Gang. Sie musste jetzt stark sein! Endlich stand sie vor Eikos Wohnungstür. Mit zitternder Hand drückte sie den Klingelknopf.

Was soll ich bloß zu ihm sagen? Ihr Mund war trocken. Vielleicht würde sie auch nur auf Tom treffen, weil Eiko gerade unterwegs war. Das wäre natürlich am besten.

Oder war niemand zu Hause?

Das Geräusch von Schritten drang zu ihr. Die Tür wurde geöffnet und Eiko stand vor ihr. Seine meerblauen Augen waren so schön!

„Fee! Was für eine – Überraschung."

Fee badete weiter in seinem Blick.

„Ist es die Pizza?", brüllte Tom aus der Wohnung.

Eiko senkte den Kopf. „Was willst du hier, Fee?"

Fee versuchte den Kloß in ihrem Hals herunterzuschlucken. „Darf ich reinkommen?"

Eiko trat beiseite. Während Fee an ihm vorbeiging, stellte sie mit einem Lächeln fest, dass er immer noch alle Manslagt-Festivalbändchen um das Handgelenk trug, auch aus dem Jahr, in dem sie zusammengekommen waren. Unter ihren Schuhsohlen knirschte es seltsam. An der Pinnwand hing ein zwei Jahre alter Putzplan.

Eiko schloss die Tür. „Gut siehst du aus."

Fee lächelte. Nach dem Duschen hatte sie frisches Make-up aufgetragen und ihr Lieblingstop angezogen, irgendwie musste man sich ja Mut machen. „Wie geht es dir?"

„Gut. Es geht mir gut."

Fee wollte nicht weinen, trotzdem wurden ihre Augen feucht. „Wollen wir nicht noch mal über alles reden?"

„Ich habe schon alles gesagt."

„Hast du eine neue Freundin?"

„Ich habe nicht wegen einer Anderen mit dir Schluss gemacht. Ich will weg. Wenn ich es mir leisten könnte, würde ich um die Welt reisen. Aber erst mal ziehe ich nach Hamburg und studiere."

Trotz ihrer Tränen musste Fee lächeln. Es war schön, was Eiko vorhatte, sie freute sich für ihn. Es tat nur verdammt weh, dass er das ohne sie machen wollte. *Scheiß auf Eiko,* drängte ihre innere Stimme, *denk an die Cornflakes.* Wo bewahrte man Cornflakes auf? „Wollen wir nicht in die Küche gehen? Einen Tee trinken?" Sie ging vor, doch Eiko hielt sie zurück.

„Nein", sagte er bestimmt. „Das bringt doch nichts."

„Komm schon, nur eine Tasse Tee."

„Es ist aus, Fee!" Er öffnete die Tür.

„Darf ich wenigstens noch auf's Klo?" *Toller Plan,*

74

verspottete sie sich selbst. *Als ob er irgendwann vergessen würde, dass ich im Badezimmer bin.*

„Geh jetzt bitte!"

Fee wollte ihm einfach die Wahrheit sagen. Früher hatten sie doch über alles geredet. Außerdem musste er ihr glauben, wenn er das Geld in der Cornflakes-Packung finden würde. Aber wenn er die 50.000 Euro in Händen hielt, würde er sie ihr dann aushändigen? Fee blickte ihm tief in die Augen. Sie vertraute Eiko nicht mehr.

„Wann kommt denn endlich die Pizza?", brüllte Tom.

Fee ließ sich aus der Wohnung schieben, die Tür schloss sich hinter ihr und jegliche Hoffnung war dahin. *Ich habe es total versemmelt. Wie konnte ich mich nur so tölpelhaft anstellen?* Sie hatte sich überhaupt nicht vorbereitet, wie sie mit ihren Gefühlen gegenüber Eiko umgehen sollte. Sie hätte sofort die Küche anvisieren müssen, sich die Cornflakes-Packung schnappen und dann verschwinden. Stattdessen hatte sie gleich an der Wohnungstür mit Eiko über ihre Beziehung diskutiert.

Langsam ging Fee die Stufen hinunter. Wie sollte sie dem Krawattenmann beibringen, dass sie das Geld nicht hatte? Außerdem durfte sie Eiko nicht einfach 50.000 Euro überlassen, der wollte sich ja nur ein schönes Leben ohne sie machen. *Ich darf noch nicht aufgeben. Ich muss mir irgendetwas einfallen lassen.*

Die Tür mit der Lichterkette stand offen und die junge Frau mit dem Bier quietschte ausgelassen, während sie eine Freundin umarmte. Fee ging an ihnen vorbei. Auf dem Treppenabsatz hörte sie hinter sich eine Stimme. „Willst du nicht auch reinkommen und etwas trinken?"

Fee zögerte. Dann drehte sie sich um. Die junge Frau sah freundlich aus. Sie trug ein enges T-Shirt, eine

Plastik-Tiara auf dem Kopf und eine lilafarbene Girlande hing ihr wie ein Schal um den Hals. „Gerne." Fee lächelte. Solange sie bei der Party war, befand sie sich wenigstens noch im selben Mietshaus wie Eiko.

*

Während der Fahrt zum Mühlenrestaurant berichtete Breithammer von seiner Vernehmung der Hausbewohner. „Den meisten Nachbarn von Frau Conrads ist nichts Ungewöhnliches aufgefallen. Aber bei einer älteren Dame hat um etwa 13:30 Uhr ein Mann geklingelt und sich als Paketbote ausgegeben, der eine Lieferung für Frau Conrads hatte. Als die Dame wenig später nach unten ging, um zu sehen, ob das Päckchen im Hausflur lag - worüber sie sich geärgert hätte -, stand ein ‚grobschlächtiger' Mann vor Frau Conrads' Wohnungstür: sehr groß und mit kurzem, dunklem Haar, einer alten Jacke und einem grünen Schlips. Er hatte kein Paket dabei und auch sonst wirkte er nicht wie ein Zusteller. Zitat: ‚Er war kein Ausländer.'"

„Die Uhrzeit passt", bemerkte Dirks. „Das könnte der Täter gewesen sein. Wir sollten mithilfe der Dame ein Phantombild anfertigen lassen."

Die Flügel der Windmühle sah man bereits aus einiger Entfernung, wenig später kamen die bootsförmige Haube und der rote Turm ins Blickfeld. Den ganzen Galerieholländer konnten sie allerdings erst bewundern, als sie auf den alten Bauernhof fuhren, dessen Gebäude die untersten beiden Stockwerke umgaben. Nur der Teil des Hofes, in dem das Lokal untergebracht war, war restauriert worden, doch der Gegensatz von Alt und Neu hatte seinen Charme. Es wirkte, als ob das ganze Anwesen in einen Dornröschenschlaf gefallen und nur das Restaurant von dem Fluch verschont geblieben wäre. Die Abendsonne strahlte auf den Biergarten und überall hingen bunte Lampions, im Dunkeln musste hier eine traumhafte Stimmung herrschen.

„Sieht toll aus", sagte Breithammer, „ich sollte mal Folinde hierher einladen."

Ja, dachte Dirks, *es ist ein idealer Ort, um sich zu verloben.* Sie stiegen aus. Noch war wenig los und es standen mehr Fahrräder auf dem Parkplatz als Autos.

Am Eingang des Biergartens begrüßte sie eine adrett gekleidete Kellnerin. Ihr rechtes Ohr war blütenrein, doch am linken hing so viel Metall, als ob sie jeden Morgen vergaß, dass sie dort schon mehr als einen Ohrring drinhatte, und für Verstärkung sorgte. „Ein Tisch für zwei?" Ihre Stimme klang dunkel und in den moorgrünen Augen blitzte der Schalk, doch solch eine schnodderige Art gab dem Ort noch mehr Charakter.

„Wir wollen nichts essen, sondern mit dem Chef des Hauses sprechen."

„Wenn's um eure Hochzeitsfeier geht, kann ich auch alles erklären."

Dirks wurde rot und ärgerte sich darüber. „Wir sind von der Kriminalpolizei und müssen Herrn Geiger ein paar Fragen stellen." Sie zeigte der Kellnerin ihren Dienstausweis und diese schaute ihn sich tatsächlich aufmerksam an.

„Diederike Dirks." Sie las den Namen laut und langsam wie ein Fremdwort, das sie sich einprägen wollte. „Nikolas ist in der Küche, einfach der Nase nach. Aber bitten Sie bereits an der Tür um eine Audienz, er hat es nicht gerne, wenn jemand sein Reich betritt."

Die Kommissare gingen ins Haus. Es duftete betörend und Dirks war sofort klar, dass der Koch seine Arbeit verstand. Dem Rat der Kellnerin folgend, blieben sie bei der Küchentür stehen. Drinnen herrschte Hektik. Ein junger, sommersprossiger Mann wirkte überfordert, während der Küchenchef offenbar genau wusste, was er tat. Seine Augen funkelten leidenschaftlich, als er kurz zu ihnen herübersah. Er war relativ klein und hatte einen ordentlichen Bauch. Dirks empfand das als passende Referenz, als Koch musste man ja nicht noch aussehen wie Mister Nordsee.

„Keine Zeit!", verkündete der Essenskünstler, während er mit der linken Hand in einer Schüssel rührte und mit der rechten ein Brett mit gewürfelten Tomaten entgegennahm.

„Polizei." Dirks hielt ihren Ausweis hoch. „Es geht um Ihre Auszubildende Mine Conrads."

„Mine!" Das Blut stieß dem Koch in den Kopf und er quirlte den Inhalt der Schüssel so stark, dass ihm etwas Grünes ins Gesicht spritzte. Ohne mit dem Rühren aufzuhören, kam er mitsamt der Schüssel zur Küchentür. „Wenn mir dieses Mädchen noch länger krank ist! Wir müssen morgen eine ganze Hochzeitsgesellschaft bedienen."

„Mine ist tot."

Der Koch hörte auf zu rühren. „Was?"

„Ihr vollständiger Name?" Breithammer zückte sein Notizbuch.

„Nikolas Geiger. Aber ich verstehe nicht …"

„Wann haben Sie das letzte Mal etwas von Mine gehört?", fragte Dirks.

„Sie hat mich heute früh angerufen und sich krankgemeldet." Geiger überlegte. „Um kurz nach 10:00

Uhr, da fangen wir hier an. Eine Katastrophe! Ich habe sofort Nadine angerufen, ob sie mir aushelfen kann, und zum Glück hatte sie Zeit."

„Nadine? Ist das die Kellnerin?"

Geiger nickte. „Wie ist Mine gestorben?"

„Sie wurde ermordet." Dirks wollte in dieser Situation nichts Genaueres sagen, sondern in erster Linie Geigers Reaktion beobachten.

Der Küchenchef stellte die Schüssel ab und atmete schwer. „Wer – was …? Hat sich Mine nicht zu Hause auskuriert?"

„Was wissen Sie über Mines familiäre Situation?"

„Nicht viel. Beim Einstellungsgespräch hat sie sehr abwehrend reagiert, als ich sie nach ihrem Vater gefragt habe. Über ihre Mutter hat Mine gut geredet, aber ich habe mich sehr gewundert, dass Frau Conrads nie ins Restaurant gekommen ist. Ansonsten ging es nur ums Kochen und dabei hat Mine gestrahlt. Sie war ein echter Glücksfall und konnte sehr feine Geschmacksnuancen herausschmecken. Mit ihr hat die Arbeit wahnsinnigen Spaß gemacht! Sie wusste schon sehr viel und war mir eine echte Hilfe. Deshalb war es schlimm, dass sie sich heute krankgemeldet hat. Aber was soll man machen? Wenn man mit einer Erkältung kocht, wird nachher noch das Essen versalzen." Seine Augen strahlten eine Mischung von Traurigkeit und Verzweiflung aus. „Was soll ich jetzt machen? Ich kann das Restaurant nicht einfach schließen. Es gibt Reservierungen! Wir befinden uns noch am Anfang, da müssen die Dinge reibungslos laufen, damit wir uns einen guten Ruf aufbauen. Ich habe mein ganzes Geld in dieses Restaurant investiert, wissen Sie?"

„Ich weiß nur, was ich selbst tun würde."

In der Küche gingen zwei Alarmtöne gleichzeitig los und der liebliche Duft von Gourmetspeisen wich dem beißenden Gestank von Angebranntem.

„Gütiger Himmel." Geiger drehte sich um. „Dennis!"

Dem Küchengehilfen stand Panik ins Gesicht geschrieben, kurze Zeit später konnte man ihn vor lauter Qualm gar nicht mehr sehen.

„Entschuldigen Sie mich!" Geiger verschwand im Nebel.

Dirks hustete. „Wir sollten auch gehen." Sie verließ mit Breithammer das Gebäude. Die laue Sommerluft war eine Erholung.

„Befragen wir noch die Kellnerin", schlug Breithammer vor. „Ich will wissen, ob sie Geigers Aussage bestätigt."

Nadine kam bereits von sich aus auf die Kommissare zu. „Ich dachte, Sie wollten nur ein paar Fragen stellen und kein Feuer legen!"

„Die Nachricht von Mines Tod hat Herrn Geiger etwas aus der Bahn geworfen", sagte Dirks.

Die blonde Bedienung schluckte, reagierte aber gefasst.

„Sie wirken nicht besonders getroffen."

„Es ist kein Geheimnis, dass Mine und ich nicht sonderlich gut miteinander klarkamen. Ich fand sie sehr anstrengend. Mine hatte weniger Selbstbewusstsein als 'ne Schnecke nach 'nem 100-Meter-Lauf. Trotzdem kann ich verstehen, warum der Chef sie eingestellt hat. Was sie gekocht hat, war genial."

„Sie kennen Herrn Geiger schon länger?"

„Seit der Restauranteröffnung vor zwei Monaten." Nadines Gesicht zeigte nun doch etwas Anteilnahme. „Was ist denn passiert? Wieso ist Mine tot?"

„Wann haben Sie sie das letzte Mal gesehen?", fragte Breithammer.

„Gestern Nachmittag. Eigentlich hatte sie noch gar nicht Feierabend, aber es war offensichtlich, dass es ihr nicht gutging. Sie hat sogar ihr Fahrrad hiergelassen und ist mit dem Bus nach Hause gefahren. Es war also kein Wunder, dass sie sich auch heute krankgemeldet hat. Nikolas hat mich angerufen und gefragt, ob ich für sie einspringen und ihm mit den Vorbereitungen für die Hochzeit helfen kann."

„Wann war das?"

„So um 10:15 Uhr. Wird ein langer Tag heute, aber ich bin ja froh über den zusätzlichen Verdienst. Und zur Mittagszeit gab's sogar Steak."

„Waren Sie die ganze Zeit über mit Herrn Geiger zusammen oder war er auch mal eine Stunde alleine weg?"

Nadine überlegte. „Das wäre mir aufgefallen. Wir waren etwa zwei Stunden lang einkaufen. Klar, danach war ich nicht immer im selben Raum, aber ich bin oft zu ihm gegangen, weil ich etwas fragen musste. Und ab 14:00 Uhr hat er die ganze Zeit mit Dennis in der Küche gearbeitet. Wir haben ja bereits jetzt viele Gäste für Kaffee und Kuchen."

„Danke." Breithammer steckte sein Notizbuch wieder ein.

„Ich hätte noch eine Frage", warf Dirks ein. „Raucht Herr Geiger?"

„Nur noch E-Zigaretten." Nadine war intelligent genug, um zu wissen, worauf diese Fragen abzielten, und ihr Missfallen war deutlich in der Stimmlage zu spüren. „Wenn Sie nichts weiter möchten, würde ich mich gerne wieder um meine Gäste kümmern."

Dirks blickte zum Biergarten und ein Ehepaar guckte giftig zurück. „Gehen Sie ruhig. Vorerst haben wir genug erfahren."

Nadine verließ sie und nahm die Bestellung des Ehepaars auf.

„Wichtig ist, dass sich Mine mit ihrem Chef verstanden hat", bemerkte Breithammer. „Das hier ist jedenfalls ein schönerer Arbeitsplatz als eine Spielhalle."

Dirks nickte und überlegte, was als Nächstes zu tun war. *Berichte schreiben und die Staatsanwaltschaft informieren.* Ansonsten konnten sie erst wieder etwas tun, wenn die Ergebnisse der Spurensicherung vorlagen oder Zolan Tomovic gefasst wurde. Es war schon jetzt ein langer Arbeitstag gewesen. Hoffentlich würde sie heute Abend noch etwas Aufmerksamkeit für Jendrik erübrigen können.

8. Party

Aus den Boxen der Kompaktanlage dröhnte laute Musik und eine kleine Plastikkugel warf bunte Lichter an die Decke und Wände. Fee saß einsam in einem Sessel und hielt eine Margarita in der Hand. Der Alkohol beruhigte sie, aber wenn sie heute wirklich noch einen Plan entwickeln wollte, wie sie an die Cornflakes kommen konnte, dann sollte sie sich nicht noch mehr Cocktails mischen.

Die junge Frau, die die Party schmiss, hieß Nina und war supernett, genauso wie ihre Freundinnen. Bisher war es so eine Art Vorparty gewesen, in die sich Fee gut eingefügt hatte. Sie hatte dabei geholfen, einen Kartoffelsalat vorzubereiten, und einen Käseigel bestückt, danach wurden zwei Flaschen Sekt geleert und ein paar Runden Karaoke gesungen. Nun trafen nach und nach noch mehr Gäste ein, alle nickten Fee zu und sie hob zur Begrüßung die Margarita. Zum Glück musste sie niemandem die Frage beantworten, woher sie Nina kannte, denn sie hatten untereinander genug zu bereden.

Wie soll ich in Eikos Wohnung kommen?

Nach zehn ideenlosen Minuten war ihr Glas leer und Fee gab ihren gemütlichen Sitzplatz auf, um es mit Cola zu versuchen. Vielleicht wurde sie dadurch wieder frisch im Kopf.

Plötzlich hörte sie aus dem Flur eine Stimme, die sie nur allzu gut kannte. „Moin Nina. Vielen Dank für die Einladung."

„Dafür nicht. Freut mich doch, so nette Nachbarn zu haben."

Wenig später betraten Eiko und Tom den Raum. Fee versuchte zu lächeln, doch es gelang ihr nicht.

Eiko schaute sie entsetzt an. „Was machst du denn hier?" Glücklicherweise war er nicht der Gastgeber und konnte sie deshalb nicht rausschmeißen. Dieser Gedanke zauberte ein leichtes Grinsen in ihr Gesicht.

Fee erkannte, dass sie diese Gelegenheit nutzen musste. Solange Eiko und Tom auf dieser Party waren, konnte sie ungestört in der WG nach den Cornflakes suchen. *Aber wie komme ich in ihre Wohnung?*

Seine Schlüssel trug Eiko normalerweise in der rechten Hosentasche und auch jetzt war seine Jeans dort ausgebeult. Er nahm sich ein Pils und setzte sich auf den Sessel, den sie vorgewärmt hatte. Eine hübsche Brünette gesellte sich zu ihm und es entwickelte sich ein lockeres Gespräch. Dann spielte die Playlist „Despacito", alle grölten und die Tanzfläche wurde eröffnet. Auch Eiko wurde von seiner Gesprächspartnerin in die Mitte des Raumes gezogen.

Das ist meine Gelegenheit. Fee drängelte sich in Eikos Nähe und tanzte ihn an, Eiko merkte das und bewegte sich elegant von ihr weg. Doch zwischen all den Leuten hatte er nur wenig Platz, um auszuweichen. Seine letzte Möglichkeit bestand darin, ihr den Rücken zuzukehren.

Sehr gut, jetzt kann ich ihm besser in die Hosentasche greifen. Rhythmisch näherte sich ihre Hüfte seinem knackigen Hintern. Leider hatte sie keinerlei Erfahrung in Taschendiebstahl. Sie hatte mal gelesen, dass es darum ging, den anderen abzulenken. Fee gab ihm einen satten Klaps auf die linke Pobacke, während ihre rechte Hand in seiner Jeans verschwand.

Bevor sie den Schlüssel greifen konnte, schnellte Eiko herum und packte sie wütend am Handgelenk.

„Verflucht, Fee, du nervst! Bitte stell dich einfach in eine Ecke, in der ich dich nicht sehen muss."

„Mach die Augen zu."

Eiko fand das gar nicht witzig. „Entscheide dich: Wohnzimmer oder Küche. Ich werde da sein, wo du nicht bist."

„Und wenn ich nicht mitspiele?"

„Willst du mir jetzt jeden Spaß verderben?"

Keine schlechte Idee, dachte Fee. Aber es lag nicht in ihrem Interesse, dass Eiko diese Party verließ. „Ich verkrümel mich in die Küche."

Jetzt blieb ihr nur noch die Möglichkeit, sich an Tom ranzumachen. Vielleicht konnte sie ihn dazu bringen, mit ihr in seine Wohnung zu verschwinden. Die Hohlbratze war bestimmt froh über jedes weibliche Wesen, das Interesse an ihm zeigte. Fee guckte sich um, ob sie Eikos Kumpel irgendwo entdeckte.

Tom stand im Flur und freute sich über die Flasche Bier in seiner Hand. Fee wollte irgendetwas Positives an ihm sehen, doch das erwies sich als unmöglich. Zumindest ohne einen weiteren Cocktail. Sie ging in die Küche, um sich etwas Leckeres zu mischen. Nach dem Alkohol waren die Menschen tatsächlich hübscher und die Musik lud noch mehr zum Tanzen ein.

„Hi!" Eine schlanke Schönheit gesellte sich zu Fee. Wie konnte man so lange Beine haben?

„Ich bin Julia", flötete die Blondine. „Drittes Obergeschoss links. Und wer bist du?"

„Fee." Fee griff nach ihrer Hand, die sich kühl anfühlte, was auf seltsame Weise erfrischend war. „Ich wohne nicht in diesem Haus, ich bin nur mit einem Bekannten hier."

„Der heiße Typ im Wohnzimmer? Eiko heißt er, nicht

wahr? Ich habe gehört, wie ihr euch gestritten habt. Ist er dein Freund?"

Fee seufzte. „Ex-Freund." Sie setzte an, um mit ihrer neuen Bekannten über Männer zu lästern, doch da hatte sie offensichtlich etwas missverstanden. Julia nahm sich ein Bier und gesellte sich zu Eiko.

Miststück. Aber so war Eiko wenigstens gut abgelenkt, während sie Tom bezirzte. Doch noch bevor sie Eikos Kumpel ansprach, bildete sich in ihrem Kopf ein weiterer Plan. *Was hat Julia gesagt, wo sie wohnt? „Drittes Obergeschoss links."* Das war die Wohnung über Tom und Eikos WG. Fee schielte ins Wohnzimmer, wo Julia immer noch mit Eiko flirtete. Er strahlte, als ob ihr magisches Lächeln ihn in eine Aura hüllte. *Hat er bei mir auch schon mal so geleuchtet?* Darum ging es jetzt nicht. Fee starrte auf Julias Hintern. Ihre Leggins war so eng, da passte nirgendwo ein Wohnungsschlüssel hin. Eine Jacke brauchte man nicht, wenn man im selben Haus wohnte. Fee schaute sich in der Küche um. An einer Stuhllehne hing ein einsames Handtäschchen, das hervorragend mit Julias Look harmonierte.

Fee schnappte sich das glitzernde Accessoire und verließ unauffällig die Party.

Wenig später stand sie vor Julias Wohnungstür und fischte einen Schlüssel aus dem Täschchen. Er passte! Fees Herz schlug schneller. Sollte sie das wirklich durchziehen? Wäre es nicht einfacher, Tom zu verführen und dadurch direkt in seine Wohnung zu kommen? Fee öffnete die Tür und huschte ins Innere.

Hoffentlich wohnte Julia alleine. Fee machte kein Licht an, der Mondschein reichte. Aus einer Ecke starrten sie zwei Katzenaugen an.

Auf den ersten Blick machte die Wohnung einen sehr

ordentlichen Eindruck. Fee mochte die schnörkeligen Fotorahmen an der Wand vom Flur, nur die Sprüche darin waren ihr zu viel. *„Mach deinen Körper zu deinem heißesten Outfit."* Das war in etwa so motivierend wie eine Fünf in Mathe. Aber sie war nicht hier, um sich die Einrichtung anzusehen, sie wollte nur auf den Balkon.

Das Wohnzimmer war ungewöhnlich leer. Eine Wand war von oben bis unten verspiegelt und auf dem Boden lag eine glänzende Eisenstange. Offenbar wollte Julia eine Poledance-Stange installieren. Fee kniete sich nieder und klappte den Werkzeugkasten auf, der neben der Eisenstange stand. Wenn sie durch Eikos Balkontür wollte, brauche sie schließlich ordentliches Werkzeug. Sie griff nach einem schweren Hammer, dessen Schlageisen an einer Seite spitz war, und steckte ihn in den Gürtel. Dann öffnete sie die Balkontür und trat hinaus.

Die frische Luft vertrieb den letzten Alkoholnebel aus ihrem Kopf. Die Musik von Ninas Party drang zu ihr hoch. *Ist es nicht vollkommen verrückt, was ich hier tue?* Nein, es wäre verrückt, das nicht zu versuchen. Wenn sie sich wirklich das Geld von Eiko zurückholen wollte, dann durfte sie keine halben Sachen mehr machen, sondern musste diese Nummer ernsthaft durchziehen.

Fee packte das Metallgeländer und kletterte darüber. Adrenalin schoss ihr durch den Körper, so lebendig hatte sie sich lange nicht mehr gefühlt. Sie durfte jetzt auf keinen Fall übermütig werden! Vorsichtig bückte sie sich und umklammerte mit der rechten Hand die untere Stange des Geländers. Mit der anderen ließ sie los. Sie fiel nach hinten, es riss in ihrem rechten Arm, aber schnell genug griff sie mit der linken Hand nach. Nun baumelte sie in der Luft und versuchte, mit den Füßen das Geländer des unteren Balkons zu erreichen.

Das hatte sie sich leichter vorgestellt. Zurückklettern ging nicht. Und der Boden war verdammt weit unten! Panik durchströmte sie, doch sie zwang sich, die Augen zu schließen. Sie durfte nicht daran denken, zu fallen! Auch wenn ihre Arme mehr und mehr schmerzten.

Sie musste sich darauf konzentrieren, auf Eikos Balkon zu gelangen. Aber wie konnte sie sichergehen, auf der richtigen Seite des Balkongeländers zu landen? Langsam begann sie zu schaukeln und holte Schwung. Schließlich winkelte sie die Beine an und ließ los.

Geschafft! Glücklicherweise war sie nicht auf einer Getränkekiste aufgeschlagen. Jetzt musste sie nur noch die Balkontür öffnen und sie würde sich in der leeren WG befinden. Fee holte den Hammer hervor und schlug kräftig mit der spitzen Seite gegen die Scheibe. Das Geräusch war viel zu laut, aber glücklicherweise zog ja die Party alle Aufmerksamkeit auf sich. Das dicke Glas war noch intakt und Fee schlug stärker zu. Beim dritten Mal entstand ein Riss, danach ging es leichter. Kurz darauf konnte sie durch den Rahmen fassen und die Tür von innen öffnen.

Wie viel Zeit hatte sie wohl? Es kam ihr vor, als hätte sie eine Ewigkeit gebraucht, um in Eikos Wohnung einzusteigen. Ab jetzt würde es einfach sein, sie musste nur noch in die Küche, um die Cornflakes zu holen.

In der Höhle der beiden Jungs war es dunkler als ein Stockwerk höher, außerdem hing ein undefinierbarer Geruch in der Luft. Auf dem Couchtisch lagen der leere Karton der Pizza, die Tom vorhin so sehnlichst erwartet hatte, und zwei nicht zusammenpassende Socken. *Hätte sich Eiko bei mir wohler gefühlt, wenn ich öfter mal ins Sofa gefurzt hätte?* Fee trat auf den Controller einer Spielekonsole und schaltete die Taschenlampe bei ihrem Handy an, nicht dass sie sich noch alle Knochen brach.

Sie unterdrückte den Drang aufzuräumen und bahnte sich den Weg in die Küche. Ihr Herz puckerte immer schneller. Endlich würde sie das Geld zurückbekommen! Sie öffnete einen Hängeschrank, doch darin befanden sich nur Gewürze und ein unsortierter Stapel von Tellern in den unterschiedlichsten Formen. Im Schrank daneben bot sich ihr ein ähnliches Bild. „Wie konnte ich nur annehmen, dass hier irgendeine Ordnung herrscht?", flüsterte Fee.

Eilig riss sie die anderen Schranktüren auf. Unter dem Waschbecken, neben den Spülmaschinentabs, stand eine Cornflakes-Packung. Doch es war nur eine Handelsmarke vom Discounter. Der Vorratsschrank enthielt vor allem Grillsaucen und Fertigsets für Spaghetti Bolognese. Fee öffnete auch die Schubfächer und den Kühlschrank. Passte die Socke hinter dem Schokoladenpudding zu einer der beiden im Wohnzimmer oder handelte es sich um eine dritte Spezies?

Fee fluchte. Wo konnte sie noch nach den Cornflakes suchen? Etwa in Eikos Schlafzimmer, weil er nachts etwas zum Knuspern brauchte? Es blieb ihr nichts weiter übrig, als in den anderen Zimmern nachzusehen.

Ein Geräusch erklang von der Wohnungstür und Fee erstarrte. Zwei Leute lachten und jemand steckte einen Schlüssel ins Schloss. Schnell schaltete sie die Handytaschenlampe aus. Doch die Dunkelheit bot ihr nur begrenzt Schutz. Sie musste abhauen, über den Balkon noch einen Stock tiefer, das wäre das Vernünftigste. Aber Fee wollte nicht. *Nicht ohne meine Cornflakes.*

Verstecken! Am besten unter Eikos Bett oder neben

seinem Kleiderschrank, falls es dort Platz gab. Doch es war bereits zu spät, die Wohnungstür ging quietschend auf und die beiden Leute torkelten in den Flur.

„Hoffentlich sind wir morgen fit", lallte Eiko. „Nicht dass mir noch der Führerschein abgenommen wird."

„Ach was", gab Tom zurück. „Es war wichtig, für das Wochenende zu trainieren."

Hoffentlich sind sie so fertig, dass sie direkt ins Bett fallen, dachte Fee. Wenn niemand in die Küche kommen oder die kaputte Balkontür entdecken würde, wäre alles okay. Dann würde es nur schwieriger werden, die Zimmer der beiden zu durchsuchen.

Eiko rülpste. „Ich mache mir noch ein Sandwich."

Fee hielt den Atem an und schloss die Augen. Der Lichtschalter knackte und plötzlich fühlte sie sich, als wäre sie nackt.

„Bist du echt?", fragte Eiko.

Fee stand stocksteif, vielleicht konnte sie ja wirklich einen Geist spielen.

„Ich sehe sie auch", lallte Tom.

Einer von beiden kniff sie und Fee sprang zurück. Sie blickte in Eikos Augen und sah, dass er sich genauso erschrocken hatte.

„Du bist der absolute Alptraum!", rief er. „Wie bist du hier reingekommen?"

„Über den Balkon. Von Julias Wohnung aus."

„Über den Balkon", wiederholte Eiko ungläubig. „Von Julias Wohnung aus."

Tom verließ die Küche. „Oh Mann, die Balkontür ist kaputt!", rief er entsetzt. „Hast du nicht mehr alle Würmer im Watt?"

„So kommt wenigstens mal Tageslicht in die Wohnung", blaffte Fee zurück.

Eikos Gesicht war wie versteinert. „Was soll das?"

Fee holte tief Luft. „Die Sachen, die du heute Morgen aus meiner Wohnung mitgenommen hast – ich will sie zurück."

„Bitte? Erst schreibst du mir, dass du sie wegschmeißen willst, und dann brichst du hier ein, um sie zurückzuholen?"

„Du hast mehr mitgenommen, als dir gehört!"

„Ja, ja, ich habe dir dein Herz gestohlen, bla, bla. Komm darüber weg, Fee! Es ist aus zwischen uns, akzeptier das endlich."

Wenn ich dem Krawattenmann nicht das Geld gebe, dann ist es aus mit mir! Aber das interessierte Eiko ja offensichtlich herzlich wenig. Fee überreichte ihm Julias glitzerndes Abendhandtäschchen. „Sag ihr, es tut mir leid."

„Es tut dir leid?", empörte sich Tom. „Davon wird unsere Balkontür auch nicht wieder ganz."

„Das zahlt meine Versicherung." Eiko wandte sich an Fee. „Ich will dich nie mehr wiedersehen."

„Keine Sorge." Fee seufzte resigniert. „Das wirst du nicht."

9. Elmo

Am Freitagmorgen kam Staatsanwalt Lothar Saatweber in die Polizeiinspektion Aurich, um sich persönlich ein Bild von den beiden Todesfällen zu machen. Der gestandene Familienvater hatte tiefe Ringe unter den Augen, lächelte jedoch entspannt, als er Dirks und Breithammer sah. Er liebte seine Familie, aber nutzte auch gerne jede Auszeit bei seinen Chefermittlern an der Nordsee. Die Farbe seines heutigen Pullovers war so undefinierbar, dass wohl nur Archäologen eine Aussage bezüglich des Originaltons treffen konnten.

Breithammer schleppte ein zweites Flipchart in den Konferenzraum und befestigte ein Foto von Kai Wiemers daran. An der anderen Tafel klebte bereits ein Bild von Mine Conrads. Dirks wollte heute ohnehin alle Fakten zusammenfassen, denn auch die Untersuchungen der Kriminaltechnik hatten etwas Neues ergeben.

„Zuerst haben wir Kai Wiemers." Breithammer füllte das Flipchart während des Sprechens. „Er ist ein begabter Taschendieb und hat eine Vergangenheit als Autoknacker. Vor einer Woche wurde sein ehemaliger Mentor Zolan Tomovic aus dem Gefängnis entlassen. Am Mittwoch um 14:00 Uhr stiehlt Kai ein Auto am Fährterminal Norddeich-Mole: Den Porsche der Architektin Cordelia Folkmann. Kai fährt mit dem Sportwagen nach Hause und stellt ihn in der Scheune ab." Breithammers Stift streikte und er musste ihn wechseln. „Kurz vor 15:00 Uhr erhält Kai dann überraschend Besuch und es kommt zu einem Kampf, bei dem er verletzt wird."

Dirks hielt den Plastikbeutel mit dem Springmesser hoch. „An dem Messer sind ausschließlich Kais Fingerabdrücke zu finden, also ist es seine eigene Waffe. Offenbar war sein Gegner jedoch so geschickt, dass er Kais Hand gegen ihn selbst wenden konnte. Es muss sich bei ihm also um einen geübten Kämpfer handeln."

Saatweber machte sich Notizen, während Breithammer fortfuhr. „Trotzdem gewinnt Kai den Kampf und kann mit dem Porsche flüchten. Aufgrund des hohen Blutverlusts verliert er wenig später die Kontrolle über den Wagen und fährt gegen einen Baum. Todeszeit: 15:17 Uhr. Später stellt sich heraus, dass Zolan Tomovic Kai an diesem Nachmittag besucht hat, denn sein markantes goldenes Auto wurde gesehen. Außerdem wurden Tomovics Fingerabdrücke an der Terrassentür nachgewiesen. Er ist demnach unser Hauptverdächtiger. Leider befindet er sich zurzeit auf der Flucht, aber die Fahndung läuft."

„Dieser Fall scheint eindeutig zu sein", sagte Saatweber. „Es bleibt hauptsächlich zu klären, wie viel Schuld Kai selbst an seiner Verwundung trägt. Springmesser gelten in Deutschland als Waffe und sind verboten. Sobald wir Tomovic in Gewahrsam haben, werden wir mehr über seinen Streit mit Wiemers erfahren." Er drehte sich zum zweiten Flipchart. „Und was ist mit Mine Conrads passiert?"

Dirks räusperte sich. „Bei ihr wissen wir noch nicht so viel. Mine blieb gestern zu Hause, weil sie sich nicht wohlfühlte. Bei der Obduktion war das Blutbild okay, aber das muss nichts heißen, sie könnte ja beispielsweise Migräne gehabt haben. Ihre Mutter hatte gegen 10:00 Uhr das Haus verlassen, sodass sie alleine war. Die Wohnungstür verfügt weder über einen Türspion noch eine Sicherungskette. Mine hat den Täter offenbar in die Wohnung gelassen, weil er sich als Paketbote ausgegeben hatte. Der Unbekannte hat sie bis ins Wohnzimmer gedrängt. Die Gerichtsmedizin hat die erste Analyse des Notarztes bestätigt. Mine wurde zunächst geschlagen und dann erwürgt. Der Täter hat so stark zugedrückt, dass Zungenbein und Kehlkopf gebrochen sind. Der Todeszeitpunkt liegt zwischen 12:00 Uhr und 14:00 Uhr. Danach hat der Täter offenbar Mines Zimmer durchsucht."

Saatweber hob die Augenbrauen. „Was hat er gesucht?"

„Das wissen wir nicht und auch Mines Mutter hat keinen Schimmer. Aber hier liegt unserer Meinung nach der sinnvollste Ermittlungsansatz. Wir müssen die letzten Tage von Mine rekonstruieren und herausfinden, ob dort etwas Ungewöhnliches passiert ist."

„Wie kommt ihr darauf, dass sich der Täter als Paketbote ausgegeben hat?"

„Das lässt sich aus der Aussage einer Nachbarin schließen, die zwischen 12:00 Uhr und 13:00 Uhr einen verdächtigen Mann an der Wohnungstür der Conrads' gesehen hat." Breithammer heftete ein Phantombild an das Flipchart. Er hatte gestern noch einen Zeichner zu der Zeugin geschickt, damit die Erinnerung nicht verblasste. Leider war die Zeichnung des Gesichts voller Unsicherheiten, denn die Zeugin hatte sich vor allem die Gestalt des Mannes eingeprägt.

„Ansonsten haben wir am Tatort ein Feuerzeug gefunden, das höchstwahrscheinlich dem Täter gehört." Dirks hielt den Plastikbeutel mit dem schwarzen Gegenstand hoch. „Das Feuerzeug weist darauf hin, dass es sich um einen Raucher handelt, und das Pin-up-

Girl, dass er alleinstehend ist."

„Wozu hat der Täter das Feuerzeug gebraucht?", fragte Saatweber.

„Wir nehmen an, dass er damit den Pupillenreflex bei Mine getestet hat, um zu überprüfen, ob sie wirklich tot ist", entgegnete Dirks.

„Dann ist der Täter Arzt?"

Breithammer schüttelte den Kopf. „Allzu speziell ist dieses Wissen auch nicht. Außerdem kann sich der Täter auch einfach so Mines Gesicht im Feuerschein angesehen haben. Dieses Detail ist zu unsicher, um daraus etwas Tragfähiges abzuleiten."

„Allerdings weist die Tatsache, dass der Täter das Feuerzeug liegen gelassen hat, darauf hin, dass der Mord nicht geplant war", fügte Dirks hinzu.

Saatweber stand auf, um das Phantombild genauer zu betrachten. Dann ging er wieder zurück und nahm das erste Flipchart mit Kai Wiemers in den Blick. „Zwei unnatürliche Todesfälle so kurz hintereinander, das ist untypisch für Ostfriesland. Könnte es zwischen beiden Fällen einen Zusammenhang geben?"

Breithammer blickte ihn erstaunt an. „Ich sehe keine Gemeinsamkeiten. Zumindest nicht auf den ersten Blick."

„Und auf den zweiten?"

„Auf den dritten vielleicht." Dirks überlegte. „Man könnte bei Mine ebenfalls von einem Kampf sprechen, auch wenn er ganz anders ablief als bei Kai. Sie war aber auch sehr viel schwächer und konnte sich nicht wehren."

„Und das Alter?", fragte Saatweber. „Wiemers und Conrads sind nur wenige Jahre auseinander. Sie könnten sich gekannt haben. Zumindest über Facebook,

Whatsapp oder Doubleroom."

„Leider konnten wir bei beiden kein Smartphone finden. Sie müssen gezielt entsorgt worden sein."

Saatweber kräuselte die Lippen.

„Wir werden den Gedanken in unsere Befragungen aufnehmen und überprüfen, ob es Querverbindungen zwischen Kai Wiemers und Mine Conrads gibt", kündigte Dirks an. „Ansonsten konzentrieren wir unsere Ermittlungen auf Mine Conrads, so lange, bis Tomovic gefasst wird."

„Einverstanden." Saatweber freute sich, dass seine Idee aufgegriffen worden war. „Gute Arbeit, weiter so." Er wandte sich zum Gehen. „Und jetzt werde ich ein ausgiebiges, ruhiges Frühstück genießen."

*

Fee erwachte mit einem Kater. Glücklicherweise hatte sie noch Aspirin. Doch was würde es bringen, sich besser zu fühlen? Es war sowieso alles vorbei. Sie konnte dem Mann mit der grünen Krawatte sein Geld nicht zurückgeben und dafür würde er sie umbringen.

Oder gab es doch noch eine andere Möglichkeit? Vielleicht würde der Kerl ja eine Anzahlung akzeptieren. Wie konnte sie auf die Schnelle an möglichst viel Geld kommen? Sie besaß immerhin noch die 500 Euro, die sie aus ihrem Anteil abgezweigt hatte. Ansonsten hatte sie all ihre Ersparnisse für die Spanienreise ausgegeben. Sie blickte sich um. Es gab nichts in ihrer Wohnung, was man zu Geld machen konnte, und für ihr Fahrrad würde sie höchstens 100 Euro bekommen. *Was ist mit meinen Eltern, können die mir nicht Geld leihen?* Aber die waren gerade im Urlaub und hatten auch nicht viel übrig. Mit weniger als 5.000 Euro würde sich der Erpresser niemals zufriedengeben.

Ich muss zur Polizei gehen. Aber würde man ihr dort überhaupt glauben? Sie hatte ja kein Geld mehr, das sie ihnen als Beweis zeigen könnte. Allerdings gab es Mines Leiche und sie könnte sich als Zeugin in diesem Mordfall melden. Fee stand auf, um sich mit einer Dose Deo frischzumachen. Die Polizei würde ja wohl nicht erst um 10:00 Uhr öffnen.

Gefährde ich damit nicht die anderen von der Bushaltestelle? Die Drohung des Mörders kam ihr wieder in den Sinn. „*Wenn du zur Polizei gehst, werden deine Eltern sterben. Du wirst niemals wieder sicher sein, bis ich mein Geld habe, verstehst du?*" Tränen der Verzweiflung stießen Fee ins Gesicht. „Was soll ich denn sonst tun?"

Sie wollte in die Küche, um sich einen Kaffee zu machen, doch sie zitterte am ganzen Körper. Kurz bevor sie das Gleichgewicht verlor, hielt sie sich am Türrahmen fest. Sie versuchte, ihre Atmung zu beruhigen, und ihr Blick schweifte ziellos durch den Flur, über die Garderobe, Schuhe, Kommode, Wandkalender. Als ob ihr das etwas helfen würde, suchte sie das heutige Datum. Erst vorgestern war sie aus Spanien wiedergekommen, da war die Welt noch in Ordnung gewesen. Für heute bis zum Sonntag stand in großen Lettern „Manslagt-Festival" im Kalender. Das war Eikos Schrift, er hatte den Termin sofort eingetragen, nachdem sie den Kalender gekauft hatten.

Eine Idee erfüllte Fee mit neuer Hoffnung. Hastig taumelte sie ins Schlafzimmer und überprüfte den Kleiderschrank. Eiko hatte gestern nicht nur die Kisten mitgenommen, sondern auch seinen Schlafsack und das Zelt. Sie rannte in die Küche, um zu sehen, ob da noch mehr fehlte als die Cornflakes: H-Milch, Instant-Kaffee, Schokolade und die Konserven mit Ravioli, die er so sehr liebte. *Eiko fährt zum Festival. Die Cornflakes sind nur Teil seines Proviants. Deshalb habe ich sie nicht in seiner Wohnung gefunden. Wahrscheinlich hat er alles Gepäck fürs Festival in seinem Auto gelassen!*

Es gab also doch noch eine Möglichkeit, um an die 50.000 Euro zu kommen. Sie musste nur zurück zu Eiko und sein Auto aufbrechen. Fee schaute auf die Uhr. *7:55 Uhr.* Hoffentlich war er noch nicht losgefahren!

*

Dirks und Breithammer teilten sich auf. Während Breithammer zu Michael Krämer fuhr, machte sich Dirks auf den Weg zum Haus von Mine Conrads. Auch wenn sie nicht daran glaubte, dass Kai und Mine sich kannten, so konnte es nicht schaden, nachzufragen. Vielmehr interessierte sie jedoch, ob Mines Mutter etwas mit dem Mann auf dem Phantombild anfangen konnte. Außerdem brauchte sie noch die Adresse von Frau Conrads' Freund und ihrem Exmann.

Heute war Mines Mutter weitaus umgänglicher. Ihre Augen waren rot und die Lider geschwollen. Die Haare hingen in fettigen Strähnen herunter und sie trug einen billigen Leomuster-Morgenmantel über einem fleckigen Betty-Boop-Nachthemd. Aber das war wahrscheinlich ihre übliche Modewahl. Sie schlurfte zum Balkon und öffnete die Tür. „Mine hat immer darauf bestanden, dass ich die Fenster aufmache, wenn ich rauche", sagte sie wehmütig. „Sie hat behauptet, dass durch den Rauch ihre Geschmacksknospen verkümmern."

Dirks setzte sich auf denselben Platz wie gestern.

„Heute Nacht war es so still." Mines Mutter setzte sich ebenfalls und steckte sich eine Zigarette an. „Ich hatte immer Angst davor, dass mich Mine irgendwann alleinlässt, aber dass es auf diese Weise geschieht … Jetzt bleibt mir nur noch das Essen, das sie für mich gekocht hat. Ich traue mich gar nicht, die Tupperschalen aus dem Kühlschrank zu nehmen, auch wenn das Essen verdirbt, wenn ich es nicht verbrauche. Zum Glück hat sie auch ein paar Sachen eingefroren."

„Haben Sie sich noch einmal in Mines Zimmer umgesehen?", fragte Dirks. „Ist Ihnen vielleicht aufgefallen, was der Mörder bei ihr gesucht haben könnte?"

Frau Conrads blickte sie hilflos an. Dirks meinte, ein bisschen von Mines großen Augen in ihr wiederzuerkennen.

„Was hat Mine von Montag bis Mittwoch gemacht? Ist Ihnen an diesen Tagen etwas Besonderes bei Ihrer Tochter aufgefallen?"

„Sie war vom Vormittag bis zum Abend im Restaurant. Das einzige Ungewöhnliche war am Mittwoch, wo sie schon am späten Nachmittag nach Hause kam."

Dirks nickte. „Die Kellnerin im Restaurant meinte, Mine habe sich nicht wohlgefühlt."

„Auf mich hat sie recht fröhlich gewirkt. Sie wollte etwas Besonderes kochen und hat mich gefragt, ob ich mir irgendetwas Spezielles wünsche. ,Dass es nicht mehr als zehn Euro kostet', habe ich gesagt. Sie hat dann Hirschfleisch mit klitzekleinen Eiern gemacht. Das war ihre Art, sich zu entspannen."

„Aber am Donnerstag hat sie sich bei der Arbeit krankgemeldet. Hat sie am Morgen vielleicht gesagt, was ihr fehlt?"

„Die Ausbildung nimmt ihre ganze Zeit in Anspruch und dafür verdient sie kaum etwas. Letzte Woche hatte sie keinen einzigen Tag frei, das hält ja keiner aus. Wahrscheinlich wurde ihr das alles zu viel."

Dirks merkte, dass Frau Conrads nicht mehr über Mine sagen konnte. „Eine Nachbarin hat gestern diesen Mann vor Ihrer Wohnungstür gesehen." Sie reichte Conrads das Phantombild.

„Ist er das?" Die Hände der hageren Frau verkrampften sich. „Ist das der Mörder meiner Tochter?"

„Er ist zurzeit unser Hauptverdächtiger." Dirks musterte ihr Gegenüber. „Haben Sie diese Person schon einmal gesehen? Das Gesicht ist wahrscheinlich nicht so gut getroffen, aber vielleicht sagen Ihnen ja die anderen Merkmale etwas. Besonders auffällig scheint mir die grüne Krawatte."

Mines Mutter schüttelte kaum merklich den Kopf.

Dirks wollte ihr das Phantombild wieder abnehmen, doch Conrads ließ das Blatt nicht los, erst als sie im Austausch dafür das Foto von Kai Wiemers bekam.

„Wer ist das?", fragte sie erstaunt.

„Sie haben ihn noch nie gesehen?"

Conrads schüttelte den Kopf.

„Hat Mine vielleicht mal von einem ‚Kai' gesprochen?"

„Nein." Conrads' Augen begannen zu schimmern. „Ich habe mir immer gewünscht, dass Mine so einen hübschen Freund haben würde." Es wirkte so, als ob ihr gerade selbst klar wurde, wie wenig sie ihre Tochter gekannt hatte.

Dirks nahm das Foto wieder an sich und legte es über die Phantomzeichnung.

Conrads deutete mit zitternden Fingern auf die zwei Bilder. „Vielleicht haben die beiden ja etwas mit der Spielhalle zu tun, in der Mine gearbeitet hat. Sie hat zwar im Restaurant angefangen, weil das ihre Traumausbildung war, aber sie hat den alten Job auch deshalb gekündigt, weil sie sich dort unwohl gefühlt hat."

*

Fee schloss ihr Rad auf der Straßenseite gegenüber von Eikos Wohnung an. Bei der Fahrt hierher war ihr sein Auto noch nicht aufgefallen, aber der Bereich, in dem es stehen konnte, war noch groß genug. Fee trug einen Turnbeutel mit einem Brecheisen auf dem Rücken, aber das würde sie erst auspacken, wenn sie das Auto gefunden hatte.

Es handelte sich um einen lippenstiftroten VW Golf älterer Bauart, den Eiko von seiner Mutter übernommen hatte. Fee hatte den Wagen sehr gemocht, auch wenn in letzter Zeit die Macken zugenommen hatten und die nächste TÜV-Untersuchung voraussichtlich sehr teuer werden würde. Sie hatten ihn „Elmo" genannt und es tat Fee leid, ihm wehtun zu müssen.

Fee sah so manchen roten Kleinwagen an der Hauptstraße stehen, aber keiner davon war Elmo. Also wandte sie sich den Nebenstraßen zu. In welche war Eiko wohl zuerst gefahren? Er konnte sehr stur sein bei der Suche nach einem Parkplatz und zog oft mehrere Runden um das Haus, in der vagen Hoffnung, dass noch jemand wegfuhr. Sie hatte sich nie darüber beschwert, es war schön gewesen, mit ihm zusammen im Auto zu sitzen.

Fee ging schnell und scannte auch die Querstraßen, aber manchmal war es schwer, wirklich alle Autos in einer Reihe auszumachen. Das war doch zum Haareraufen! Um welche Uhrzeit war Eiko denn gestern nach Hause gekommen, dass es so schwer gewesen war, einen Parkplatz zu finden?

Endlich sah sie Elmo. Da stand ein roter Golf direkt hinter einem Baum. Präzise geparkt, so wie es Eikos Art war, als hätte jemand rechte Winkel angelegt. Fee rannte dorthin und nahm den Turnbeutel vom Rücken. Während sie das Brecheisen in die Hand nahm, fiel ihr Blick auf den Aufkleber auf der Heckscheibe: „Baby an Bord." *Ich dachte, Eiko hat noch keine neue Freundin.*

„Was haben Sie mit der Brechstange vor?" Eine Frau mit einem Kleinkind an der Hand starrte Fee entsetzt an. „Gehen Sie von meinem Auto weg!"

Erst jetzt sah Fee, dass die Sitze in dem Wagen viel heller waren als bei Elmo. „Entschuldigen Sie bitte." Sie steckte das Brecheisen wieder ein. „Ich habe das Fahrzeug verwechselt."

*

Breithammer saß alleine im Wohnzimmer von Michael Krämer und betrachtete das Pendel der alten Standuhr. Hier befanden sich viele alte Möbelstücke, die noch sehr gut in Schuss waren, auch der Bauernstuhl, auf dem er saß, gab nicht das kleinste Ächzen von sich. Kais Onkel war offensichtlich handwerklich sehr begabt und es passte gut, dass er als Hausmeister arbeitete. Wenn eine seiner Kundinnen sogar eine Beziehung mit ihm anfing, hatte er wohl noch andere Qualitäten.

Die Standuhr schlug und der Duft von frisch

gebrühtem Kaffee breitete sich aus. Der Geruch nahm zu, bis das Pfeifen der Espressomaschine ertönte. Kurze Zeit später kam Krämer mit einem Tablett in den Raum. „Haben Sie schon etwas wegen Kai herausgefunden?"

Bevor Breithammer den ersten Schluck Kaffee trank, genoss er das himmlische Aroma. Er wusste, dass es gefährlich war, was er gerade tat. Wenn man einmal zu guten Kaffee trank, kam man mit der Plörre im Pausenraum nicht mehr klar. „Es sieht so aus, als ob Zolan Tomovic am Mittwoch mit Kai gekämpft hat. Zurzeit befindet er sich auf der Flucht, aber wir hoffen, ihn bald zu finden."

„Tomovic", sagte Krämer verächtlich. „Wie kommt es, dass er schon aus dem Gefängnis entlassen wurde? Aber für den Mord an Kai muss er lebenslänglich bekommen!"

Breithammer widersprach ihm nicht, obwohl er wusste, dass die Sache ganz anders ausgehen konnte. Kai hatte das Messer gezogen und somit konnte die Verteidigung sogar auf Notwehr plädieren. „Es ist sinnvoller, das Opfer zu ehren, als sich auf den Täter zu fixieren."

Krämer blickte ihn verletzt an.

Breithammer nahm einen zweiten Schluck aus seiner Tasse und versuchte, dieses göttliche Getränk innerlich nicht als Kaffee abzuspeichern.

„Ich bin enttäuscht von Kai", bekannte der Hausmeister.

„Weil er wieder ein Auto gestohlen hat?"

„Weil er nicht mit mir geredet hat! Warum ist er nicht zu mir gekommen, wenn er Probleme hat?" Krämer schien froh über seinen Besuch zu sein, offensichtlich brauchte er jemanden zum Reden.

Diese Erwartung konnte Breithammer nicht erfüllen. „Ich bin nur hier, um kurz eine Sache zu überprüfen."

„Worum geht es?"

Breithammer zeigte Krämer ein Foto von Mine Conrads. „Kannte Kai diese junge Frau?"

„Kann sein." Krämer zuckte mit den Schultern. „Er hat öfter mal ein Mädchen mit nach Hause genommen, aber natürlich hat er sie mir nie vorgestellt."

„Kai hatte also keine feste Freundin?"

„Er hatte mal eine Freundin, mit der es ihm sehr ernst war. Aber sie hat Schluss gemacht und daran hat er lange geknabbert."

„Wann war das?"

„Vor einem Jahr. Etwa zur selben Zeit, als Tomovic ins Gefängnis kam. Damals kam viel bei Kai zusammen." Krämer schaute noch mal auf das Foto von Mine und schüttelte den Kopf. „Von dieser Warte aus betrachtet, würde ich nicht sagen, dass er dieses Mädchen kannte. Seine Freundin damals war ein ganz anderer Typ. Diese großen Augen! Kai war ein gutaussehender, durchtrainierter Mann und konnte ganz andere Mädchen bekommen." Er gab Breithammer das Foto zurück.

Der Kommissar atmete tief ein. „Und dieser Mann?" Er reichte Kais Onkel das Phantombild.

Krämer studierte es genau. „Nein", sagte er schließlich. „Dieses Bild sagt mir überhaupt nichts."

„In Ordnung." Breithammer erhob sich. „Das war's schon. Vielen Dank für das exzellente – ähm – Heißgetränk."

„Sagen Sie mir Bescheid, wenn Sie Tomovic erwischt haben?", bat Krämer.

„Das kann aber noch eine Weile dauern", wiegelte

Breithammer ab. „Es hängt davon ab, wie viele Freunde er hat." Sein Telefon klingelte und Breithammer war dankbar für diese Unterbrechung. Wenn der Chef anrief, dann musste man sich schließlich sputen. „Moin Diederike, ich bin schon auf dem Weg – ja, ich höre …"

Dirks kam direkt zur Sache. „Wir müssen sofort zur Polizeidienststelle Emden. Die Kollegen haben Zolan Tomovic."

*

Fee suchte immer hektischer und systemloser nach Eikos Auto. Sie hatte das Gefühl, dass ihr die Zeit davonlief. Wahllos drehte sie sich um und guckte in alle Richtungen. In einem Vorgarten saß eine braungetigerte Katze und schaute sie an, als wollte sie mitspielen.

War Eiko wirklich schon losgefahren? Die Konzerte auf dem Festivalgelände gingen erst nachmittags los, aber den Zeltplatz konnte man schon seit gestern Mittag in Beschlag nehmen. Bestimmt hatte sich Eiko mit einigen Kumpels von der Skatehalle verabredet, um für das Flunkyballturnier zu trainieren. *Außerdem nimmt Eiko wahrscheinlich Tom mit, und Tom braucht auch für ein selbstaufbauendes Zelt ein paar Stunden Zeit.*

Fee rannte zurück zur Hauptstraße. Wo konnte sie denn noch nach Elmo gucken? Jemand hupte, weil ein Lieferwagen in zweiter Reihe parkte. Davor fädelte sich ein Auto vom Seitenstreifen in den Verkehr ein. Es war ein roter Golf.

„Elmo!" Fee sprintete los, doch sie hatte keine Chance. Die Ampel an der nächsten Kreuzung sprang auf Grün und der rote Golf verschwand aus ihrem Blickfeld.

Fee stützte sich auf die Knie und schnappte nach Luft. Was jetzt? *Ich muss nach Manslagt.* Wie viele Kilometer waren das? Etwa vierzig, das konnte sie in drei Stunden schaffen; wenn ihr Drahtesel dabei nicht schlapp machte.

10. Abschied

Vor den roten Backsteingebäuden mit den weißen Flachdächern bildete das satte grüne Gras einen schönen Kontrast. Dahinter streckte sich der achteckige *Große Norderneyer Leuchtturm* in den wolkenlosen Himmel. An diesem Vormittag war auf dem Flugplatz der zweitgrößten ostfriesischen Insel nicht viel los. Neben einigen Propellermaschinen und den Flugzeugen des Luftsportvereins stand allerdings auch ein kleiner Düsenjet neben dem Rollfeld, eine Cessna Citation M2, der Geschäftsflieger von Hannes Kegel. Der Pilot hatte die Flugvorbereitung schon abgeschlossen und wartete nur noch auf seinen Chef. Kegel stand vor der Einstiegstreppe und hielt eine zierliche Brünette in den Armen.

„Du musst jetzt gehen", flüsterte Alida Ennen ihrem Verlobten zu.

„Fünf Minuten habe ich bestimmt noch."

Glücklich schmiegte sich Alida an ihn. Natürlich mochte sie, wie Hannes aussah, sein elegantes Auftreten hatte sie sofort fasziniert und sie fand auch seine Brille nicht zu groß. Am meisten mochte sie jedoch den Duft seiner Haut. Sie liebte es, an seiner Brust zu liegen und seinem Herzschlag zuzuhören, dann fühlte sie sich sicher und voller Frieden. Niemals hätte sie geglaubt, solch eine märchenhafte Liebe erleben zu dürfen, das war ein Geschenk, das sie nicht verdiente.

„Trag doch heute Abend das Diamantcollier, das ich dir geschenkt habe", raunte Hannes. „Es hat keinen Sinn, wenn du es immer nur in der Schmuckschatulle behältst."

„Aber die Kette ist so wertvoll, sie ist sicherer in meiner Wohnung."

„Du bist viel wertvoller. Die Zeiten sind vorbei, in denen du dich zurücknehmen musst, Alida. Du musst dich nicht mehr verstecken. Die ganze Welt darf sehen, wie wundervoll du bist."

„Ich wollte das burgunderrote Kleid anziehen, da passt doch Gold viel besser zu."

„Nimm stattdessen das nachtblaue Kleid, das passt perfekt zu dem Collier. Außerdem hat es einen größeren Ausschnitt."

Alida spürte Hannes' Grinsen und knuffte ihn liebevoll. „Mal sehen, wie ich mich heute Abend fühle."

„Egal wie du dich entscheidest, ich freue mich schon, die schönste Frau zum Galadinner zu führen."

Am Anfang hatte Alida ihm stets widersprochen, wenn er ihr solche Komplimente machte, aber mittlerweile konnte sie sie als seine ehrliche Meinung akzeptieren. Sie hatte Hannes bereits auf mehreren Geschäftsreisen begleitet und bewunderte seine Integrität. Er sagte ehrlich, was er meinte, und schmierte niemandem Honig ums Maul, nur um sein Ziel zu erreichen. *Werde ich es schaffen, mit ihm mitzuhalten? Wird er mich in zehn Jahren immer noch schön finden, oder tauscht er mich dann gegen eine Jüngere aus?*

Alida verbannte alle Zweifel in ein fiktives Universum. Wenn sie etwas in ihrer Karriere gelernt hatte, dann war es das: Sobald man eine Entscheidung getroffen hatte, durfte man nur noch vorwärts gehen. Die Ehe mit Hannes war ein Schritt in ein unbekanntes Gebiet. Sie war es gewohnt, alleine zu arbeiten, aber künftig würden sie ein gleichberechtigtes Team sein. Trotz der Angst, zu versagen, freute sich Alida auf diese

Herausforderung. Sie würde nun noch mehr Zeit mit ihm verbringen und noch mehr mit ihm reden. Genauso hatten sie sich kennengelernt. Er hatte mit ihr in der Hotelbar gesessen und sie hatten stundenlang geplaudert. Dann war er immer häufiger nach Norderney gekommen und schließlich wurden die Gespräche aus der Bar in Hannes' Suite verlegt.

„Ich liebe dich, Hannes." Sie blickte ihn voller Sehnsucht an.

„Ich liebe dich, Alida." Er lächelte so, als ob alles ganz einfach wäre.

Sie gingen auseinander und ihre Hände trennten sich zuletzt. Hannes ging die kleine Gangway hoch und hinter ihm schloss sich die Tür. Die Triebwerke wurden angefahren und die Maschine rollte langsam auf die Startbahn. Hinter dem Fenster winkte Hannes ihr noch einmal zu.

Alida Ennen spürte einen Stich im Herzen. „Komm sicher zurück!" Sie wollte ihm nachrennen, als würde er in einem Zug sitzen. Am Beginn der Startbahn stand die Cessna wieder ganz still und Alida hoffte für einen Moment, die Tür würde sich öffnen und Hannes herauskommen. Doch die Triebwerke heulten auf und der Jet raste los. Kurz vor Ende der Startbahn hob das Flugzeug ab und Alida schaute noch so lange in den Himmel, bis sie nichts mehr von der Maschine erkennen konnte. *Bin ich nicht albern, dass ich ihn jetzt schon vermisse?* Hannes würde nur ein paar Stunden weg sein und heute Abend würde sie wieder in seinen Armen einschlafen können. Ein dunkles Gefühl prophezeite, dass es anders kommen würde, doch sie verbannte auch diesen Zweifel in das unsichtbare Exil.

*

Um 9:15 Uhr erreichte Dirks das Polizeikommissariat Emden. Ihr fiel sofort der goldene Mercedes auf, der vor dem Eingang parkte. Breithammer hatte am Wasserturm auf sie gewartet und kam zu ihr.

Im Gebäude strahlte sie ein wohlbekanntes Gesicht an. „Herzlichen Glückwunsch zum Geburtstag, Diederike – nachträglich!" Polizeiobermeister Sven Holm umarmte Dirks ungefragt. Sie wusste, es wäre unangemessen, jetzt Selbstverteidigung anzuwenden, aber der junge Kollege schaffte es immer wieder, dass sich ihr die Fußnägel kräuselten. Glücklicherweise gab er sie von sich aus wieder frei. „Ich habe mich am Blumenstrauß für dich beteiligt", verkündete er fröhlich. „Ist er schön?"

„Prachtvoll. Aber das größere Geschenk machst du mir heute."

„Oh ja, Zolan Tomatovic."

„Tomovic", berichtigte ihn Breithammer.

„Wirklich?" Holm korrigierte den Namen auf seinem Klemmbrett und strich die Tomate durch, die er danebengekritzelt hatte. „Habt ihr schon sein Auto gesehen? Ein goldener Mercedes – tolles Ding. Er sagt, er kann mir auch so einen besorgen, zum Vorzugspreis."

Dirks verzichtete darauf, Holm auf die Vorschriften zur Bestechung hinzuweisen. „Wie habt ihr Tomovic eigentlich geschnappt? Sein Auto steht vor der Tür, als hätte er es selbst dort abgestellt."

„Hat er auch. Er ist hier vorhin reinspaziert - in der einen Hand einen Kaffee to go, in der anderen eine Zimtrolle - und hat sich selbst gestellt."

Dirks und Breithammer blickten sich ungläubig an.

110

„Wo ist er jetzt?"

„Vernehmungszimmer zwei. Wisst ihr, wo das ist? Ich bin auf dem Sprung. Dieses Wochenende habe ich frei! Ich habe mich schon das ganze Jahr auf diesen Termin gefreut." Holm grinste so sehr, dass man nicht umhinkam, ihn zu fragen.

„Was hast du denn vor?"

„Sag ich nicht!"

Dann eben nicht.

„Schön, dass ich euch noch getroffen habe."

Dirks antwortete nicht.

Fünf Minuten später betraten die Kommissare den Verhörraum. Tomovic lächelte selbstzufrieden. Seine blonden Haare waren länger als auf dem Foto, das Dirks gesehen hatte. Außerdem trug er ein ordentlich gebügeltes Hemd, dessen Kragen das Tattoo an seinem Hals halb verdeckte. Sein herbes Aftershave war stärker als der Behördenmuff.

Dirks setzte sich ihm gegenüber, Breithammer blieb etwas abseits stehen. „Warum hast du dich selbst gestellt?" Dirks fixierte seine blauen Augen. „War der Druck zu groß? Kein Loch mehr zum Verkriechen, was?"

„Mein Papa hat mich überredet. Er hat gesagt, ich darf auf keinen Fall wieder in den Knast. Er sagt, er liebt Mama, aber ihr andauerndes Gejammer, dass mir im Gefängnis niemand richtiges Djuvec kocht, geht ihm tierisch auf den Sack."

„Bei Mord landest du immer hinter Gittern, ganz egal, ob du dich selbst stellst oder nicht."

„Ich habe Kai nicht umgebracht. Ich schwöre!"

„Aber du hast mit ihm gekämpft und ihn tödlich verwundet."

„Das stimmt nicht."

„Wir wissen, dass du gestern am Tatort warst!" Breithammer knallte einen Aktenordner auf den Tisch. „Dein unscheinbares Auto wurde gesehen, außerdem haben wir deine Fingerabdrücke gefunden." Er legte seine ganze Autorität in die Stimme. „Als du aus dem Knast entlassen wurdest, hast du davon erfahren, dass Kai die Gang im Stich gelassen hat. Also hast du deinem alten Kumpel einen Besuch abgestattet. Kai wird einen gehörigen Schrecken bekommen haben, als sein früherer Boss plötzlich vor ihm stand. Du hast den Porsche gesehen und begriffen, dass Kai nun auf eigene Rechnung arbeitet. Es kommt zum Kampf und den Rest kennen wir."

„Bist du auf Drogen, Mann? Ich hatte überhaupt nichts gegen Kais neuen Lebensstil. Das war seine Entscheidung und er hat meinen Respekt dafür. Ich bin traurig, dass er tot ist!"

„Wenn du nichts mit seinem Tod zu tun hast, warum bist du dann geflüchtet? Als wir bei deiner Mutter waren, hattest du es verdammt eilig."

„Ich hatte Panik! Mama hat gesagt, ich soll ganz still in meinem Zimmer sitzen, sie würde das regeln. Aber ich kann nicht stillsitzen. Ich habe es nicht mehr ausgehalten und bin aus dem Fenster geklettert."

„Am besten beruhigen wir uns alle wieder." Wie vorher abgesprochen, übernahm Dirks bei diesem Verhör die verständnisvolle Seite. „Erzähl uns bitte deine Version der Geschichte."

Tomovic schielte zu Breithammer. Die Selbstsicherheit des Bandenführers hatte einen Riss bekommen und er zweifelte offensichtlich daran, dass es richtig gewesen war, hierherzukommen.

Sehr gut. Wer nervös ist, ist ehrlicher.

„Ja, ich war am Mittwoch in Kais Wohnung. Aber er war nicht da. Die Terrassentür stand offen und ich bin reingegangen. Dann habe ich das Chaos gesehen, den Blutfleck auf dem Boden und Kais Messer. Natürlich bin ich sofort abgehauen. Ich schwöre, zuerst dachte ich, Kai will mir eine Falle stellen, damit ich wieder weggeschlossen werde. Aber dann habe ich in der Zeitung von dem Unfall mit dem Porsche gelesen und wusste, dass Kai mich nicht betrogen hatte."

„Warum wollte Kai Sie wieder im Gefängnis haben?"

„Damit er mir seine Schulden nicht zurückzahlen muss." Tomovic blickte Dirks an, als ob sie das hätte wissen müssen. „Also, ganz vom Anfang. Ich meine von dem Zeitpunkt an, als meine Stahlgardinen aufgezogen wurden. Natürlich mag ich es zu Hause, aber auf Dauer will ich mir wieder was Eigenes aufbauen. Also habe ich mich daran erinnert, wer mir alles noch Geld schuldet. Und Kai stand dabei ganz oben auf der Liste."

„Mit wie viel stand er denn in der Kreide?"

„Mit Zinsen 20.000."

Dirks nahm nicht an, dass Tomovic sich bei dieser Rechnung am Leitzins der EZB orientiert hatte. „Nettes Startkapital."

„Deshalb ist es richtig Scheiße, dass Kai tot ist. Woher bekomme ich jetzt mein Geld?"

Dirks gelang es nicht, Mitleid vorzutäuschen. „Wann hast du Kai darüber informiert, dass er dich auszahlen soll?"

„Am Montag. Ich wollte ihm noch das Wochenende Zeit geben, von sich aus auf mich zuzukommen. Er weiß, dass er dann Rabatt bekommen hätte."

Wie großzügig, dachte Dirks sarkastisch.

„Ich habe Kai eine Woche Zeit gegeben, um das Geld aufzutreiben. Aber er hat mich bereits am Mittwoch angerufen und gesagt, er hätte einen Porsche gestohlen und ich könnte mir das Geld abholen. Deshalb bin ich zu ihm gefahren."

„Um welche Uhrzeit war das?"

Tomovic überlegte. „Das war am frühen Nachmittag. Ich kam recht spät nach Hause, aber Mama hat trotzdem frisches Djuvec gemacht. So um 14:45 Uhr hat Kai angerufen. Ich bin sofort zu ihm gefahren, nachdem ich aufgegessen hatte. Etwa um 15:30 Uhr war ich dort."

„Kann den Anruf jemand bezeugen?"

„Mama."

„Ihre Aussagen haben sich bisher nicht als besonders zuverlässig erwiesen."

„Ich sage die Wahrheit, ich schwöre!"

Dirks nickte Breithammer zu und sie verließen den Raum, um sich zu beraten.

„Würde seine Aussage stimmen, wäre Tomovic wirklich erst nach Kais Tod in seiner Wohnung gewesen", sagte Dirks.

„Der Kerl lügt doch wie gedruckt", entgegnete Breithammer. „Er weiß genau, dass er sich aus der Affäre ziehen kann, wenn er seinen Besuch bei Kai um eine halbe Stunde nach hinten verlegt. Und seine Mutter würde alles für ihn aussagen. Ich glaube, Tomovic hat sich nur aus taktischen Gründen selbst gestellt."

Dirks kaute auf ihrer Unterlippe. „Ich fand seine Aussage ziemlich schlüssig. Sie liefert eine gute Erklärung, warum Kai seit langer Zeit wieder ein Auto gestohlen hat. Und wenn Kai Tomovic wirklich seine Schulden zurückzahlen wollte, dann hätte es gar keinen Grund für einen Kampf zwischen den beiden gegeben."

„Was, wenn Tomovic plötzlich mehr Geld gefordert hat? Oder er wollte ihn dazu bringen, noch mehr Autos zu stehlen? Es kann viele Motive für einen Streit geben."

„Aber nicht für einen Kampf auf Leben und Tod."

Breithammer massierte sich das Kinn. „Wer kommt denn außer Tomovic noch infrage? Es kann doch nur jemand bei Kai gewesen sein, der weiß, wo er wohnt."

„Wir müssen uns diesen Fall noch einmal genauer ansehen", forderte Dirks.

Breithammer seufzte und sie gingen zurück in das Vernehmungszimmer.

„Kann ich jetzt nach Hause fahren?", fragte Tomovic.

Dirks lachte auf. „Das glaubst du doch wohl selbst nicht. Bis wir deine Aussagen überprüft haben, bleibst du in Untersuchungshaft. Wir werden dich nach Aurich überführen lassen, da schmeckt das Djuvec schlechter."

Tomovic sprang empört auf, doch Breithammer zückte seine Pistole.

„Verdammte Scheiße, so könnt ihr mich nicht behandeln, ich werde ...."

„Setz dich wieder hin!"

Dirks' Handy klingelte, und weil Breithammer die Situation im Griff hatte, nahm sie den Anruf an.

„Moin Frau Hauptkommissarin. Hier ist Jens Jensen von der Polizeistation Norderney."

„Was gibt's? Ist die Sonne zu spät aufgegangen?"

„Mitnichten", erwiderte der Kollege pikiert. „Es gab bei uns ein schweres Delikt, das in Ihre Zuständigkeit fällt: Alida Ennen, die Direktorin vom Inselhotel Kaiser, wurde ermordet."

11. Manslagt

Die Sonne stand hoch am Himmel und Fee rann der Schweiß in die Augen. Die Krummhörn war eine Marschgegend, es existierten keine Bäume, die Schatten spenden konnten, und um Fahrtwind abzubekommen, radelte sie zu langsam. Sie fuhr denselben Weg, den sie sonst mit dem Auto genommen hatten. Am Anfang hatte er die Landstraße entlanggeführt, dann waren die Straßen immer schmaler geworden. Ein Cabriolet überholte sie, die Insassen grölten zu lauter Rockmusik und winkten ihr mit Bierflaschen zu. Es war nicht das erste Auto, das offensichtlich auf dem Weg zum Festival war.

Fees Mund war ausgetrocknet. Sie hatte vor einer Stunde das letzte Mal etwas getrunken, als sie an einer Tankstelle Pause gemacht hatte. Eigentlich hatte sie sich dort ein Frühstück gönnen wollen, aber sie hatte nur den 500-Euro-Schein dabei und den wollte die Xanthippe hinter der Kasse nicht mal mit spitzen Fingern anfassen. Schlagartig war Fee klar geworden, dass sie sich suboptimal für ihre Mission vorbereitet hatte. Warum war sie überhaupt mit dem Rad gefahren und hatte nicht den Bus oder ein Taxi genommen? Sie hätte tausend schlaue Dinge machen können, doch mittlerweile war sie schon zu weit gefahren, um umzukehren. Irgendwie musste sie so mit der Situation klarkommen. Im Mülleimer hatte sie zwei Bierdosen gefunden, für das Pfandgeld hatte sie ein trockenes Brötchen bekommen. Außerdem hatte sie in der Toilette ausgiebig Leitungswasser gesüffelt. Zu wenig, wie sie jetzt merkte.

Trotz der Strapazen hatte Fee die letzten Kilometer genossen. Die Bewegung an der frischen Luft war eine gute Ablenkung, und je weiter sie sich von Aurich entfernte, desto weiter weg schien auch die Bedrohung. Sie merkte, was der Hauptgrund dafür gewesen war, dass sie sofort von Eiko aus losgeradelt war: Sie hatte Angst davor gehabt, dass der Mann mit der grünen Krawatte zu Hause auf sie wartete. Es handelte sich wahrscheinlich um ein trügerisches Gefühl, aber gerade lockerte sich die Schlinge um ihren Hals. *Ich will noch nicht sterben! Ich will noch so viel erleben!* Hoffentlich war ihr Chef im Modehaus Silomon nicht allzu sauer, dass sie nicht zur Arbeit erschienen war.

Am Himmel kreischte eine Möwe, also war das Meer nicht weit. Am Wegesrand standen schon Aufsteller mit Festivalplakaten und Hinweispfeilen. Ein Auto mit der Aufschrift „Jünger des Metal" schepperte an ihr vorbei. Dann sah sie bereits die Hauptbühne in den Himmel ragen und Begeisterung machte sich in ihr breit.

Über dem Eingang hing ein Banner mit dem offiziellen Festivaltitel: „Let The Bad Times Roll." Das Manslagt Open Air hatte sich aus einer privaten Party heraus entwickelt und war mittlerweile zu einer festen regionalen Größe geworden. Es wurde ehrenamtlich organisiert und es traten überwiegend ostfriesische und niederländische Bands auf. Die Lage fast direkt an der Nordsee war traumhaft und auch das Wetter ließ keine Wünsche offen. Zahlreiche Helfer versuchten Ordnung in das Chaos und Gewusel zu bringen, offensichtlich waren mehr Besucher hier als in den letzten Jahren. Es wäre schön, wenn die Teilnehmerzahl dieses Jahr vierstellig wäre, auch wenn das wahrscheinlich die Kuhweide überlasten würde, auf der man seine Zelte aufschlug.

Die Schlange vor der Kasse war lang. Würden sie dort ihren 500-Euro-Schein akzeptieren? Wahrscheinlich auch nicht. Aber das Bändchen war hauptsächlich für das Festivalgelände wichtig, dort wurde der Einlass schärfer kontrolliert. Auf den Campingplatz hingegen konnte man auch so kommen, am unauffälligsten vom Nachbaracker aus.

Fee umrundete das Gelände und stellte ihr Fahrrad in einer Straße ab, die zum Deich führte. Einige Festivalbesucher kamen gerade von dort. Der rot-gelbe Pilsumer Leuchtturm war nur sieben Kilometer entfernt, falls man einen längeren Spaziergang unternehmen wollte. Fee stieg über den Entwässerungsgraben am Wegesrand und trat auf die Campingwiese. *Es ist wahrscheinlich besser, wenn Eiko nichts von mir mitbekommt.* Sie beschleunigte ihren Gang, bis sie zwischen den ersten Zelten etwas Deckung fand. Mit Sonnenbrille und Kapuzenpulli könnte sie sich besser tarnen – oder wäre sie dann erst recht auffällig? Das Wichtigste war wohl, möglichst locker und natürlich aufzutreten. Fee blickte sich um und versuchte Eiko oder Tom zu entdecken.

Den besten Sichtschutz boten das große Gemeinschaftszelt und die Toilettenanlagen. Es gab auch eine Zinkrinne, in der man sein Geschirr abwaschen konnte. Fee schaute sich wieder nach Eiko um, dann stürzte sie gierig zum nächsten Wasserhahn, um ihren Durst zu löschen. Nach der Erfrischung schloss sie sich einer kleinen Gruppe an, die das Gelände erkundete, und hoffte zwischen den schwarz gekleideten, langhaarigen Typen unterzugehen.

Es gab hier die unterschiedlichsten Leute, aber alle

hatten glückliche Gesichter und waren voller Vorfreude. Es war erst 11:30 Uhr, trotzdem warfen die ersten Leute den Grill an und der Duft von Bratwürstchen ließ Fee das Wasser im Mund zusammenlaufen. Aber sie würde ja bald ihre Cornflakes in den Händen halten, dann hatte sie etwas zu essen.

Plötzlich sah sie Eiko. Er thronte vor ihrem Zelt in einem dunkelgrünen Campingsessel mit einer Bierflasche in der Hand. Fees Herz schlug schneller. Sie schlüpfte aus ihrer Gruppe und schlich sich hinter das Zelt einer Art Kelly-Family. Von hier aus hatte sie einen guten Blick auf Eikos Lagerplatz.

Tom lag auf dem Boden und starrte stumpf in den Himmel. *Seine Gehirnzelle muss sich einsam fühlen in dem großen, dunklen Kopf.* Außerdem war da ein Typ, der zu Toms Band „Starter" gehörte. Vor ihm stand ein Gaskocher und er rührte vorsichtig in dem riesigen Topf. Auf dem Boden lagen leere Raviolidosen. *Bingo! Sie haben ihre Vorräte bei sich.* Ein blonder Mann in einem T-Shirt vom Hard-Rock-Café grüßte die Jungs und alle lachten zusammen. Ihm gehörte offenbar das Nachbarzelt, aber auf einem Festival verbrüderte man sich schnell. Tom und sein Kumpel füllten sich ihre Teller und dann ging eine Person zum Topf, die vorher gar nicht in Fees Blickfeld gewesen war. *Julia!* Fee spürte einen Stich im Herzen. Die blonde Stangentänzerin brachte eine dampfende Portion Ravioli zu Eiko, der sie fröhlich entgegennahm.

Fee krabbelte zum nächsten Zelt, um besser sehen zu können. Julia bewohnte wahrscheinlich das rosafarbene Zelt direkt neben Eikos, vor dem der aufblasbare Riesenflamingo brütete. Eiko sagte etwas und Julias Gackern war bis hierher hörbar. Gekonnt warf das

Supermodell das Haar zurück und jeder ihrer schwingenden Schritte betonte ihre Bikinifigur. Fee schloss die Augen und atmete tief durch. Im Turnbeutel hatte sie immer noch die Brechstange und gerade fiel ihr eine hervorragende Verwendung dafür ein.

„Reiß dich zusammen", ermahnte sie sich selbst. So kurz vor ihrem Ziel durfte sie nicht die Nerven verlieren. Es ging nur um die Cornflakes, alles andere war egal. Fee öffnete die Augen wieder.

Wenn sie alle beim Zelt herumhängen, komme ich unmöglich an ihre Vorräte ran. Fee überlegte. Um 17:00 Uhr begann das erste Konzert, dann würden alle auf dem Festivalgelände sein und sie hatte freie Bahn. Auch wenn sie bis dahin noch länger als fünf Stunden warten musste, war das eindeutig die vernünftigste Lösung. Fee seufzte und kroch schweren Herzens zurück zum Familienzelt. Wenigstens wusste sie jetzt schon mal, wo Eiko campte, und würde den Ort nachher problemlos wiederfinden.

*

Breithammer saß in Aurich im Büro und entspannte sich kurz, indem er Dirks' Blumenstrauß anschaute. Die Hauptkommissarin fuhr alleine nach Norderney, während er sich weiter um die Fälle Wiemers und Conrads kümmerte. Bis jetzt hatte er allerdings nur zahlreiche Formulare ausgefüllt, damit Zolan Tomovic von Emden nach Aurich überführt werden konnte.

Es missfiel Breithammer, dass sich Tomovic mit seiner Aussage aus der Verantwortung stehlen wollte. Er mochte diesen großspurigen Trickdieb nicht, aber das war natürlich kein Grund, ihn für etwas verantwortlich zu machen, was er nicht getan hatte. Er musste die Angaben des jungen Mannes ernst nehmen und den Fall ganz neu betrachten.

Wer kennt denn sonst noch Kai Wiemers' Adresse? Wer kann sich noch mit ihm streiten? Die einzige Person, die Breithammer einfiel, war Kais Onkel Michael Krämer. Handelte es sich bei der ganzen Sache etwa um ein Familiendrama? War Krämer wütend geworden, weil sein Neffe wieder ein Auto gestohlen hatte? Oder wollte er am Verkaufsgewinn beteiligt werden? Krämer hatte allerdings ein Alibi für die Tatzeit. Doch wie belastbar war es wirklich? Am besten sollte er Michael Krämers Freundin persönlich auf den Zahn fühlen.

Und was ist der nächste Schritt im Fall Conrads? Als Dirks die Nachricht bekommen hatte, dass Tomovic gefasst worden war, hatte sie sich gerade auf dem Weg in die Spielhalle befunden, in der Mine noch vor zwei Monaten gearbeitet hatte.

Breithammer weckte den Computer, um zu überprüfen, ob die Kollegen zu neuen Ergebnissen gekommen waren. Es gab eine E-Mail von der Reederei Frisia, in der sie die Videodateien der Parkplatzkameras vom Mittwoch geschickt hatten. Er speicherte die Daten auf einem USB-Stick und ging damit ins nächste Büro.

„Werte diese Videos aus", wies er den Kollegen an. „Ich brauche die genaue Uhrzeit, wann der schwarze Porsche auf den Parkplatz gefahren ist und wann er wieder weggefahren wurde. Beides ist zwischen 13:30 Uhr und 14:30 Uhr geschehen, es dürfte also nicht lange dauern." Danach machte sich Breithammer auf, um in die Spielhalle zu fahren.

*

Dirks stand an der Reling der Frisia III und schaute auf das von den Motoren aufgewühlte Heckwasser. Bei diesem Wetter drängelten sich alle Fahrgäste auf den Außendecks. Es konnte schön sein zwischen all den Leuten, aber wenn man einen Betriebsausflug an Bord hatte, bei dem der Gruppenkönig es für nötig hielt, die Leute mit DJ Bobo zu beglücken, war die Stimmung dahin. Selbst wenn man ihn zum Schweigen gebracht hatte. Hier unten auf dem Parkdeck konnte man zwar nicht sitzen, hatte aber seinen Frieden.

Nach Jensens Anruf war sie sofort losgefahren, von Emden bis Norddeich brauchte man allerdings eine Dreiviertelstunde, sodass sie erst die Fähre um 11:00 Uhr nehmen konnte. Vom Auto aus hatte sie Saatweber informiert und die Kriminaltechnik angefordert. Die Kleintransporter der Spurensicherung würden bereits auf der nächsten Fähre Platz finden, für den Staatsanwalt, der sich auf dem Rückweg nach Osnabrück befunden hatte, würde es später werden.

Dirks versuchte die Gedanken an die bisherigen Ermittlungen beiseitezuschieben. Jetzt musste sie sehen, was es mit dem neuerlichen Todesfall auf sich hatte. Sie dachte an den Zeitungsartikel, den ihr Folinde am Mittwoch gezeigt hatte. *„Alida Ennen und Hannes Kegel sind das neue Traumpaar von Norderney. Nach nur sechs Wochen verlobt sich der Millionär mit der Direktorin eines seiner Hotels."* Die beiden standen im öffentlichen Interesse, da würde die Ermordung von Alida Ennen sicher überregional Staub aufwirbeln. Das Personal der Polizeistation auf Norderney wurde in den Sommer-monaten zwar aufgestockt, aber ob das für diese Ermittlungen ausreichen würde? Morgen würde sie zusammen mit Saatweber entscheiden, wie sie das Personal auf die verschiedenen Untersuchungen aufteilen und ob sie noch Verstärkung brauchen würden. *Hoffentlich gibt es morgen nicht schon wieder einen Toten.*

Die Motoren der Fähre wurden gedrosselt, die Leute strömten auf das Parkdeck und die Besitzer der Autos nahmen in ihren Wagen Platz. Es war jetzt 11:50 Uhr, das Übersetzen war schnell gewesen.

Dirks verließ das Fährterminal und sah sofort den uniformierten Beamten, der mit einem großen Schild in der Hand auf sie wartete. Seine äußerst gesunde Gesichtsfarbe wies darauf hin, dass er die Vorzüge seines Dienstplatzes zu schätzen wusste. Hier draußen war man Baywatch näher als in Aurich.

„Moin." Er schüttelte Dirks kräftig die Hand. „Jens Jensen, wir haben miteinander telefoniert."

Sie fuhren in einem VW Pritschenwagen in die Stadt. Für den Einsatz auf den Inseln eigneten sich keine normalen Streifenwagen, denn sie mussten auch auf dem Strand und im Dünengelände fahren und kontaminiertes Strandgut oder Heuler transportieren können. Abgesehen davon, dass sich Jensen ihr gegenüber sehr reserviert verhielt, war der Weg zu schön, um sich dabei über den Fall zu unterhalten. Außerdem bevorzugte es Dirks, sich zuerst ein eigenes Bild vom Tatort zu machen.

Jensen lenkte den Wagen auf einen Parkplatz vor einem zweistöckigen Mehrfamilienhaus aus den 1970-Jahren. „Solch ein hauseigener Stellplatz ist in dieser Insellage eine Rarität", verkündete er.

Alida Ennens Wohnung lag im Erdgeschoss. Das Apartment war höchstens 40 Quadratmeter groß, aber die kosteten auf Norderney mindestens 250.000 Euro und das musste man auch als Hoteldirektorin erst mal finanzieren. Jensen begrüßte den Arzt freundlich, die beiden schienen sich offensichtlich gut zu kennen.

Bevor Dirks die Leiche auf dem Boden sah, fiel ihr die kaputte Scheibe an der Terrassentür auf.

„Der Täter hat das Glas von außen mit einem Stein eingeschlagen." Jensen hatte etwas Triumphierendes in seiner Stimme, so als ob er diesen Fall schon durchschaut hatte.

„Wer hat die Leiche gefunden?"

„Das war ich."

Dirks schaute ihn überrascht an.

„Die Rezeptionschefin vom Hotel Kaiser ist meine Cousine. Als Frau Ennen heute nicht zur Arbeit erschien, hat mich Wiebke gebeten nachzugucken, ob alles in Ordnung ist. Als ich das Loch in der Terrassentür sah, war mir sofort klar, dass etwas nicht stimmte."

„Wann war das?"

„Um 9:45 Uhr." Jetzt war Jensen nicht mehr zu stoppen. „Genau wie der Täter bin ich durch die Terrassentür in die Wohnung gelangt. Dort habe ich Frau Ennen auf dem Boden liegen sehen. Ich habe natürlich sofort den Arzt angerufen." Er klopfte seinem Freund auf die Schulter und der Mediziner nickte. „Als Nächstes habe ich nachgeschaut, ob irgendwelche Wertsachen fehlen. Sehen Sie sich das an." Jensen ging zu der Kommode neben dem Schminktisch und öffnete die zweite Schublade von oben. Er holte mehrere Schmuckschatullen heraus und hielt sie Dirks hin. „Sie sind alle leer!"

„Verdammt noch mal! Sie können doch nicht einfach

alles anfassen, bevor die Kriminaltechnik die Spuren gesichert hat!"

Jensen fuhr mit seinen Ausführungen fort, als hätte er nichts gehört. „Wenn Sie mich fragen, ist dieser Fall eindeutig. Von meiner Cousine weiß ich, dass Alida Ennen um 8:30 Uhr ihren Verlobten auf dem Flugplatz verabschiedet hat. Während dieser Zeit ist der Täter in die Wohnung eingebrochen und hat nach Wertsachen gesucht. Alida Ennen wollte eigentlich zu ihrem Arbeitsplatz, aber da ihre Wohnung auf dem Weg liegt, ist sie noch einmal zu Hause vorbeigefahren. Dort hat sie den Einbrecher überrascht. Er hat Panik bekommen und sie ermordet, damit sie ihn später nicht identifizieren kann." Der Stolz war dem Inselpolizisten ins Gesicht geschrieben.

Dirks würde ihm normalerweise recht geben, denn die Indizien sprachen wirklich für einen Raubmord. Doch als sie sich zur Leiche hinunterbückte und die roten Flecken an Alida Ennens Hals bemerkte, wurde sie an etwas anderes erinnert. Der Arzt bestätigte ihren Verdacht: „Alida Ennen wurde erwürgt."

12. Geisterauto

Breithammers Aufenthalt in der Spielhalle war so erfrischend wie ein Besuch auf der Krebsstation. Alles war in anonymem Grau gehalten, lediglich die Spielplätze wurden erleuchtet und der alte, befleckte Teppich schluckte jedes Schrittgeräusch. Gespensterhafte Gestalten suchten sich scheu einen Bildschirm und wurden eins mit der Maschine, ein entrücktes Lächeln auf dem Gesicht. Jeder, der glaubte, an so einem Ort das Glück zu finden, musste ein ernstes Problem haben.

Niemand von den Mitarbeitern konnte mit dem Phantombild oder dem Foto von Kai Wiemers etwas anfangen. Sie sagten nichts Schlechtes über Mine, im Gegenteil, sie hatten sich gefreut, dass sie ihre Wunschausbildung gefunden hatte. Breithammer verbuchte diesen Teil von Mines Vergangenheit als tote Spur. Zusätzlich stank seine Kleidung nach Zigaretten und in seinem Kopf klingelten und piepsten die Automaten weiter. Erst nach einem ordentlichen Mittagessen ging es ihm besser.

Breithammer entschloss sich, als Nächstes den Freund von Frau Conrads zu treffen und Mines Vater aufzusuchen.

*

Dirks schaffte es, Jensen so lange zu beschäftigen, bis die Spurensicherung eintraf. Zuerst sperrten sie den Tatort ordentlich ab und sie machte dem Polizisten begreiflich, keine Informationen an die Nachbarn oder die Presse weiterzugeben, auch wenn man sich persönlich kannte. Danach organisierten sie den Bestatter und die Überführung der Leiche nach Oldenburg, damit sie von den Spezialisten der Gerichtsmedizin untersucht werden konnte. Dirks wollte möglichst schnell eine Bestätigung haben, ob es sich bei dem Mörder von Mine Conrads und Alida Ennen um dieselbe Person handelte, auch wenn sie bezweifelte, dass diese Frage durch einen Vergleich der Halswunden eindeutig geklärt werden konnte. Aber vielleicht würde sie ja noch eine weitere Verbindung finden, weil jemand den Mann vom Phantombild gesehen hatte.

„Besorgen Sie die Videoaufnahmen der Sicherheitskameras vom Fährterminal", wies Dirks Jensen an. „Falls der Täter nicht von der Insel stammt, ist er wahrscheinlich mit der Fähre gekommen. Bei einer Tatzeit um 8:45 Uhr kann er schon um 9:15 Uhr zurückgefahren sein." Dirks stellte sich für einen Moment vor, dass er eine Stunde später gefahren war und an der Reling jener Fähre stand, die sie selbst passiert hatte.

„Mach' ich. Aber ergeben solche Aufnahmen nicht nur Sinn, wenn man weiß, nach wem man sucht? Ich glaube, dass der Täter jemand von der Insel ist. Hier lungern manchmal komische Typen herum, wissen Sie? Und durch die Verlobung mit Herrn Kegel hat Frau Ennen eine Menge Aufmerksamkeit auf sich gezogen."

Dirks tat es leid, nicht vollkommen offen mit Jensen sein zu können, aber letztlich war das die beste Methode, um zu verhindern, dass er sich verplapperte.

Auf dem Parkplatz luden die Kriminaltechniker ihre Gerätschaften aus und für kurze Zeit war Dirks alleine in Alida Ennens Apartment. Sie zog sich Plastikhandschuhe über und sah sich die Handtasche der Hoteldirektorin an.

Das Interessanteste darin war ein edler Terminplaner aus rotem Leder. So etwas sah man heutzutage nur noch selten. Dirks schlug den Kalender auf. An dem Tag, als sich Hannes Kegel mit ihr verlobt hatte, hatte Alida Ennen ein großes Herz eingezeichnet. Ansonsten hatte sie den Planer sehr nüchtern ausgefüllt.

Die meisten Einträge waren eindeutig. Um Platz zu sparen, hatte die Managerin manchmal Abkürzungen benutzt. Um eine Abkürzung gab es allerdings noch eine Menge Weiß drumherum. „NDS 247". Dirks blätterte zurück und stellte fest, dass es diese Abkürzung mehrmals gab, insgesamt sechsmal an verschiedenen Wochentagen zu unterschiedlichen Tageszeiten. Vor einem Monat war der erste Eintrag gewesen. Und während Alida Ennen ansonsten eine vielbeschäftigte Frau gewesen war, hatte sie sich für diese Termine stets drei oder vier Stunden Zeit genommen. Dirks fotografierte die Seiten ab und machte Platz für Andreas Altmann und das Spurensicherungsteam. Sie wollte zum Inselhotel Kaiser, um persönlich mit der Rezeptionschefin zu sprechen.

*

Breithammer traf den Freund von Frau Conrads bei einem Selbstbedienungsbäcker. Enno, ein sanftmütiger Riese, hatte sich eine Tasse Tee geleistet, die er jedoch beim Trinken halb verschüttete. Mit seinen schwächlichen zitternden Händen konnte er nicht einmal eine Banane zerquetschen, geschweige denn jemandem den Hals zudrücken.

Mine Conrads' Vater hingegen war ein kompaktes Kraftpaket. Als Breithammer bei dem Reihenhaus ankam, schleppte Markus Conrads gerade zwei Koffer aus dem Familienvan. Es war ihm sichtbar unangenehm, auf seine erste Ehe angesprochen zu werden. „Man kann nur ein neues Leben anfangen, wenn man nichts mehr mit dem alten zu tun hat", sagte er abwehrend.

„Mine ist tot."

Conrads ließ seinen Koffer fallen und suchte an der Autotür nach Halt.

„Papi, Papi, alles in Ordnung?" Ein Mädchen rannte aus dem Haus und blickte Breithammer an, als wäre er der Teufel.

„Kommt ihr gerade aus dem Urlaub?" Breithammer nickte zu den Koffern.

„Wir waren zwei Wochen in der Türkei." Das Mädchen klammerte sich an ihrem Vater fest.

*

Dirks betrat das Inselhotel Kaiser. Das Luxushotel bestach durch eine hochwertige Kombination aus Tradition und Moderne. In der großzügigen Lobby fühlte man sich selbst aufgewertet und ging automatisch aufrecht.

„Herzlich willkommen." Der Rezeptionist schien nicht sonderlich begeistert darüber, sie als möglichen Übernachtungsgast zu begrüßen.

Dirks zeigte ihm die Dienstmarke. „Ich möchte gerne mit Ihrer Vorgesetzten, Frau Wiebke Maierhof, sprechen."

Der Rezeptionist spitzte die Lippen und schüttelte eine Handglocke, so als würde er ein Rührei verquirlen.

Etwas später erschien eine kräftige Frau mit blondiertem Haar. Sie trug ihr Businesskostüm wie eine Königin und ihre Augen waren hellwach. Dirks glaubte, dass sie der Tod ihrer Chefin erschüttert hatte, trotzdem war sie offenbar einer der Menschen, die in einer Krise zunächst aufblühten und eine Lösung finden wollten, was keine schlechte Eigenschaft für eine Rezeptionschefin war.

Dirks stellte sich vor und sie begaben sich zu einer Ecke in der Lobby, wo sie ungestört waren.

„Haben Sie schon etwas herausgefunden?" Wiebke Maierhof blickte sie neugierig an. „Mein Cousin behauptet, er dürfe mir nichts verraten."

Dirks ging darauf nicht ein. „Seit wann arbeiten Sie schon für Alida Ennen?"

„Seit drei Jahren. Alida hat mich zur Rezeptionschefin befördert. Sie wusste, dass sie mir vertrauen kann."

Dirks ignorierte es grundsätzlich, wenn jemand mit dem Zaunpfahl winkte. „Sie haben also nicht nur zusammen gearbeitet, sondern waren befreundet?"

„So weit würde ich nicht gehen." Maierhof seufzte. „Alida war eine tolle Chefin, aber privat sehr unzugänglich. Erst Hannes Kegel hat es geschafft, ihre Schale zu knacken und sie aus ihrer Einsamkeit zu befreien."

„Das war der hauptsächliche Eindruck, den Sie von Alida Ennen hatten, dass sie einsam war?"

Maierhof nickte. „Einsam und unglücklich. Sie hat so hart gearbeitet und niemals an sich selbst gedacht. Ich bin so froh, dass sie einen echten Prinzen gefunden hat. Hannes Kegel hat sie zum Leuchten gebracht. Die beiden sind wie füreinander geschaffen, wenn man sie gesehen hat, wollte man an die Liebe glauben."

Dirks lächelte, denn sie fühlte sich an Jendrik und sich

selbst erinnert.

„Obwohl Alida ihr Glück niemals fassen konnte. Gutes wollte sie nicht wahrhaben, aber Unglück erwartete sie mit offenen Armen."

Dirks hob die linke Augenbraue. „Hat sie erwartet, dass etwas Schlimmes mit ihr passieren würde?"

Maierhof schüttelte den Kopf. „So war das nicht gemeint. Alida hatte nur eine recht dunkle Weltsicht. Manchmal hatte ich den Eindruck, sie würde nur deshalb zu mir kommen, weil ich alle Dinge positiv sehe."

Wirklich alles? „Ist Ihnen in letzter Zeit irgendetwas Besonderes aufgefallen? Gab es vielleicht irgendeine Person, die sich nach Alida Ennen erkundigt hat?"

Die Rezeptionschefin dachte nach. „Mir ist da niemand Spezielles aufgefallen. Aber ich werde die anderen Mitarbeiter danach fragen."

Dirks zog zwei Bilder aus ihrer Tasche, das erste war die Phantomzeichnung. „Haben Sie schon mal diesen Mann gesehen?"

„Tut mir leid, nein."

„Und diese junge Frau?"

„Wer ist das?"

„Sie heißt Mine Conrads. Hat Alida Ennen diesen Namen einmal erwähnt?"

Die Rezeptionschefin schüttelte erneut den Kopf. Es schien sie zu wurmen, dass sie keine Antworten auf Dirks' Fragen hatte, gleichzeitig saugte sie begierig alle Details der beiden Bilder in sich auf.

„Ich habe außerdem Frau Ennens roten Terminplaner gefunden."

„Oh ja, der war typisch für Alida, sie hatte ihn immer bei sich. ‚Da kann kein Akku leer gehen', hat sie immer gesagt."

Dirks zeigte Maierhof die abfotografierten Seiten. „Wissen Sie, was diese Einträge bedeuten?"

„NDS 247? Da kann ich Ihnen leider auch nicht helfen. Aber wahrscheinlich hat es etwas mit Hannes Kegel zu tun."

Dirks nickte. Der Verlobte von Alida Ennen würde auf jeden Fall die beste Quelle über die Ermordete sein. Der Geschäftsmann war bereits über Alidas Tod informiert worden, aber er würde erst um 17:30 Uhr auf Norderney eintreffen. Dirks legte sich in ihrem Kopf zurecht, was bis dahin noch zu tun war. Dabei wurde ihr klar, dass sie seit dem Frühstück nichts mehr gegessen hatte, und sie packte diesen Punkt an die Spitze ihrer Liste.

*

Um 15:30 Uhr war Breithammer wieder im Polizeirevier. Nach den gefühlten Misserfolgen im Fall Mine Conrads wollte er sich wieder mit Kai Wiemers' Tod beschäftigen. Zolan Tomovic hatte inzwischen einige Zeit zum Nachdenken gehabt und Breithammer war gespannt darauf, ob sich seine Aussage verändert hatte. Vorher wollte allerdings der Kollege mit ihm sprechen, der sich die Videoaufnahmen vom Parkplatz in Norddeich-Mole angeschaut hatte.

„Was gibt's?", fragte Breithammer.

„In dem Zeitfenster, das ich untersuchen sollte, gab es keinen einzigen schwarzen Porsche, weder bei der Einfahrt noch bei der Ausfahrt."

Breithammer schaute ihn ungläubig an. „Sind Sie sich sicher?"

„Ich habe mir das Ganze doppelt angesehen." Der Kollege gab Breithammer den Speicherstick zurück.

Verwirrt starrte Breithammer auf das kleine Stück Plastik. Hatte er etwa das Zeitfenster zu eng gewählt? Oder hatte sich die Reederei beim Datum der Dateien geirrt? War der Kollege unfähig? Offenbar musste man alles selbst machen. Seufzend setzte sich der Kommissar vor seinen Bildschirm, um die Videodateien persönlich zu überprüfen.

*

Fee erwachte inmitten einer Herde von Deichschafen. Eilig stellte sie den Wecker an ihrem Smartphone aus, bevor die wollenen Grasfresser noch aggressiv wurden. Sie wichen bereitwillig zurück, als Fee ihren Weg hinter den grünen Wall suchte.

Sie hatte kein Risiko eingehen wollen, von Eiko entdeckt zu werden, also hatte sie sich für ihre Pause ein stilles Plätzchen mit Blick auf das Meer ausgesucht. Jetzt radelte sie wieder zum Campingplatz. Auch wenn sie ihren Rücken durch den Schlaf auf dem harten Boden spürte, fühlte sie sich erholt und zuversichtlich, die Cornflakes endlich zu finden.

Wie erwartet, war die Wiese mit den Zelten beinahe menschenleer. Vom Festivalgelände hörte man, wie jemand vom Organisationsteam die Leute begrüßte, die es ihm mit lautem Applaus dankten. Dann wurde die erste Band angekündigt und es ertönte frenetischer Jubel. Eine E-Gitarre jaulte auf und der Schlagzeuger ließ seiner angestauten Energie freien Lauf. Fee empfand das als passende Hintergrundmusik für ihre Mission.

„Moin!", rief ihr ein freiwilliger Helfer zu und Fee

winkte zurück. Sie versuchte, natürlich zu wirken, so, als ob sie etwas bei ihrem eigenen Zelt vergessen hatte. Mit schnellen Schritten ging sie auf den roten Golf zu. *Hoffentlich sind Eiko und die anderen wirklich bei der Bühne.*

Die E-Gitarre und das Schlagzeug intensivierten ihr Zusammenspiel und der Sänger kreischte sich die Kehle aus dem Hals, man konnte die ausgelassene Stimmung bis hierher spüren. Ein triumphales Grinsen machte sich auf Fees Gesicht breit. Sie freute sich auf die Cornflakes - nicht nur wegen des Geldes, sondern auch weil ihr Magen knurrte.

Niemand war bei Eikos Zelt. Ein Auto mit erwartungsfrohen Neuankömmlingen fuhr an ihr vorbei, aber in dieser Reihe waren alle Lagerplätze belegt.

Abfällig blickte Fee auf Julias rosafarbene Behausung. *Das hat bestimmt auch eine Stange in der Mitte.* Sie verspürte große Lust, den aufblasbaren Flamingo zu meucheln, zwang sich aber, wieder an ihr Ziel zu denken.

Die Proviantkiste befand sich in Eikos Zelt. Gierig stopfte sich Fee eine Tafel Schokolade in den Mund, obwohl sie die Sorte eigentlich nicht mochte. Der Zucker stillte ihren Heißhunger und Fee fokussierte sich auf die Cornflakes. Sie durchwühlte die Kiste, aber hier waren sie nicht. Daneben standen noch zwei Plastiktüten, doch auch die enthielten anderes Zeug und ansonsten gab es nur noch für jeden Festivaltag einen Kasten Bier. *Die Frühstückssachen sind noch im Auto.*

Fee krabbelte aus dem Zelt, ging zum Kofferraum des roten Golf und zückte die Brechstange. „Tut mir leid, Elmo."

Plötzlich hörte sie Eikos Stimme. Er war noch recht

weit weg, kam aber schnell näher. Offenbar unterhielt er sich mit Tom. Schnell warf sich Fee auf den Boden.

„Ausgerechnet jetzt, Mann, ausgerechnet jetzt!", beschwerte sich Tom. „Dieser Auftritt ist *die* Chance für unsere Band, um entdeckt zu werden. Der Druck ist für Rico einfach zu groß."

„Ihr spielt morgen Vormittag vor dem Flunkyball-turnier", relativierte Eiko. „Der Auftritt steht nicht mal im offiziellen Programm."

„Trotzdem ist es der größte Gig, den wir je hatten! Ich brauche jetzt deine Unterstützung! Aus ,Starter' kann endlich ,Hauptgericht' werden!"

„Natürlich unterstütze ich dich." Eiko umarmte seinen Freund brüderlich.

Fee beobachtete sie unter dem Kofferraum hindurch. Das Versteck war nicht ideal, aber solange die beiden auf der anderen Seite von Elmo blieben, war sie sicher. Warum bloß waren sie zum Campingplatz zurückgekehrt? Auf dem Festivalgelände war die Stimmung am Kochen und Fees Herz puckerte wie verrückt.

Tom machte mit Eiko irgendeinen Skater-Handshake. „Es ist so klasse, dass du mir dein Auto leihst, um Rico abzuholen."

Wie bitte? Nein, das Auto darf nicht weg!

„Kommt einfach schnell wieder her."

„Ich versuche es. Aber du kennst Rico, aus Lampen-fieber wird bei ihm schnell eine existenzielle Krise."

„Hauptsache, ihr verpasst euren Auftritt nicht."

„Auf keinen Fall! Und wenn ich Rico mit Medikamenten vollstopfen muss."

Wenn Tom mit dem Auto wegfährt, wird mich Eiko hier auf dem Boden liegen sehen. Fee rollte sich zum nächsten

Zelt, zog den Reißverschluss auf und robbte hinein. Von der Zeltdecke hing ein Duftbaum, der eine Ozeanbrise versprach, jedoch treffender als Elchfurz bezeichnet werden sollte. Fee lauschte, aber offenbar hatte Eiko nichts von der hektischen Flucht hinter dem Auto gemerkt. Er erklärte Tom, worauf er beim Umgang mit Elmo achten musste, und Fee wunderte sich über sein Vertrauen, dass Tom das auch verstehen würde. Wenig später setzte sich der rote Golf gequält in Bewegung.

*

Dirks traf Hannes Kegel an der Bar vom Inselhotel Kaiser. Auf dem Zeitungsfoto hatte der Geschäftsmann neben seiner Verlobten grau und beliebig gewirkt, nun strahlte er vor allem Traurigkeit aus. Vor ihm stand ein Whiskey-Glas und Dirks hatte das Gefühl, dass es nicht das erste an diesem Tag war. Der Millionär reagierte nicht, als sie sich auf den Hocker neben ihn setzte, sondern starrte weiterhin geradeaus in die Vergangenheit.

Dirks bestellte einen doppelten Espresso.

„Hier habe ich Alida kennengelernt", sagte Kegel. „Sie saß dort, wo Sie gerade sitzen."

Dirks überlegte, ob sie den Platz wechseln sollte, ließ es aber bleiben.

„Ich hatte gedacht, ich würde Alida noch einmal im Arm halten können", fuhr Kegel fort. „Aber in der Wohnung sind nur Polizisten in weißen Overalls. Ich werde gleich nach Oldenburg fliegen, um Alidas Leiche zu sehen. Also, wenn Sie mir Fragen stellen wollen, beeilen Sie sich." Kegel trank seinen Whiskey auf ex und der Barmann tauschte das Glas ungefragt gegen ein neues.

Dirks hatte kein Problem damit, sich den Spielregeln des Firmenchefs anzupassen, Hauptsache, sie würde die Informationen bekommen, die sie brauchte. Sie atmete den Duft des frischen Espresso ein und legte ihr Smartphone vor Kegel auf die Bar. „Wir haben diese leeren Schmuckschatullen in Alidas Wohnung gefunden." Sie wischte die Fotos vorwärts. „Es sieht so aus, als ob der Täter es genau darauf abgesehen hatte. Wissen Sie, ob der Schmuck echt war, und können Sie in etwa den Wert der Beute abschätzen?"

„Den Schmuck in diesen Kassetten habe ich ihr geschenkt. Zusammen hat er etwa einen Wert von 160.000 Euro."

Dirks schluckte. „Würden Sie uns bitte eine genaue Auflistung der Stücke geben, damit wir die Juweliere und Pfandleiher informieren können? Der Täter muss seine Beute ja irgendjemandem zum Kauf anbieten, und wenn er keinen eigenen Hehler hat, geht er vielleicht in ein normales Geschäft."

Kegel nickte. „Ich werde Ihnen die Liste heute Abend noch schicken."

„Danke. Außerdem habe ich noch eine Frage wegen Alidas Terminplaner." Dirks zeigte ihm die Fotos. „Können Sie mir sagen, was ‚NDS 247' bedeutet?"

Kegel zog die Stirn in Falten. Er blätterte alle Aufnahmen von dem Kalender durch und sah sich einige Details genauer an. „Sehen Sie diesen Eintrag von letztem Freitag?", fragte er.

„19:00 Uhr WD", las Dirks vor.

„Da waren wir zum Dinner in der Weißen Düne. Sie hat also auf diese Weise Orte auf der Insel abgekürzt."

„Aber wofür steht die Zahl dahinter? Eine Hausnummer? Für so eine hohe Zahl ist keine Straße auf der Insel lang genug."

Kegel massierte sich das Kinn. „Es könnte ein Hotelzimmer sein. Aber auf Anhieb fällt mir kein Haus ein, auf das die Buchstaben passen."

Dirks seufzte und nahm ihr Smartphone wieder an sich. Sie hatte gehofft, dass Kegel sofort wissen würde, was die Abkürzung bedeutete.

„Wie oft steht der Termin in dem Kalender?", fragte er.

„Sechsmal. Allesamt nach Ihrer Verlobung."

„Ich habe keine Ahnung, wo sie an diesen Tagen gewesen sein kann." Der Unternehmer hatte sichtbar Mühe, seine Fassung zu bewahren. „Es ist das erste Mal, dass ich nichts weiß. Ich habe keine Ahnung, was ich machen kann oder wie es weitergehen soll. Sonst habe ich immer eine Alternative, aber für Alida gibt es keinen Ersatz."

Dirks stand auf. „Wir werden alles tun, um ihren Mörder möglichst schnell zu finden." Sie wusste selbst, dass dieses Versprechen kein echter Trost war, trotzdem bot es für's Erste einen gewissen Halt. Außerdem fiel Kegel vielleicht noch etwas Wichtiges ein, wenn er seine Gedanken auf einen möglichen Täter ausrichtete.

„Ich nehme Sie beim Wort." Kegel richtete seinen rechten Zeigefinger auf sie. „Ich kenne den Innenminister von Niedersachsen persönlich und ich werde dafür sorgen, dass Ihre Arbeit genau beobachtet wird."

*

Breithammer saß vor dem Computer und starrte auf die Schwarz-Weiß-Videoaufnahmen einer Schrankenanlage, durch die ab und zu ein Auto fuhr. Oben rechts wurden die Metadaten eingeblendet. *Mittwoch 15:21 Uhr.* Zu diesem Zeitpunkt war Kai Wiemers längst tot gewesen.

Breithammer schloss die Videodatei und lehnte sich in seinem knarzenden Stuhl zurück. Der Kollege hatte recht gehabt, in dem Zeitraum, in welchem Cordelia Folkmann ihren Wagen geparkt haben wollte, war kein schwarzer Porsche auf den Parkplatz gefahren oder hatte ihn verlassen. Was ergab das für einen Sinn?

Oder hatte sich Folkmann im Parkplatz geirrt? Die Reederei besaß noch weitere Parkplätze, die nicht so dicht am Deich waren. Aber wenn sich eine Architektin so sehr irrte, dann wollte Breithammer niemals ein Haus betreten, das sie geplant hatte.

Breithammer schüttelte den Kopf. Er lud sich die Videodateien vom gesamten Mittwochvormittag herunter und forderte außerdem die Aufnahmen vom Dienstag bei der Reederei an. Breithammer wusste, er könnte jemand anders mit dieser zeitaufwändigen Arbeit beauftragen, aber nun wollte er es selbst genau wissen. Er schickte Folinde eine Nachricht, dass er noch länger brauchen würde, und machte sich wieder ans Werk.

*

Fee klammerte sich mit beiden Händen an den Zaun und starrte durch das Loch in einem Plakat auf das Festivalgelände. Die Sonne war längst untergegangen und die letzte Band an diesem Abend nahm ihren Platz auf der Bühne ein. Eiko stand ganz in der Nähe, bei ihm waren Julia und der blonde Typ mit dem T-Shirt vom

139

Hard-Rock-Café.

Tom war noch nicht zurückgekehrt. Fee hatte zuerst überlegt, ob sie nach Aurich radeln sollte, aber sie hatte keine Ahnung, wo Rico wohnte. Sie musste wohl oder übel warten, bis Tom wieder auftauchen würde.

Sie verfluchte sich selbst dafür, dass sie vorhin nicht ein paar Minuten früher zum Campingplatz gegangen war und sofort das Auto aufgebrochen hatte. Aber das ließ sich nicht ändern. Um die Wartezeit zu überbrücken, versuchte sie noch etwas vom Festival mitzubekommen, soweit das ohne Ticket überhaupt möglich war. Aber die gelöste Atmosphäre wollte sich nicht auf sie übertragen, was nicht nur an ihrem Stress lag, sondern auch an Eiko.

Die Band fing an zu spielen. Ihr Stil war langsamer als die Musik vorher. Fee erinnerte sich an die Musikgruppe. Sie hatte auch vor vier Jahren gespielt, als sie mit Eiko zusammengekommen war. *Heute wäre unser Jubiläum gewesen.* Die Band stimmte eine Rockballade an, die Fee als „ihr Lied" abgespeichert hatte. Die Leute hielten Feuerzeuge in die Luft, schunkelten und sangen mit. Julia kletterte auf Eikos Schulter und thronte über hunderten von Lichtern.

Fee wandte sich ab. Sie setzte sich auf die Wiese und lehnte sich an den Zaun, Tränen flossen ihr Gesicht hinab. Es war ihr egal, ob irgendjemand sie entdecken würde, es war ihr gleichgültig, ob der Mann mit der grünen Krawatte sie töten würde. Alles war sinnlos.

13. Alte Wunden

Am Samstagmorgen saßen Dirks, Breithammer und Saatweber erneut in Aurich zusammen, um sich gegenseitig auf den neuesten Stand zu bringen. Für den Fall Alida Ennen hatten sie ein drittes Flipchart organisiert, die Dirks auch schon weitestgehend ausgefüllt hatte.

Breithammer betrachtete die Tafel eindringlich. „Alida Ennen, Hannes Kegel, Norderney - warum kommt mir das so bekannt vor?"

Dirks seufzte. „Weil dir Folinde den Zeitungsartikel gezeigt hat, in dem sich beide verlobt haben. ‚Das Traumpaar von Norderney'."

„Richtig! Folinde hat die Zeitung gleich dreimal gekauft und lässt sie überall in der Wohnung herumliegen. Keine Ahnung, was das soll."

„Fokus!", mahnte Saatweber, der heute einen Pullover mit eingestricktem Fadenkreuz trug. „Gestern Abend hat mich noch der Innenminister angerufen und sich persönlich nach dem Fall Alida Ennen erkundigt. Heute möchte ich ihm mehr erzählen können. Haben wir schon etwas Greifbares?"

So nervös hatte Dirks den Staatsanwalt noch nie erlebt, Kegel musste eine Menge Einfluss besitzen, um ihn so unter Druck zu setzen. Sie räusperte sich. Breithammers Erwähnung des Traumpaars von Norderney hatte sie an ihr Versprechen gegenüber Folinde erinnert und nun musste sie erst mal wieder ihre Gedanken ordnen. Am besten fasste sie zunächst die aktuellen Ergebnisse zusammen. „Die Kriminaltechnik hat bisher keine belastbaren Spuren des Täters gefunden. Die Liste mit dem Schmuck wurde an die

Juweliere und Pfandleihhäuser geschickt, aber es ist ein Wochenende im Sommer, es kann also etwas dauern, bis jemand darauf reagiert. Die Obduktion von Alida Ennens Leiche hat ergeben, dass sie genauso wie Mine Conrads erwürgt wurde. Der Täter hat allerdings Handschuhe getragen. Professor Doktor Tannhausen kann weder bestätigen noch ausschließen, dass es sich um denselben Täter handelt."

„Damit sind wir direkt im Thema." Saatweber stellte das Flipchart von Kai Wiemers etwas abseits und rückte die Tafeln von Mine Conrads und Alida Ennen dichter aneinander. „Gehören diese beiden Fälle zusammen? Was sind die Gemeinsamkeiten und was sind die Unterschiede zwischen diesen Morden?"

„Beide Opfer wurden erwürgt und beide Opfer sind Frauen." Dirks hob zwei Finger der rechten Hand. „Das sind die Gemeinsamkeiten. Die Liste mit den Unterschieden ist länger." Sie zählte mit der linken Hand mit. „Erstens: Bei Mine ist der Täter durch die Wohnungstür gekommen, bei Alida ist der Mörder gewaltsam durchs Fenster eingebrochen. Zweitens: Mine wurde zuerst geschlagen, Alida wurde direkt erwürgt. Drittens: Bei Alida hat der Täter Handschuhe getragen. Viertens: Mines Zimmer wurde chaotisch durchwühlt, bei Alida hat der Täter gezielt den Schmuck mitgenommen."

„Diese Unterschiede kann man aber nicht nur als Gegensätze interpretieren", sagte Breithammer. „Man könnte sie auch als eine Steigerung betrachten. Bei Mine geht der Täter noch unbedarft und planlos vor, während er bei Alida ganz gezielt handelt." Er trug das erste Flipchart wieder dichter zu den anderen. „Vielleicht passt dann auch Kai Wiemers in diese Reihe, quasi als

Ausgangspunkt. Die Todesfälle sind also nicht beliebig austauschbar, sondern können nur in dieser Reihenfolge stattgefunden haben."

Dirks fand diesen Gedanken äußerst reizvoll.

Im Gegensatz zum Staatsanwalt. „Es geht mir nicht nur darum, wie Alida Ennen und Mine Conrads ermordet wurden. Gibt es irgendwelche Gemeinsamkeiten im Leben von den beiden?"

„Wir haben uns die Lebensläufe genau angesehen und konnten keine Überschneidung finden. Sie sind unterschiedlich alt und wohnen jeweils an anderen Orten. Am ehesten könnte es eine Verbindung durch Mines Ausbildung geben, denn Alida Ennen arbeitet ebenfalls im Hotel- und Gaststättengewerbe, aber auch hier lässt sich keine Verknüpfung herstellen." Dirks zeigte auf das Phantombild, das an Mines Flipchart haftete. „Das hier ist die Person, auf die wir uns konzentrieren müssen. Ich glaube, er ist die Verbindung zu Alida Ennen. Meine Theorie ist, dass Mine erst kurzfristig auf ihn getroffen ist, und zwar am Mittwoch, während sie mit dem Bus nach Hause gefahren ist."

Saatweber schaute sie ungläubig an. „Was kann denn während einer Busfahrt passieren, damit man einen Mörder auf sich aufmerksam macht? Wie kommst du auf solch eine Idee?"

„Weil es das Einzige ist, was an Mines letzten Tagen außergewöhnlich verlaufen ist. Sie hat ihre Arbeit am Mittwoch früher verlassen, weil sie sich so schlecht fühlte, dass sie nicht mit dem Fahrrad nach Hause fahren konnte. Daheim war sie dagegen fröhlich und hat für ihre Mutter Hirschsteak mit Wachteleiern gekocht. Was hat diese Veränderung verursacht? Was wollte sie feiern? Dazwischen lag nur eine Busfahrt."

Saatweber rieb sich angestrengt die Stirn. „Warum denkst du, dass der Mann auf dem Phantombild etwas mit Alida Ennen zu tun hat? Wurde er auf Norderney von jemandem gesehen?"

„Leider nicht", gab Dirks zu. „Wir haben versucht, ihn auf den Überwachungsvideos vom Fährterminal zu identifizieren, aber das ist uns nicht eindeutig gelungen. Es gibt mehrere Personen, die nicht gut zu erkennen sind, weil sie einen Hut tragen oder eine Kapuze aufhaben."

Saatweber trommelte mit den Fingern auf die Tischplatte. „Ich weiß, beim letzten Mal habe ich noch den Gedanken eingebracht, dass die Taten zusammenhängen könnten. Aber jetzt? Wir dürfen nichts konstruieren, sondern müssen die Sache nüchtern betrachten. Wenn ich mir nur die Fakten für Alida Ennens Fall ansehe, finde ich Jensens Theorie von einem Einbrecher, der überrascht wurde, am sinnvollsten. Gibt es denn irgendetwas, was gegen diese Version spricht?"

Dirks öffnete die Fallakte und deutete auf ein Foto von Alida Ennens Leiche. „Dort, an der linken Hand."

Saatweber setzte sich seine Lesebrille auf, hatte aber trotzdem Schwierigkeiten, gut zu sehen. Dirks händigte ihm ein Vergrößerungsglas aus. „Ein Ring", sagte er, „mit einem Diamanten. Menschenskind, das ist ein ganz schöner Klunker."

„Genau", pflichtete Dirks ihm bei. „Wenn es dem Täter tatsächlich um Juwelen ging, warum hat er dann den Verlobungsring zurückgelassen?" Sie wusste, dass Saatweber nur auf Nummer sicher gehen wollte, weil er mit dem Druck von oben umgehen musste. Allerdings hoffte sie, dass er ihr gleichzeitig genug Möglichkeiten gab, in alle Richtungen zu ermitteln.

„In Ordnung", entschied der Staatsanwalt. „Alida Ennen stand im Rampenlicht der Öffentlichkeit, also ist hier der Ermittlungsdruck am höchsten. Wir konzentrieren uns auf diesen Fall mit so viel Personal wie möglich. Aber wir ermitteln zweigleisig: Während eine Gruppe Alida Ennens Tod als Einzelfall betrachtet, versucht die andere Gruppe eine Verbindung zwischen Alida Ennens und Mine Conrads' Tod zu ermitteln. Die Presse kann ruhig von den Juwelen erfahren, das macht es schwieriger für den Täter, seine Beute loszuwerden, und provoziert ihn zu einem Fehler. Aber über Mine Conrads sollte die Presse noch nichts wissen. Außerdem ist das Phantombild zu ungenau, um es zu veröffentlichen."

Dirks nickte zufrieden. Auch wenn sie es hasste, dass Mine Conrads für weniger wichtig als Alida Ennen erachtet wurde. Sie hätte etwas dazu gesagt, wenn sie nicht davon überzeugt gewesen wäre, dass beide Fälle zusammenhingen und sie im Fall der Hoteldirektorin die ergiebigeren Spuren sah, um den Mörder zu fassen.

Saatweber wandte sich an Breithammer. „Nun zu Kai Wiemers. Wenn ich es richtig verstanden habe, dann hast du dir gestern den ganzen Abend Sicherheitsvideos angeschaut, Oskar?"

Breithammer nickte. „Es ging dabei zuerst um eine Routineüberprüfung des Porsche, in dem Wiemers verunglückt ist. Dabei kam allerdings etwas Interessantes ans Licht. Erstens: Am Mittwoch zwischen 13:30 Uhr und 15:30 Uhr hat kein schwarzer Porsche den Frisia-Parkplatz verlassen. Zweitens: Am Mittwoch bis 15:30 Uhr kein einziger Porsche auf den Parkplatz gefahren. Ich habe mir auch die Aufzeichnungen vom Dienstag angesehen und zusätzlich auf den roten

Mercedes-SUV geachtet, der nun auf dem angeblichen Stellplatz steht. Er ist schon am Dienstag um 11:00 Uhr auf den Parkplatz gefahren! Auch die beiden Autos daneben stehen dort schon seit Dienstag. Damit ist eindeutig bewiesen, dass uns Cordelia Folkmann angelogen hat. Sie hat den Porsche niemals dort geparkt."

Dirks dachte an das Treffen mit der Architektin. „Wieso hat sie das getan? Sie hat doch mitbekommen, wie wir über die Sicherheitskameras geredet haben."

„Da war es schon zu spät", entgegnete Breithammer. „Sie hatte dir ja bereits am Telefon gesagt, dass sie ihr Auto auf dem Frisia-Parkplatz abgestellt hätte. Wahrscheinlich hat sie gehofft, dass wir uns das Videomaterial nicht so genau ansehen würden."

„Wenn diese Frau gelogen hat, dann muss sie noch einmal befragt werden", sagte Saatweber. „Wo ist sie gerade?"

Dirks schluckte. „Auf Norderney."

„Sofort festnehmen!", forderte der Staatanwalt und Dirks rief Jensen an, damit er zu *Michels Thalasso Hotel* fuhr.

*

Fee fühlte sich wie ein Kuhfladen. Sie spürte die Sonne in ihrem Gesicht, das war schön, aber ihre Augen wollten sich nicht öffnen, so als wären sie festgeklebt. Sie hörte Geräusche. Von weit weg, aber auch von ziemlich nah. Da war jemand und beobachtete sie.

„Hast du etwa die Nacht hier draußen verbracht?"

Fee gab sich alle Mühe, etwas zu sehen, und allmählich löste sich der Kleister.

Vor ihr stand der Mann mit dem Hard-Rock-Café-T-Shirt und aus dieser geringen Entfernung konnte Fee erkennen, dass es vom Hard-Rock-Café in Punta Cana war.

„Mein Name ist Sven Holm, und wie heißt du?"

„Fee." Ihre Zunge war vollkommen ausgetrocknet. Beim Versuch, sie zu befeuchten, verteilte sich der Geschmack von verfaulter haariger Raupe in ihrem Mund.

„Wie schön." Holm reichte ihr eine Wasserflasche. „Ich habe immer gehofft, mal einer Fee zu begegnen."

Fee konnte sich ein Lächeln nicht verkneifen. „Weißt du, ob Tom mit seinem Freund Rico wiedergekommen ist?"

„Du kennst die Leute vom Nachbarzelt?" Holm freute sich.

„Eiko ist mein Ex-Freund."

„Das ist ja super."

„Na ja, geht so." Fee gab ihm die leere Wasserflasche zurück.

„Also, vorhin war Tom noch nicht wieder da, aber ich bin auch schon zwei Stunden vom Lager weg. Ich bin zum Leuchtturm gejoggt. Und jetzt freue ich mich auf ein großes Frühstück. Willst du nicht mitkommen?"

„Ich?" Beim Gedanken daran, Eiko unter die Augen zu treten, rutschte Fee das Herz in die verdreckte Hose.

„Ach komm schon. Ich dachte, eine Fee muss einem einen Wunsch erfüllen?" Holm reichte ihr die Hand.

Fee konnte nicht glauben, wie freundlich Sven war. Sie wollte ihn nicht enttäuschen. Essen wäre wundervoll und schon der Gedanke an eine Tasse Kaffee machte ihren Kopf klarer. *Ich muss auf jeden Fall beim Frühstück sein, denn da werden die Cornflakes aufgetischt!* „Aber nur, wenn ich mir vorher noch kurz das Gesicht waschen darf. Hast du etwas Mundspülung für mich?"

Holm lachte. „Alles klar. Ich muss mir auch noch ein frisches T-Shirt anziehen."

*

Dirks und Breithammer gingen zurück in ihr Büro.

„Gute Arbeit", lobte sie ihren Assistenten. „Ich bin gespannt, was Cordelia Folkmann zu sagen hat."

„Hast du schon etwas von Jensen gehört?"

„Ich erwarte jederzeit seinen Rückruf." Dirks wusste, es war ein unpassender Zeitpunkt, aber für ihr Versprechen an Folinde war wahrscheinlich jeder Zeitpunkt blöd. Sie wollte noch mal einen Versuch unternehmen, Oskar von einer Verlobung zu überzeugen, dann hatte sie das hoffentlich wieder aus ihrem System.

Breithammer öffnete die Tür und ließ Dirks zuerst eintreten.

„Alida Ennen und Hannes Kegel waren ein wundervolles Paar", sagte Dirks beiläufig. „Als die Leute mir von ihnen erzählt haben, musste ich an Folinde und dich denken." Sie konnte es selbst nicht glauben, dass sie Oskar anlog, nur um einer ungeschickten Überleitung willen.

Breithammer sah sie misstrauisch an. „Alida Ennen ist tot. Daran siehst du, wie gefährlich eine Verlobung ist."

„Ach komm schon." Diese Logik brachte Dirks aus dem Konzept. Konnte Alidas Verlobung wirklich etwas mit ihrer Ermordung zu tun haben?

Oskar blickte sie fest an. „Ja, ich will den Rest meines Lebens mit Folinde verbringen. Aber es ist perfekt, so, wie es gerade ist. Ich werde das nicht kaputtmachen."

Diederike holte tief Luft. „Manchmal macht man etwas kaputt, wenn man es so lässt, wie es ist. Wenn der Partner einen bestimmten Weg eingeschlagen hat, muss man darauf achten, Schritt zu halten."

„Was soll das? Folinde geht auf mich zu, ich gehe auf sie zu. Es ist ein Weg, der zusammenführt."

„Aber irgendwann ist man zusammen und geht gemeinsam vorwärts!"

Oskar war sichtlich verärgert. „Ich habe schon mal eine Freundin verloren, weil ich sie in eine Richtung gedrängt habe, in die sie nicht gehen wollte. Das passiert mir nicht noch einmal."

„Ich denke, bei Folinde ist es das Risiko wert." Diederike wusste, dass sie unfair war, denn sie kannte ja Folindes Haltung.

Oskar schnaubte empört auf. „Du hast doch keine Ahnung. Um die Hand von jemandem anzuhalten ist etwas anderes als jemanden zu fragen, ob er Spaghetti essen will. Sobald dieser Satz einmal ausgesprochen ist, verändert sich die Beziehung, dann kann man nicht mehr zurück. Der ganze Einsatz liegt auf dem Tisch und es geht um alles oder nichts."

Diederike schluckte. Offensichtlich hatte auf diese Weise Oskars letzte Beziehung ihr Ende gefunden, das hatte sie nicht gewusst.

„Ich mag ja, dass du offener geworden bist, seit du mit Jendrik zusammen bist, aber das geht zu weit. Ich schätze deine berufliche Erfahrung, aber in puncto Beziehungen würde ich eher einem Glückskeks vertrauen. Man fragt auch keinen Fisch, wie man am besten für den Marathon trainiert."

Diederike stand mit offenem Mund da. Ihr Telefon

klingelte und sie war dankbar dafür. „Was gibt's?"

„Leider nichts", entgegnete Jens Jensen. „Wir haben versucht, Cordelia Folkmann festzunehmen, aber wir können sie nicht finden."

14. Starter

Fee betrat zusammen mit Sven Holm unbehelligt das Campinggelände. Sie suchte schon mal die Toilette auf, während Holm zu seinem Zelt ging und mit einem zusätzlichen Handtuch und einer nagelneuen Zahnbürste zurückkehrte. Sie hatte noch niemals jemanden erlebt, der so gut vorbereitet zu einem Festival reiste. Für sie war er eine Fee, die ihr jeden Wunsch erfüllte. Auf einmal hatte sie wieder etwas Hoffnung, dass ihr Leben weitergehen könnte.

Hoffentlich würde Eiko keinen Aufstand machen, wenn er sie zu Gesicht bekam. Obwohl das eigentlich auch egal wäre. Sie musste sich nur die Cornflakes-Packung schnappen und flüchten. *Bin ich schnell genug, um zu entkommen?* Aber vielleicht würde ihr ja auch niemand hinterherrennen, schließlich wussten sie ja nicht, dass es um 50.000 Euro ging.

Erleichtert stellte Fee fest, dass Elmo wieder an seinem Platz stand. Tom konnte sie allerdings nicht entdecken, nur Eiko, der schon wieder in seinem Campingsessel thronte. Er sah fertig aus, wahrscheinlich war er noch bis tief in die Nacht bei der Aftershowparty gewesen.

„Ich habe ein Alkoholtestgerät dabei, falls du deinen Promillegehalt wissen möchtest", bot Holm an.

Doch Eiko interessierte sich nur für Fee. „Warum - was machst du denn hier?"

„Sie ist mit mir hier", sagte Holm bestimmt. „Heute ist ein Tag zum Feiern, da müssen alle privaten Streitigkeiten zu Hause bleiben."

Der Reißverschluss von Eikos Zelt wurde aufgezogen

151

und Julia stieg heraus. In ihrem Nachthemd passte sie eher in ein Hunkemöller-Schaufenster als auf ein Rockfestival. Fee fühlte einen Schmerz, als ob ihr Herz in einem Mixer verquirlt wurde. „Ich habe nichts dagegen, dass Fee hier ist", flötete Julia. „Wenn sie das unbedingt möchte."

„Ich mache schon mal Kaffee." Holm schnappte sich einen Gaskocher.

Das ist die perfekte Gelegenheit, um an die Cornflakes zu kommen, dachte Fee. „Wo ist die Kiste mit den Frühstückssachen?"

Eiko hob die Hand und zielte mit dem Autoschlüssel auf Elmo, der einmal fröhlich aufblinkte.

Fee war froh, das Auto nicht mit Gewalt aufgebrochen zu haben. Jetzt würde sich endlich alles klären. Sie öffnete die Kofferraumklappe und machte sich innerlich bereit dazu, mit den Cornflakes wegzurennen.

Vor ihr stand die Kiste mit Essen. Marmelade, Honig, Milch, Haferflocken, Müsli. Fee starrte Eiko zornfunkelnd an. „Wo sind die Cornflakes?"

„Entspann dich! Wir haben einen Haufen anderer Sachen."

„Aber ich will die Cornflakes." Fees Stimme zitterte.

Julia kicherte. „Kein Wunder, dass du mit ihr Schluss gemacht hast."

„Sonst hat sie immer andere Sachen gefrühstückt", entgegnete Eiko.

„Ich weiß genau, dass du die Cornflakes-Packung von mir mitgenommen hast." Fee fixierte ihn mit den Augen. „Also zum letzten Mal: Wo sind die verfluchten Cornflakes?"

Eiko senkte den Blick. „Tom hat sie. So ein Auftritt

zerrt immer an seinen Nerven, da muss er sich andauernd was in den Mund stopfen."

Fees Puls raste und sie wollte sofort auf das Festivalgelände. Aber wie sollte sie das machen ohne Eintrittskarte? Dann musste sie den Sicherheitszaun eben irgendwo mit dem Brecheisen aufstemmen. *Warum bin ich nur zum Campingplatz zurückgegangen? Bei meinem Schlafplatz war ich schon genau an der richtigen Stelle!*

„Trink erst mal eine Tasse Kaffee und iss ein Brötchen", sagte Holm. „Danach kaufe ich dir ein Tagesticket und wir gehen zu Tom. Ich will den Auftritt von ‚Starter' auch auf keinen Fall verpassen."

*

Dirks zog sich im Pausenraum einen Schokoriegel aus dem Automaten und machte sich eine Tasse Tee. Zum Glück war sie alleine hier, so konnte sie wieder zur Ruhe kommen. Sie war Breithammer nicht böse über das, was er gesagt hatte. Trotzdem war sie verletzt und konnte nicht sofort wieder in den Arbeitsmodus schalten.

Der Tee tat gut, auch wenn er nur aus dem Beutel stammte. Heute Abend wollte Jendrik mit ihr ausgehen. Hoffentlich ließen das ihre Ermittlungen wirklich zu. Sie würde Jendrik von ihrem Streit mit Oskar erzählen, bis dahin konnte sie das Thema beiseiteschieben.

In fünfzehn Minuten würde sie sich mit ihren beiden Ermittlungsgruppen im Konferenzraum treffen, um sie einzuweisen. Sie musste sich genau überlegen, mit welchen Arbeiten sie sie betrauen sollte.

Dass Cordelia Folkmann etwas mit Alida Ennens Tod zu tun haben könnte, war ein ganz neuer Aspekt. Es musste unbedingt ermittelt werden, ob die Architektin im Inselhotel Kaiser oder in der Nähe von Alidas Wohnung gesehen worden war. Am besten setzte sie einen Mitarbeiter ausschließlich darauf an, eine Verbindung zwischen Cordelia Folkmann und Alida Ennen zu finden. Dirks machte sich eine innere Notiz.

Als Nächstes kam ihr „NDS 247" in den Sinn. Wie wichtig war es, etwas über diesen Termin herauszufinden? Vielleicht war er ja vollkommen unwesentlich und es ärgerte sie nur persönlich, ein ungelöstes Rätsel zu haben, genauso, wie sie es hasste, wenn Jendrik beim Kreuzworträtsel eine Zeile unausgefüllt ließ. *Aber warum hat Alida Ennen solch eine Abkürzung benutzt, wenn sie nicht etwas verheimlichen wollte?*

Die Karte von Norderney hatte Dirks bereits ausgiebig studiert. Es gab dort eine ‚Nordhelmstraße', doch die war nicht sonderlich lang. Außerdem war sie eine Liste der Herbergen durchgegangen. Das einzige Hotel, das zu den Buchstaben passen könnte, war die ‚Nordstrandperle', aber dort gab es keinen Raum 247. Was konnte es sonst sein?

Am liebsten würde sie Breithammer fragen, aber dem trat sie heute besser nicht mehr unter die Augen. Dirks trank ihren Tee aus und erhob sich. Sie sollte gleich ein Brainstorming zu „NDS 247" mit allen Kollegen machen, das würde ein guter Auftakt für die Besprechung sein.

*

Breithammer saß an seinem Schreibtisch und versuchte sich die Kopfschmerzen wegzumassieren. Der Streit mit Diederike hatte ihn aufgewühlt, denn sie hatte einen wunden Punkt getroffen. In den letzten beiden

Tagen wirkte Folinde distanziert und sie wich ihm sogar aus, als er den Feuerwehrhelm trug, den er seit Valentinstag besaß. Es war, als ob er irgendetwas falsch gemacht hätte. Allerdings gab sie ihm nicht den geringsten Hinweis darauf, was das war.

Sein Kopf puckerte etwas weniger und er konzentrierte sich wieder auf seine Arbeit. Es war ärgerlich, dass Cordelia Folkmann nicht geschnappt werden konnte. *Hätten wir sie erwischt, wenn ich bereits gestern Nacht ihre Festnahme angeordnet hätte?*

Obwohl ihr Zimmer leer war, hatte Folkmann noch nicht offiziell aus ihrem Hotel ausgecheckt. Es konnte also sein, dass sie noch einmal dorthin zurückkehrte. Für diesen unwahrscheinlichen Fall wollte Jensen einen Kollegen in der Lobby postieren. Außerdem informierte Breithammer die Polizei in Papenburg, damit Folkmanns Wohnung überwacht wurde. Danach rief er Jensen an, ob er schon etwas Neues erfahren hatte.

„Ich habe gerade mit meiner Cousine gesprochen", erzählte der Inselpolizist.

Breithammer erinnerte sich an Dirks' Bericht, dass es sich dabei um die Rezeptionschefin von Alida Ennens Hotel handelte.

„Es sieht so aus, als ob Frau Folkmann gestern Abend noch im Inselhotel Kaiser war und Wiebke nach Alida Ennens Tod ausgefragt hat."

„Und was hat Ihre Cousine Folkmann verraten?"

„Sie hat ihr von einem Phantombild und einer jungen Frau namens Mine Conrads erzählt. Wissen Sie, wer das ist?"

„Um welche Uhrzeit war das?"

„21:15 Uhr."

„Danke." Breithammer legte auf. *Nach diesem Gespräch*

hat Folkmann wahrscheinlich ihre Sachen gepackt und ist untergetaucht. Freitags gab es noch eine Fähre um 23:00 Uhr, mit der konnte sie sich zum Festland abgesetzt haben.

Und wie war sie von dort weggekommen, wenn sie kein Auto mehr hatte? Breithammer beauftragte einen Kollegen damit, Folkmanns Foto an die regionalen Taxiunternehmen zu schicken.

Welche Rolle spielt Folkmann in dem Ganzen?

Warum hatte sie gelogen? Warum sollten sie glauben, dass der Porsche auf dem Parkplatz der Reederei gestanden hatte?

Was war denn der Sinn dieses Parkplatzes? Er war für alle gedacht, die die Fähren benutzen wollten, also die Langzeiturlauber und Tagesgäste von Juist und Norderney. *Wenn Folkmann dort nicht geparkt hat, dann wollte sie also gar nicht mit einer Fähre auf die Inseln fahren.*

Plötzlich fiel es Breithammer wie Schuppen von den Augen. Folkmann wollte sich lediglich kurz im Hafen aufhalten. Sie war erst später nach Norderney übergesetzt, um sich selbst ein Alibi zu schaffen! Ihr Alibi von einem Urlaub auf Norderney wäre unglaubwürdig gewesen, wenn sie den Porsche auf einen Parkplatz gestellt hätte, auf dem man nur für ein paar Stunden parken durfte.

Was wollte sie im Hafen?

Breithammer wurde noch etwas anderes klar. Es war möglich, dass Folkmann am Mittwoch erst am Abend auf die Insel gefahren war. Sie hatte ihnen zwar ein Einzelticket von 14:00 Uhr gezeigt, aber das konnte sie auch in Norderney aus dem Mülleimer gefischt haben. Die Architektin konnte also durchaus etwas mit Kai Wiemers' Tod zu tun haben.

Aber Kai ist in ihrem Auto abgehauen. Sie konnte ihn nicht verfolgen. Woher wusste sie, dass Kai zu sich nach Hause gefahren ist? Woher wusste sie, wo Kai wohnt?

Breithammer spürte, dass er an etwas Wichtigem dran war, aber er kam nicht drauf, was es war. Nervös ging er in dem kleinen Raum hin und her. Der kurze Weg veränderte seine Perspektive nicht wirklich, außerdem muffelte es nach gammelnden Blumen.

Unfreiwillig wanderten seine Gedanken wieder zu Folinde. Da er alleine war, wollte er ihr einen Fotogruß schicken. Bevor sein Smartphone die Linse freigab, fragte es ihn, ob er für das Foto seine „Standortbestimmung" einschalten wollte, und wie gewohnt, lehnte er ab.

Auf dem ersten Selfie sah er zu gestresst aus, auf dem zweiten drogenabhängig. Während des dritten traf ihn ein Gedankenblitz.

Er setzte sich zurück an den Schreibtisch und tippte am Computer „Porsche Diebstahlschutz" in die Suchmaschinenmaske. An dritter Stelle der Ergebnisliste erschien genau das, was er sich erhofft hatte.

Eilig rief er in der Abteilung an, die sich um die Unfallautos kümmerte. Hoffentlich war Folkmanns Porsche noch nicht verschrottet worden!

*

Fee konnte den Gedanken kaum ertragen, dass Tom das Geld inzwischen gefunden haben könnte. Es tat allerdings auch gut, etwas in den Magen zu bekommen. Und sie wollte mit Sven nicht den einzigen Menschen vergrätzen, der nett zu ihr war.

„Was hast du eigentlich in deinem Turnbeutel?",

fragte Julia.

„Ein Brech– … -mittel."

Eiko schüttelte den Kopf.

Fee ließ den Beutel an Holms Zelt zurück, bei der Sicherheitskontrolle zum Festivalgelände würde er ihr sowieso abgenommen werden.

Zehn Minuten später schaute sie auf das neue Festivalbändchen an ihrem Handgelenk. Damit konnte sie sich überall auf dem Gelände frei bewegen. „Danke, dass du das alles für mich tust, Sven." Fee dachte an den 500-Euro-Schein in ihrer Hosentasche. „Eigentlich habe ich ja Geld, doch niemand will wechseln. Ich werde dir auf jeden Fall alles zurückzahlen."

„Lass mal stecken."

Tom und seine Kumpel nahmen gerade die Plätze für ihren Auftritt ein. Es überraschte Fee, mehr Leute vor der Bühne zu sehen als darauf. Alle Bandmitglieder trugen schwarze Kapuzenpullis mit dem Bild einer frittierten Krabbe.

Sven und Fee gesellten sich zu Eiko und Julia.

„Siehst du?" Eiko deutete auf ein Stück Pappe, das hinter der Monitorbox von Tom hervorlugte. „Da sind die Cornflakes. Tom frisst sogar während des Auftritts. Beim letzten Konzert hat er eine komplette Packung Froot Loops in die Menge regnen lassen."

Mit Grausen stellte sich Fee vor, wie Tom Cornflakes von der Bühne schüttete und es als Zugabe plötzlich 500-Euro-Scheine gab.

Tom klopfte auf das Mikrofon und das Piepen der Rückkoppelung vertrieb die letzte Müdigkeit. „Moin, wir sind ‚Starter'."

Der Krach begann und Fee sehnte sich nach der Rückkoppelung zurück. Eiko und Julia jubelten und auch die anderen waren begeistert. Tom brüllte wiederholt ins Mikrofon, und obwohl es immer derselbe Satz war, verstand Fee kein Wort. Irgendwann blieb Toms Stimme weg und der Gitarrenspieler fühlte sich bemüßigt, ein Solo hinzulegen. Er stolzierte an der Bühnenkante entlang, was ziemlich cool aussah und die Stimmung noch mal steigerte. Währenddessen kurierte Tom seine Heiserkeit tatsächlich dadurch, dass er sich Cornflakes in den Mund stopfte. Weil er dabei sein Mikrofon nicht ausstellte, hörte man lautes Knuspern und im grellen Bühnenlicht flirrten die Krümel. Die Menge grölte begeistert.

Ich muss die Cornflakes haben, bevor es zu spät ist. Fee ließ die anderen alleine und suchte sich den Weg hinter die Bühne. Bei „Starter" gab es gewiss keine Sicherheitsvorkehrungen, trotzdem durfte es nicht sofort auffallen, wenn sie sich während des Auftritts zu den Musikern begab.

Hinter der Bühne lag die Ausrüstung der Band, dabei war auch eine Stapel mit den schwarzen Kapuzenpullis. Fee zog sich einen davon über. Außerdem brauchte sie ein Musikinstrument. Glücklicherweise stand da ein Saxophon-Koffer von einer anderen Band. Eilig packte Fee das Instrument aus und legte sich den Gurt um.

Einmal tief durchatmen und raus auf die Bühne zum großen Auftritt.

Tom erholte sich gerade von einem Hustenkrampf, die anderen Bandmitglieder starrten Fee verdutzt an, hörten aber nicht auf zu spielen. *Man kann nicht aus dem Konzept gebracht werden, wenn man keins hat.*

Das Publikum klatschte ekstatisch, das war die magische Ausstrahlung des Saxophons. Hoffentlich blieb die Begeisterung, wenn sie die ersten Töne quakte.

Sven und Julia schwenkten die Arme, Eikos Gesicht zeigte blankes Entsetzen.

Fee spielte so, wie es die Erinnerung an ihre Anfängerstunden hergab, und unbegreiflicherweise schwoll der Jubel der Menge an. Tom merkte, dass Fees Einlage sehr gut ankam, und integrierte sie so, als hätte sie immer schon dazugehört. Auch die anderen Bandmitglieder zeigten keinen Widerstand. Sie improvisierte weiter und näherte sich dabei der Zerealienbox. Bei dem grellen Scheinwerferlicht konnte Fee nur begrenzt sehen, aber gleich würde sie bei den Cornflakes sein.

Tom hob die Packung hoch und nahm eine Handvoll Flakes heraus, erneut spritzten die Krümel durch das Licht und die Menge flippte aus. Tom stellte den Karton auf seiner rechten Seite ab und Fee musste sich wieder ein paar Schritte seitwärts bewegen.

Sie setzte das Saxophon ab und ließ den Schlagzeuger seine Kunst zeigen. Er war wirklich gut, und während er alle Aufmerksamkeit auf sich zog, schnappte sich Fee die Cornflakes. Begeisterung durchströmte sie, so musste sich ein Olympiasieger fühlen.

Das sind keine Cornflakes, bemerkte sie plötzlich. *Das sind Frosties.* Voller Hass blickte sie Tom an, dem vor Schreck die Stimme wegblieb. *Wo sind die Cornflakes?* Das Gleichgewicht auf der Bühne drohte zu kippen. Fee hatte keine Ahnung, was sie als Nächstes unternehmen sollte, aber sie konnte jetzt auch nicht einfach abhauen. Im Gegenteil, wenn sie wissen wollte, was Tom mit den Cornflakes angestellt hatte, musste sie diesen Auftritt halbwegs würdig zu Ende bringen.

Mit einem erdrückenden Gewicht auf dem Herzen spielte Fee ein paar weitere Läufe auf dem Saxophon.

Die Stimmung der Zuhörer war am Kochen, die Leute wollten einfach jede Gelegenheit zum Jubeln nutzen.

Fee sah darin die beste Möglichkeit, um die Bühne zu verlassen. Sie stellte sich rückwärts an den Bühnenrand und ließ sich fallen. Die Menschen nahmen sie wirklich auf und ließen sie über die ausgestreckten Arme nach hinten schweben.

Fee genoss den Ritt auf der Menge, aber viel mehr freute sie sich über etwas anderes: Als sie zu Eiko schaute, zeigten seine Augen keine Verachtung mehr, sondern Bewunderung.

15. NDS 247

Dirks fuhr nach Norddeich, um die nächste Fähre nach Norderney zu nehmen. Auf der Straße war wenig los und ihre Gedanken glitten dahin wie Wolkenfetzen über den ostfriesischen Himmel.

„Hat jemand eine Idee, wofür die Abkürzung ‚NDS 247‘ stehen kann?"

„‚NDS‘ steht normalerweise für Niedersachsen."

„Das ist nicht sehr spezifisch."

Das Brainstorming hatte wenig neue Ideen hervorgebracht. Die sinnvollste war, dass es sich um ein Boot handeln könnte. Der Kollege, der das vorgeschlagen hatte, überprüfte das gerade.

Dirks bog in den letzten Kreisverkehr vor dem Hafen ein und ihr Blick huschte über die Hinweisschilder.

Muss sich der Ort denn unbedingt auf Norderney befinden?, dachte sie.

„ND" könnte für Norddeich stehen, aber was wäre dann „S"? Dieser Gedanke hatte zumindest einen großen Vorteil für sich, er würde nämlich erklären, warum die Termine so viel Zeit beansprucht hatten. Wenn Alida Ennen ans Festland gekommen wäre, hätte sie allein für die Hin- und Rückfahrt zwei Stunden gebraucht.

Dirks freundete sich immer mehr mit dieser Idee an. Sie fuhr an den Reederei-Parkplätzen vorbei und bog vor dem Hafen in den Ort Norddeich ein.

Auf der rechten Seite war das *Haus des Gastes* mit seiner Aussichtsplattform zu sehen, dahinter lag der Strand.

„Strand" beginnt mit einem „S".

Dirks lenkte nach links in die Strandstraße, wo es einen größeren Parkplatz gab. Sie ging an der Klinik vorbei und über den Deich. Rechts waren das *Haus des Gastes* und die Drachenwiese, über der zwei bunte Lenkdrachen im Wind flatterten. Links lag der Sandstrand, der äußerste Bereich war für Hunde freigegeben, dort ging sie normalerweise am liebsten spazieren. Wahllos, wie ein Kind seine Bauklötze auf den Teppich schüttet, standen überall bunte Strandkörbe, in denen man vor Sonne und Wind geschützt den Tag verbringen konnte. Auf der Rückseite der Körbe waren große Nummern aufgepinselt, damit die Gäste leicht den Platz finden konnten, den sie gemietet hatten.

Das ist es! 247 ist ein Strandkorb am Strand von Norddeich!

Dirks konnte es kaum abwarten, diese Theorie zu verifizieren. Hier waren die Nummern der Körbe noch niedrig, eilig ging sie weiter, um herauszufinden, ob es eine 247 gab.

Ein Hund bellte fröhlich und tollte mit einem anderen Vierbeiner in der Nordsee herum. Als sie sich genug erfrischt hatten, rannten sie an Land und jagten sich durch die Körbe. Sie schüttelten das Wasser ab und nahmen erneut Kurs auf das Meer.

219, 220, 226. Es gab nicht mehr viele Körbe, und da sie kreuz und quer standen, konnte Dirks nicht alle Nummern sofort erkennen. Es sah allerdings nicht gut aus, bei 239 war Schluss.

Das konnte doch nicht wahr sein! Enttäuscht blieb die Kommissarin stehen. Die Idee war so gut gewesen.

Sie schloss die Augen und sog die salzige Luft in sich auf. *Ich muss zurück zum Auto, ich habe hier schon genug*

Zeit verschwendet. Dirks ging über den Sand und hinter den Strandkörben zurück.

Plötzlich sah sie ihn. Zwischen Nummer 223 und 224 stand ein Korb mit der Nummer 247. Dirks schluckte. Bei diesem herrlichen Wetter waren alle Körbe belegt, wer würde wohl in der 247 sitzen? Aufgeregt stapfte sie vorwärts, um zu sehen, wen sie treffen würde.

Der Korb war eingeklappt und abgeschlossen.

Man konnte solch einen Korb allerdings für einen längeren Zeitraum und sogar eine ganze Saison mieten. Im Haus des Gastes würde man ihr also sagen können, ob die 247 einer bestimmten Person zuzuordnen war.

*

Breithammer ging über den Schrottplatz zu der Stelle, an der die Reste von Folkmanns Porsche abgeladen worden waren. Die Vorderseite des schwarzen Sportwagens war total zerstört, auf der Fahrerseite hatten die Rettungskräfte die Tür herausgesägt, um Kai Wiemers' Leiche bergen zu können. Auf dem Ledersitz war deutlich ein großer Blutfleck zu sehen, es hatte keinen Grund gegeben, das Fahrzeug nach dem Unfall zu reinigen.

Breithammer zog sich Silikonhandschuhe über und schaltete seine Taschenlampe ein. Er leuchtete unter das Lenkrad. Um besser sehen zu können, drehte er sich in den Innenraum hinein. Auf dieser Seite war nichts Außergewöhnliches zu entdecken.

Er ging um das Wrack herum. Die Beifahrerseite war noch ziemlich intakt und auch die Tür ließ sich problemlos öffnen. Breithammer schaute zuerst ins Handschuhfach, das natürlich ausgeräumt worden war.

Auch im Licht der Taschenlampe konnte er nicht finden, wonach er suchte.

Er verrenkte sich und strahlte unter das Handschuhfach. Ganz hinten, das könnte es sein. Aufgeregt streckte Breithammer seine Hand aus und ertastete den kleinen Kasten. Er saß fester, als er erwartet hatte. Brauchte er etwa einen Schraubendreher? Aber eigentlich dürfte das Ding nur geklebt sein. Breithammer ruckelte noch einmal kräftig und schließlich hielt er den Kasten in der Hand.

Der Kommissar stand auf und drehte seinen Arm zur Entspannung, dann schaute er sich das Gerät genauer an. Es war etwas kleiner als eine Streichholzschachtel, dunkelgrau und hatte die Aufschrift „Telurity T5". Breithammer grinste zufrieden und steckte das Beweismittel in einen Plastikbeutel. Am besten ging er damit direkt zu Saatweber, der Staatsanwalt würde den meisten Druck ausüben können.

*

„Starter" beglückte die Fans mit einer zweiten Zugabe. Fee stand hinter der Bühne, nicht nur, weil sie den Pullover und das Saxophon zurückgebracht hatte, sondern auch, um noch einmal erfolglos nach den Cornflakes zu suchen.

Eiko, Julia und Sven kamen zu ihr. Die letzte Disharmonie ertönte und der finale Applaus. Tom und seine Bandkollegen waren verschwitzt, aber stolz und glücklich.

„Alte Krabbe, das habt ihr super gemacht." Eiko umarmte seinen Mitbewohner.

„Das war unser bester Auftritt!" Tom strahlte Fee an.

„Ich wusste gar nicht, dass du so geil Saxophon spielen kannst!" Er griff nach dem Kapuzenpullover, den sie angehabt hatte. „Den hast du dir redlich verdient."

„Wo sind die Cornflakes?"

Tom musste nachdenken und Fee hoffte, dass ihn das nicht zu sehr überforderte.

„Das ist doch jetzt total unwichtig!" Eiko stierte Fee giftig an. „Das Konzert war klasse, darauf kommt es an."

Fee ließ nicht von Tom ab. „Was hast du mit den Cornflakes gemacht?"

Eiko packte sie am Arm und zerrte sie zur Seite. „Was soll denn das, Fee?" Er versuchte zu flüstern, damit die anderen nichts mitbekamen. „Es geht dir doch nicht wirklich um Cornflakes."

„Doch! Gib mir die scheiß Cornflakes und ich verschwinde."

Eiko war fassungslos. „Das ist doch verrückt! Du willst nur meine Aufmerksamkeit! Du bist ein Stalker, Fee! Du bist krank und brauchst professionelle Hilfe."

„Lass mich los."

„Nur, wenn du mir versprichst, eine Therapie zu machen."

„Das Einzige, was ich brauche, sind die Cornflakes!"

„Verdammt, Fee! Was ist denn daran so wichtig?"

Fee hatte keine Lust mehr, irgendetwas vorzugeben. „Ich habe in der Packung 50.000 Euro versteckt."

Eiko war vollkommen perplex. Dann lachte er auf. Erst kurz, dann laut und hysterisch. „Du bist so was von durchgeknallt!"

Fee versuchte, das Gelächter an sich abprallen zu lassen. Wenigstens hielt er sie nicht mehr fest und sie konnte zurück zu Tom gehen. „Ich werde nur wieder mit euch Musik machen, wenn du mir sagst, warum du plötzlich Frosties hast anstelle von Cornflakes."

„Ich habe getauscht", erwiderte Tom. „Mit einem Holländer. Er ist Bassist in einer anderen Band."

„Welche Band?"

„Ich weiß nicht, wie sie heißen. Aber alle von der Gruppe haben Zombiemasken auf."

*

Diederike Dirks drängelte sich durch die Menschen, die sich im Selbstbedienungsrestaurant im Haus des Gastes mit Suppe, Bratwürstchen und Pommes versorgten. Sie zeigte einer Angestellten ihren Ausweis. „Wer ist für den Strandkorbverleih zuständig?"

„Da gibt's heute nichts mehr, selbst wenn Sie der Papst sind."

Dirks versuchte, sich nicht den Papst in Badehose vorzustellen. „Ich will keinen Strandkorb mieten. Aber ich brauche eine Auskunft über eine Person, die einen bestimmten Korb gemietet hat."

„Kommen Sie mit."

Sie gingen in ein kleines Büro, in dem es wundervoll ruhig war. An einer Wand hing ein vergilbtes Poster mit einer treu glotzenden Seerobbe.

„Um welchen Korb geht es denn?" Die Frau stand lauernd vor einem Regal mit verschiedenen Ordnern.

„247."

„247". Während die Frau die Zahl unentwegt vor sich hinmurmelte, musterte sie gewissenhaft die Nummern auf den Rücken der Ordner. „Es gibt keine 247."

„Ich war gerade da."

„Dann irren Sie sich. Es geht nur bis 239."

„Ich irre mich nicht!"

„Hören Sie mal: Wenn es keinen Ordner für die 247 gibt, dann gibt es auch keinen Strandkorb mit der Nummer 247. Da kann man nichts machen, selbst wenn Sie der Papst sind."

Dirks atmete entnervt aus. Allerdings war sie froh, dass sie nicht zuerst hier nachgefragt hatte, sondern gleich an den Strand gegangen war.

Da hat sich also jemand seinen privaten Korb am Strand aufgestellt. War das nicht so etwas wie eine Bestätigung, dass sie sich am richtigen Ort befand? Ein nicht existierender Strandkorb war ein ziemlich guter Treffpunkt. *Aber wofür?*

*

Breithammer traf Saatweber im Konferenzraum. Er legte ihm die Plastiktüte mit dem kleinen grauen Kasten direkt vor die Nase.

Saatweber betrachtete es interessiert von allen Seiten. „Was ist das?"

„Ein GPS-Ortungsgerät. Es stammt von einer Firma, die es als Diebstahlschutz für teure Autos verkauft. Ich habe es gerade in Folkmanns Porsche gefunden."

„Ich verstehe immer noch nicht."

Breithammer seufzte. „Diese kleine Box ist batteriebetrieben und enthält eine Handy-Simkarte. Darüber sendet sie unentwegt den Standort des Fahrzeugs an die Sicherheitsfirma. Der Käufer des Systems hat eine App auf seinem Smartphone, über die er jederzeit den Standort seines Autos abfragen kann. Wenn das Fahrzeug gestohlen wird, kann der komplette Weg, den das Auto nimmt, in Echtzeit nachvollzogen werden."

Saatweber versuchte zu pfeifen.

„Da ich das Gerät im Innenraum des Porsche gefunden habe, muss es Cordelia Folkmann eingebaut haben." Breithammer wurde immer aufgeregter. „Bisher sind wir davon ausgegangen, dass derjenige, der mit Kai Wiemers gekämpft hat, aus seinem Bekanntenkreis kommt, weil er ja Wiemers' Adresse kennen muss. Aber über das GPS-Ortungsgerät konnte Cordelia Folkmann genau sehen, wo der Porsche hingefahren ist."

Saatweber stand auf und ging ein paar Schritte hin und her. „So, wie ich es verstanden habe, war Wiemers gut trainiert. Cordelia Folkmann wirkt dagegen klein und schmächtig. Kann sie tatsächlich gegen ihn gekämpft haben? Aber vor allem: Wie konnte sie Wiemers verfolgen, wenn er mit ihrem Auto abgehauen ist?"

Breithammer überlegte. „Was ist, wenn jemand anders zu Wiemers gefahren ist?" Er deutete mit dem Finger auf das Phantombild von Mines Flipchart. „Vielleicht hat Folkmann diesen Mann zu Wiemers geschickt."

Saatweber war diesem Gedanken gegenüber nicht abgeneigt. „Wir werden uns auf jeden Fall von der Sicherheitsfirma sagen lassen, wer sie mit dem Diebstahlschutz beauftragt hat. Und wenn wir uns tatsächlich die letzte Route ansehen könnten, die der Porsche gefahren ist, dann wäre das großartig. Ich leite sofort alles in die Wege, damit wir möglichst schnell an diese Daten kommen." Der Staatsanwalt holte sein Telefon hervor.

Breithammers Gedanken wanderten weiter. *Warum ruft Folkmann nicht die Polizei an und meldet den Autodiebstahl? Warum schickt sie selbst jemanden zu Kai*

Wiemers? Was war an dem Porsche so wichtig?"

Da fiel ihm etwas ein, was Zolan Tomovic gesagt hatte.

*

Ein Blick auf das Programm machte Fee deutlich, dass sie die Band mit dem Namen „The Gröling Dead" suchen musste. Sie rannte zum nächsten Helfer, der in ihr Blickfeld kam.

„Weißt du, wo ich die Musiker von dieser Band finden kann?"

„Die vier durchgeknallten Zombies? Die machen geile Musik, ich freue mich schon auf ihren Auftritt." Der Helfer guckte auf seine Uhr. „Aber die pennen immer lange. Sind wahrscheinlich noch auf dem Zeltplatz. Die haben einen Campingbus und stehen ganz außen."

Fee drückte sich durch die Menge, die auf das Festivalgelände strömte. Sie versuchte zu sehen, ob jemand eine Zombiemaske aufhatte. *Wenn sie ohne Masken unterwegs sind, werde ich sie unmöglich erkennen.*

Fee machte kurz bei Svens Zelt halt und schnallte sich ihren Turnbeutel auf, vielleicht würde sie ja ihr Brecheisen brauchen, um in den Campingbus der Band einzusteigen. Der Zeltplatz war schon wieder wie ausgestorben, und Fee hatte wenig Hoffnung, die Holländer anzutreffen.

Die Tür des Campingmobils stand allerdings offen und der Duft von Grillfleisch wehte ihr entgegen. Um einen Klapptisch saßen vier Zombies in fröhlicher Runde.

Fee wusste, dass die Masken nur aus Gummi waren, trotzdem sahen sie furchtbar echt aus. Einer hatte einen offenen Kiefer, einem zweiten fehlte die halbe Gesichtshaut. Glücklicherweise fielen die vier Untoten nicht über sie her, sondern machten eher einen bekifften Eindruck.

Neben dem Grill stand nicht nur eine Kühlbox, sondern auch die Cornflakes-Packung. Diesmal war es die richtige, da war sich Fee ganz sicher.

„Moin", sagte sie aufgeregt und die Zombies grüßten höflich zurück.

„Darf ich vielleicht ein Autogramm haben?", fragte Fee.

„Komm nach unserem Auftritt hinter die Bühne", antwortete der mit dem halben Gesicht. „Ich hoffe, du hast Verständnis dafür, dass wir jetzt in Ruhe essen wollen."

Fee fand das zwar nicht gut, aber bei dem netten holländischen Akzent konnte sie dem Zombie auch nicht böse sein. Außerdem ging es ihr sowieso um etwas ganz anderes. „Eure Cornflakes." Sie deutete auf die Papppackung. „Der Typ, von dem ihr sie heute Morgen eingetauscht habt, sie haben ihm gar nicht gehört. Bitte gebt sie mir zurück." Fee merkte selbst, wie lahm das klang, aber sie war zu schlapp für eine bessere Rede.

„Diese Cornflakes?" Der Zombie mit dem offenen Kiefer hielt die Packung hoch.

Fee nickte begierig.

Die Holländer lachten.

Fee hatte genug davon. „Ich kauf euch die Packung ab!" Sie griff in ihre Hosentasche und zog den 500-Euro-Schein hervor. „Hier. Ihr bekommt 500 Euro für die Cornflakes." Sie faltete den Schein auf.

Die vier Monster verstummten.

„Okay", sagte derjenige, der die Packung hielt.

Fee konnte es nicht glauben. Schnell ging sie zu ihm und tauschte die Packung gegen den Schein aus, bevor er es sich anders überlegte.

„Geil." Der Zombie freute sich.

„Das teilen wir aber!", forderten die anderen.

Fee interessierte sich nicht für ihre weitere Diskussion. Sie war vollkommen geplättet, dass sie es geschafft hatte. Endlich hielt sie die richtige Cornflakes-Packung in der Hand! Sie erinnerte sich noch ganz genau, wie sie am Donnerstag früh im Wohnzimmer saß und die Geldbündel dort hineingestopft hatte. Endlich konnte sie dem Mann mit der grünen Krawatte sein Geld zurückgeben! Dass er nun 500 Euro weniger bekommen würde, war ihm hoffentlich egal.

Mit einem breiten Grinsen zog Fee die Plastiktüte mit den Flakes aus der Papppackung und lugte hinein. Sie schaute direkt auf den Boden der Box. Da war nichts weiter drin, kein einziger Geldschein.

Fees Herzschlag setzte aus und alles um sie herum begann sich zu drehen. *Wie kann das sein? Hat etwa doch Tom das Geld gefunden? Oder hat es einer von den Zombies?* Fee brauchte ihre letzte Energie, um sich noch einmal zu motivieren. Ihr Atem stabilisierte sich und nun fühlte sie sich wie ein Zombie, der dazu bereit war, die anderen zu zerfleischen.

„Alles in Ordnung bei dir?" In der Stimme des Holländers klang Furcht mit.

„Wer von euch ist der Bassist?"

Die vier guckten sich gegenseitig an, durch die Gummimasken waren sie offenbar selbst verwirrt. Schließlich zogen sie sich die Masken vom Kopf. Einer von ihnen lächelte übertrieben und die anderen drei starrten ihn überrascht an. „Wer bist du denn?"

„Jim."

„Hallo Jim." Sie begrüßten den neuen Freund mit Handschlag.

Fee riss der Geduldsfaden und sie packte Jim am Kragen. „Wo ist der Typ, der dir seine Maske gegeben hat?"

„Er hat gesagt, dass er kündigt. ‚Ich hab keinen Bock mehr auf den Scheiß', hat er geschrien. ‚Ich brauch das alles nicht mehr, jetzt bin ich reich!' Und dann ist er weggerannt."

16. Todesfahrt

Breithammer atmete einmal tief durch, dann betrat er das Vernehmungszimmer.

Zolan Tomovic starrte ihn so wütend an wie ein Teenager, dem man das Smartphone abgenommen hatte. Wahrscheinlich würde er sich auch ähnlich kooperativ verhalten. Breithammer hatte sogar Verständnis dafür, aber Tomovic war eben auch kein Unschuldslamm. Schließlich war er der Auslöser dafür gewesen, dass Wiemers den Porsche gestohlen hatte.

Breithammer setzte sich ihm gegenüber. „Mich interessiert ein Detail in deiner Aussage."

Tomovic lachte hämisch auf. „Es ist mir scheißegal, was dich interessiert! Ich hab' mich freiwillig gestellt, und ihr habt mich behandelt wie Dreck. Also warum sollte ich noch irgendetwas für dich tun?"

„Weil ich darüber entscheide, ob du noch länger wie Dreck behandelt wirst! Wenn du jetzt gut mitarbeitest, kannst du gleich zu Hause anrufen, damit deine Mutter den Herd anwirft."

Tomovic schien etwas besänftigt zu sein. „Was ist mit meinem Auto?"

„Ein Kollege fährt dich nach Emden zu deiner goldenen Kutsche."

„Kein Kollege, sondern eine Kollegin", forderte Tomovic. „Blond, unter dreißig."

Breithammer war zu überrascht, um sofort zu antworten.

Tomovic kicherte. „Du solltest dein Gesicht sehen, Mann!"

„Du möchtest also noch hierbleiben." Breithammer

erhob sich.

„Das war ein Scherz, es ist mir egal, wer mich fährt!"

Breithammer drehte sich wieder um.

„Also, was willst du von mir wissen?"

Breithammer zückte sein Notizbuch. „Was hat Kai genau zu dir gesagt, als er dich am Mittwoch angerufen hat?"

„Er hat gesagt, er hat einen Porsche gestohlen und ich kann mir das Geld abholen."

„Der genaue Wortlaut, bitte."

Tomovic überlegte. „Zuerst hat er nichts von dem Porsche gesagt. Er hat nur gesagt: ‚Du kannst dir das Geld abholen.' Ich habe ihn gefragt, wo er es herhat, und da hat er mir erzählt, er hätte einen Porsche gestohlen."

„Er wollte dir also nicht den Porsche geben, sondern Bargeld?"

„Ja, so habe ich es verstanden."

*

Fee ging ziellos über den Zeltplatz. In welche Richtung war der Bassist von „The Gröling Dead" wohl gerannt? Wo konnte sie ihn finden? War er vielleicht im Gemeinschaftszelt?

Doch je weiter Fee ging, desto mehr begriff sie, dass es vorbei war. Der Holländer hatte sich wahrscheinlich schon längst ein Taxi gerufen und befand sich jenseits der Grenze. Die 50.000 Euro waren für immer verloren.

Ihre Beine waren schwer wie Blei und Fee legte sich dort auf die Wiese, wo sie gerade war. All ihre Anstrengung war vergebens gewesen! Sie streckte die Arme aus und blickte in die Sonne. Die Geräusche vom Festivalgelände blendete sie aus und konzentrierte sich alleine auf den bunten Schmetterling, der vor ihr in der Luft flatterte.

Der Schmetterling verschwand und es wurde dunkel und kalt. Da war eine Person und beugte sich über sie.

„Hallo Fee", sagte der Mann mit der grünen Krawatte.

*

Dirks ging gerade über die Landungsbrücke auf die Fähre nach Norderney, als ihr Handy klingelte. „Moin Oskar."

„Es gibt Neuigkeiten." Breithammer klang aufgeregt. „Es könnte sein, dass der Mann auf dem Phantombild etwas mit Cordelia Folkmann zu tun hat. Wahrscheinlich hat sie ihn zu Kai Wiemers geschickt. Allerdings ging es ihr nicht in erster Linie darum, ihr Auto zurückzubekommen, sondern um den Inhalt des Fahrzeugs: Offenbar befand sich eine größere Menge Bargeld darin."

Dirks hörte die Sätze, aber sie hinterließen bei ihr den Eindruck eines Orakelspruchs.

„Komm einfach hierher und sieh dir an, was ich herausgefunden habe. Im Moment warte ich auf die genaue Route, die Kai Wiemers gefahren ist, nachdem er den Porsche gestohlen hat."

Dirks legte auf und beeilte sich, zurück in das Fährterminal zu kommen.

*

Der Krawattenmann streckte seine Hand aus. „Ich habe gestern sehr lange auf dich gewartet, Fee. Soweit

176

ich mich erinnere, gehörte dieser Ausflug nicht zu unserer Abmachung. Ich hoffe, du hast eine gute Erklärung dafür."

Fee griff seine Hand und er zog sie hoch. „Wie hast du herausgefunden, wo ich bin?"

„Auf deinem Wandkalender waren nicht viele Termine für heute eingetragen."

Fee fuhr ein Schauer über den Rücken bei dem Gedanken, dass dieser Kerl bei ihr in der Wohnung gewesen war.

Die Augen des Hünen funkelten kalt. „Ich mache es einfach für dich. Es gibt nur eine Möglichkeit, damit ich meinen Ärger über diesen zeitraubenden Umweg vergesse: Gib mir das Geld."

„Das Geld?" Fee lachte hysterisch. „Das Geld ist weg, Mann! Und das ist deine Schuld! Ich sollte das ja unbedingt alleine machen. Wenn du bei mir gewesen wärst und Eiko mit deinen Stahlpranken gewürgt hättest, dann hätten wir sofort herausgefunden, dass wir die dämlichen Cornflakes nur aus seinem Auto hätten holen müssen."

„Ich habe dir gesagt, dass ich noch andere Verpflichtungen habe."

Fee spuckte aus. „Jetzt begreife ich. Du bist gar nicht der große Macker. Dir gehört der Koffer gar nicht. Aber du hast den Koffer verloren und jetzt versuchst du verzweifelt, deinen eigenen Arsch zu retten, während dein Boss nicht mitbekommen soll, dass du Scheiße gebaut hast. Dumm gelaufen, würde ich sagen."

Der Mann packte Fee am Hals.

„Mach schon! Wenn du mich umbringst, dann bekommst du trotzdem nicht dein Geld. Du hast versagt, Krawattenmann."

„Du weißt überhaupt nichts." Der Mann drückte zu. „Ich werde nicht auf noch einen Anteil verzichten, hörst du?"

Fee bekam keine Luft mehr, wie ein Fisch an der Angel hing sie da und zappelte. *Jetzt wäre der passende Moment, dass Sven oder Eiko auftauchen würden. Oder die holländischen Zombies.* Aber niemand erschien, um sie zu retten, sie war ganz auf sich alleine gestellt. Es flimmerte vor ihren Augen und Fee wartete darauf, den weißen Tunnel ins Jenseits zu sehen.

Plötzlich füllten sich ihre Lungen wieder mit Sauerstoff und sie lag auf dem Boden. Der Mann mit der grünen Krawatte hatte sie losgelassen.

„Du bist eine dumme Anfängerin", schimpfte er. „Wer hat das Geld jetzt?"

„Ein Holländer." Fee atmete schwer. „Er ist Bassist in einer Zombieband."

„Name? Adresse?"

Sie musste ihn zum Campingbus von „The Gröling Dead" schicken. Aber was geschah dann mit ihr? Wenn der Mann sie nicht mehr brauchte, würde er sie beseitigen. Und wenn er dann den Musikern im Nacken saß, hatte sie noch ein paar Unschuldige mit ins Unglück gezogen.

„Nun red schon! Wer kann mir etwas über diesen Holländer sagen?" Der Hüne knackte mit seinen Fingern.

Fee zog sich den Turnbeutel vom Rücken.

Der Krawattenmann lachte. „Willst du mir etwa mit deinem Stoffbeutel eins klatschen?"

„Richtig geraten." Fee packte die Brechstange im Beutel und schlug ihm gegen das Schienbein. Er sackte nach vorne und sie hieb in Richtung Kopf.

Der Mann starrte sie entgeistert an. Er fasste sich ungläubig über das linke Auge, von wo aus Blut über sein Gesicht tropfte.

Fee wusste, dass sie noch einmal gezielt zuschlagen musste. Ihr Herz hämmerte und Übelkeit stieg in ihr auf. Sie dachte an Mines Leiche, um alle Kraft in ihren Händen zu bündeln. Dann holte sie aus. Diesmal reagierte der Krawattenmann. Seine Rechte schnellte hoch und hielt die Brechstange fest. Fee versuchte dagegenzuhalten, doch der Mann war zu stark. Er riss ihr das Brecheisen aus der Hand und schleuderte es weg.

Panik erfasste Fee und sie rannte los.

„Bleib stehen, du Schlampe!" Die Stimme des Hünen war eine Mischung aus Zorn und Schmerz.

Fee drehte sich nicht um, aber sie wusste, dass er ihr dicht auf den Fersen war. Vor ihr stand das Gemeinschaftszelt mit seinen langen Sicherungsseilen, die in alle Richtungen ragten. In der Schule war sie gut im Hürdenlauf gewesen, vielleicht konnte sie ihren Verfolger ja auf diese Weise abschütteln. Sie sprang über die ersten Seile, doch sie spürte ihn immer noch hinter sich.

Beim fünften Seil erwischte es ihn. Sie hörte sein Schimpfen und Fluchen und wie es leiser wurde. Hoffentlich würde der Vorsprung bis zu ihrem Fahrrad ausreichen!

Beim Rad drehte sie sich um. Der Krawattenmann kam hinter ihr her und in normalem Zustand hätte er sie längst eingeholt. Offenbar hatte sie ihn so stark verletzt, dass er schwankte, trotzdem kam er immer noch stetig auf sie zu.

Hastig zog Fee ihren Schlüsselbund aus der Hosentasche und mit bebenden Fingern versuchte sie, das Fahrradschloss zu öffnen. Die Zeit, die sie dabei verplemperte, gab ihrem Verfolger neue Energie und seine Schritte stabilisierten sich. Er war nur noch wenige Meter entfernt.

Fee konzentrierte sich alleine auf das Fahrrad. Sie sprang auf den Sattel und trat in die Pedale. Der Drahtesel bewegte sich bloß störrisch vorwärts und sie spürte, wie der Krawattenmann ihren Gepäckträger festhielt.

Dann beschleunigte sich ihre Fahrt. Der Mann brüllte vor Wut, aber sie war ihm entkommen.

*

Um 12:36 Uhr war Dirks zurück in Aurich. Sie ging direkt in den Konferenzraum, wo Breithammer und Saatweber bereits auf sie warteten. Außerdem saß Andreas Altmann mit seinem Laptop da. Die Leinwand war heruntergefahren und die Jalousien hielten das Sonnenlicht draußen.

„Wir haben gerade die Daten von der Telurity GmbH erhalten", erklärte Breithammer. „Die Firma hat bestätigt, dass das GPS-Ortungsgerät Cordelia Folkmann gehört, und sie haben uns die Aufzeichnung von Kai Wiemers' letzter Autofahrt geschickt."

„Sehr gut." Dirks atmete tief ein. Eifersucht nagte an ihr, weil Breithammer anscheinend mit Siebenmeilenstiefeln vorwärtskam. Sie ärgerte sich über dieses Gefühl, denn sie waren ja ein Team - oder nicht? „Ich bin immer noch beim Stand von heute früh. Was hat sich seitdem ergeben?"

„Kai Wiemers hat offensichtlich in ein Wespennest

gestochen", erklärte Saatweber ungeduldig. „Er wollte ein Auto stehlen, um seine Schulden bei Zolan Tomovic zu begleichen. Dabei hat er sich ausgerechnet für den Porsche von Cordelia Folkmann entschieden. Sie war allerdings keine normale Norderney-Urlauberin, sondern wollte nur irgendetwas am Hafen erledigen."

„Folkmann hat ihren Porsche mit einem GPS-Tracker ausgestattet", fuhr Breithammer fort. „Als sie gemerkt hat, dass Wiemers ihr Auto gestohlen hat, konnte sie über ein Programm auf ihrem Handy genau nachverfolgen, wo Wiemers hingefahren ist."

Dirks' Herz schlug schneller. „Und diesen Weg können wir uns jetzt auch ansehen?" Sie setzte sich hin und Saatweber gab Altmann ein Zeichen.

Der Leiter der Kriminaltechnik drückte eine Taste an seinem Laptop, das Licht ging aus und der Projektor flimmerte auf. Auf der Leinwand erschien eine Straßenkarte ähnlich wie Google-Maps. „Der pinke blinkende Punkt ist der Porsche. Oben rechts steht die Uhrzeit."

„Mittwoch, 14:05 Uhr", las Dirks vor. „Der Porsche bewegt sich nicht. Wo parkt er genau?"

Altmann veränderte die Grafikansicht zu einem Satellitenfoto und vergrößerte das Bild.

„Das ist das Fischrestaurant de Beer", sagte Breithammer. „Folkmann wusste also ganz genau, wo wir uns mit ihr treffen wollten."

Dirks nickte. „Dann hat Kai Wiemers wohl auch dort ihren Autoschlüssel gestohlen und nicht im Fährterminal."

Altmann schaltete zurück zur Grafikansicht und änderte den Kartenmaßstab wieder. Rechts oben sprang die Uhrzeit auf 14:06 Uhr.

„Ich möchte ja nicht zu ungeduldig sein", sagte Saatweber, „aber ich halte es nicht für sinnvoll, dass wir in Echtzeit bleiben. Kann man die Geschwindigkeit nicht erhöhen?"

Altmann drückte auf seine Tastatur und die Minutenanzeige zählte schneller aufwärts. Der blinkende Punkt bewegte sich auf die B72 und die Karte folgte ihm. Ab 14:33 Uhr stand er wieder und Dirks konnte auch ohne Satellitenbild erkennen, dass es sich diesmal um Kai Wiemers' Zuhause, den Bauernhof von Michael Krämer, handelte.

Gleich kommt der Fremde zu Kai in die Wohnung und sie kämpfen miteinander. Dirks wünschte, sie könnte dazu irgendwelche Informationen auf diesem Video sehen, doch es zeigte immer nur stur denselben blinkenden Punkt.

„Jetzt bewegt er sich wieder", rief Breithammer.

Diesmal war er noch schneller als vorher. Er raste die Landstraße entlang, und obwohl Dirks das Ende kannte, traf sie der plötzliche Stillstand des Punktes um 15:17 Uhr überraschend.

Altmann stellte das Video auf Pause und das Licht flackerte auf.

„Ich glaube, dass Cordelia Folkmann jemanden zu Kai Wiemers geschickt hat." Breithammer sprach mit fester Stimme. „Wahrscheinlich den Mann auf dem Phantombild."

„Warum?", fragte Dirks.

„Weil sich in dem Auto eine Menge Bargeld befand", antwortete Breithammer. „Tomovic hat bestätigt, dass Wiemers ihn zu sich gerufen hat, um ihn mit Bargeld auszuzahlen. Er hat ihm 20.000 Euro geschuldet, aber wenn man Folkmanns Reaktion bedenkt, dann könnte es

182

durchaus mehr Geld gewesen sein."

„Ich weiß nicht." Saatweber schüttelte den Kopf. „Wenn Kai Wiemers eine größere Summe Bargeld in dem Porsche gefunden hätte, dann hätte er es doch bestimmt bei seiner Flucht mitgenommen. Warum haben wir das Geld nicht im Unfallauto gefunden? Tomovics Aussage ist mir in dieser Hinsicht zu dünn und du hast ihn unnötig früh freigelassen."

Dirks wollte sich nicht über diese Kritik an Breithammer freuen, aber sie tat es. Gleichzeitig überlegte sie, wie man seine Theorie von dem Bargeld stützen könnte. „Kannst du uns noch mal die letzte Fahrt von Wiemers zeigen?", bat sie Altmann. „Aber diesmal bitte langsamer."

„Alles klar."

Es wurde wieder dunkel und die Karte erschien auf der Leinwand. Es war Mittwoch, 15:13 Uhr, und der blinkende Punkt bewegte sich gerade von Krämers Bauernhof weg.

„Worum geht es dir?", fragte Saatweber. „Warum willst du den Unfall noch mal sehen?"

„Nicht den Unfall, sondern vorher." Dirks wandte nicht die Augen von der Leinwand ab. „Dort!" Sie zeigte mit ausgestrecktem Arm auf das Bild. „Wiemers hat kurz angehalten. In Echtzeit bitte!"

Altmann spulte zurück und ließ das Video erneut laufen. „Wiemers bremst plötzlich", sagte Breithammer. „Das ist uns beim schnellen Abspielen des Videos gar nicht aufgefallen."

„Wie lange steht er da?", fragte Saatweber. „Das sind doch höchstens zehn Sekunden."

„Es würde reichen, um eine Tasche notdürftig zu verstecken."

Breithammer begriff, was Dirks meinte. „Wiemers hat das Bargeld vor seinem Tod versteckt! Deshalb war es nicht mehr im Auto."

„Wo ist das?", fragte Dirks.

Altmann schaltete wieder auf das Satellitenbild um und vergrößerte die Darstellung.

„Es ist direkt an der Straße", sagte Saatweber. „Aber was ist das für ein graues Rechteck?"

„Ein Wartehäuschen." Breithammers Stimme überschlug sich fast. „Wiemers hat das Geld bei einer Bushaltestelle versteckt."

„Und wo genau ist diese Bushaltestelle?"

Altmann verkleinerte den Maßstab der Karte und ganz in der Nähe wurde ein anderes Gebäude sichtbar.

„Ist das etwa eine Mühle?", fragte Saatweber.

„Das Restaurant *Friesenflügel*." Altmann rückte seine rote Brille zurecht. „Ein sehr gemütlicher Ort mit hervorragendem Preis-Leistungs-Verhältnis, das ich sehr gerne weiterempfehle."

„Das ist die Verbindung zu Mine Conrads!" Dirks konnte es selbst kaum fassen. „Mine ist von dieser Bushaltestelle aus nach Hause gefahren. Sie hat das Geld gefunden und wurde deshalb zum Opfer."

17. Ungeplant

Fee radelte so lange am Deich entlang, bis sie sich endgültig sicher war, dass der Mann mit der grünen Krawatte sie nicht mehr erreichen konnte. Sie stieg ab und ließ das Fahrrad ins Gras fallen. Dann kletterte sie auf den Deich und schaute in die Ferne auf das Meer.

Was habe ich nur getan? In den ersten Minuten ihrer neugewonnenen Freiheit hatte es sich angefühlt wie ein Sieg, aber je weiter sie sich von Manslagt entfernte, desto größer wurden ihre Sorgen. Jetzt hatte sie den Krawattenmann endgültig gegen sich aufgebracht und er würde ihr gegenüber keine Gnade mehr walten lassen. Sie konnte nicht mehr nach Hause, denn dort würde er auf sie warten. Wo konnte sie sonst hin? Zu ihren Eltern? Zur WG von Eiko und Tom? Nirgendwo würde sie wirklich sicher vor ihm sein.

„Ich muss zur Polizei gehen", flüsterte sie. „Jetzt bleibt mir keine andere Wahl mehr." Doch was war mit seiner Drohung, dass er dann ihre Eltern töten würde?

Alles hing davon ab, wie mächtig dieser Mann war. Sie konnte noch genau seine Stimme hören, als sie ihm vorgeworfen hatte, nur ein kleines Rad im Getriebe zu sein. *„Du weißt überhaupt nichts."* Was, wenn er zu einer großen Organisation gehörte? Könnte die Polizei ihre Eltern dann noch schützen? Und wer würde auf Eiko oder Sven aufpassen? Fee wünschte sich, sie hätte das verfluchte Geld niemals angerührt. Der Krawattenmann würde nur zufrieden sein, wenn sie ihm 50.000 Euro aushändigen konnte, aber das war ja nun unmöglich.

Und wenn es nicht meine eigenen 50.000 Euro sind? Fee dachte an das, was der Krawattenmann gesagt hatte, als er ihr die Kehle zudrückte. *„Ich werde nicht auf noch einen Anteil verzichten."* Von wessen Anteil hatte er da gesprochen? Wer hatte ihm kein Geld gegeben? Fee rief sich die Situation an der Bushaltestelle in Erinnerung. Da waren der Fotograf, die alte Dame, die Mutter mit Jorin, Yasha und Mine. Wer von ihnen hatte sich gegen den Mann mit der Krawatte gewehrt?

Mine. Deshalb hat er sie erwürgt. Weil sie sich standhaft geweigert hat, ihm das Geld zu geben. Fee konnte sich noch genau daran erinnern, wie sehr sich Mine an den Koffer geklammert hatte, so als ob sie ihn um nichts in der Welt wieder hergeben würde.

Vielleicht hat er gar nicht geplant, sie umzubringen, sondern wollte sie nur einschüchtern, doch dann hat er zu stark zugedrückt. Jedenfalls hat er ihr Geld nicht und darauf kommt es an.

Fee ging zurück zu ihrem Fahrrad. Auch wenn die Chance gering war, Mines Anteil zu finden, sie musste es versuchen.

*

Das Licht im Konferenzraum leuchtete wieder hell und die Jalousien fuhren hoch. Breithammer trug ein viertes Flipchart herein und stellte es neben die anderen. Sie waren sich einig darüber, dass es sich um einen einzigen Fall handelte, doch nun mussten die Einzelteile richtig zusammengesetzt werden. Dirks breitete Fotos auf einem Tisch aus, dabei handelte es sich um die drei Toten, Cordelia Folkmann und das Phantombild, denn das waren offensichtlich die wichtigsten Personen.

„Was hatte Folkmann in Norddeich vor?", fragte Saatweber. „Warum ist sie zum Hafen gefahren?"

„Wir gehen erstens davon aus, dass sie eine große Menge Bargeld bei sich hatte, und zweitens, dass sie den Mann auf dem Phantombild zu Kai Wiemers geschickt hat", zählte Breithammer auf. „Am naheliegendsten ist, dass sich Folkmann mit diesem Mann am Hafen getroffen hat und das Geld für ihn bestimmt war."

Saatweber schob das Foto von Folkmann und das Phantombild zusammen. „Wofür war das Geld gedacht?"

„Cordelia Folkmann hat gelogen und ist untergetaucht", sagte Dirks. „Der Mann auf dem Phantombild hat kein Problem damit, Gewalt anzuwenden. Wir müssen davon ausgehen, dass hier ein Verbrechen geplant war."

„Ein Verbrechen, das durch den Autodiebstahl durcheinandergebracht wurde", fügte Breithammer hinzu.

„Gehen wir zunächst von den Todesfällen aus." Dirks klebte das Foto von Kai Wiemers unten links auf das Flipchart und schrieb darunter „Autodieb". „Wiemers kommt nur ums Leben, weil er den Porsche stiehlt und das Geld versteckt. Er gehört also nicht zum eigentlichen Verbrechen, sondern verzögert es."

„Dasselbe gilt für Mine Conrads." Breithammer heftete ihr Foto neben Kai und schrieb darunter „Findet das Geld". „Sie wird nur ermordet, weil sie das Geld findet, das Wiemers versteckt hat. Aber auch sie gehört nicht zum eigentlichen Verbrechen."

„Dann ging es also um Alida Ennen", schloss Saatweber. „Die Hoteldirektorin sollte sterben, das ist das Verbrechen, um das es geht!"

Dirks klebte Alida Ennens Foto nach oben rechts und schrieb darunter „Zielperson". „Cordelia Folkmann hat den Mann auf dem Phantombild damit beauftragt, Alida Ennen zu ermorden. Deshalb haben sie sich am Hafen in Norddeich-Mole getroffen, damit der Mann sofort nach Norderney fahren kann." Sie heftete Folkmann nach oben links und schrieb darunter „Auftraggeberin" und das Phantombild in die Mitte mit dem Titel „Killer".

Diesmal gelang Saatweber das Pfeifen besser. „Jetzt müssen wir nur noch klären, warum Folkmann Alida Ennen hat ermorden lassen. Was war ihr Motiv?"

Dirks nickte. „Am besten schauen wir uns in Folkmanns Haus in Papenburg um."

*

Um 15:45 Uhr kam Fee in Aurich an. Bei dem Gedanken daran, wie es ihr das letzte Mal in Mines Wohnung ergangen war, krampfte sich alles in ihr zusammen. Diesmal würde sie hoffentlich keine Leiche finden.

Wie will ich eigentlich in die Wohnung kommen? Sie konnte klingeln und sich als Mines Freundin ausgeben. Aber würde man sie dann einfach so alleine in Mines Zimmer lassen? War überhaupt jemand zu Hause? Fee entschloss sich, zuerst hinter das Gebäude zu gehen und durch die Fenster zu schauen.

Aus einer anderen Wohnung drang leise Klaviermusik, es war eine schöne Melodie. Sehnsüchtig dachte Fee an ein normales Leben, aber verbot sich diesen Traum sogleich wieder. Jetzt musste sie sich auf das konzentrieren, was vor ihr lag.

Mines Wohnung lag im Parterre. Fee sah, dass die Balkontür offenstand. Hinter den Fenstern war keine Bewegung zu erkennen und im Wohnzimmer war kein

Geräusch auszumachen. Fee drehte sich um, ob sie von den anderen Wohnungen aus beobachtet wurde, aber ihr fiel niemand auf. Sie fasste sich ein Herz und kletterte auf den Balkon.

Im Wohnzimmer brannte keine Lampe, in der Sofaecke saß niemand und auch die Stühle waren leer. Fee konnte ihr Glück nicht fassen. Schnell huschte sie in den Raum.

Es roch nach Zigaretten. Auf dem Wohnzimmertisch standen ein voller Aschenbecher und eine Flasche Schnaps. Die Klospülung rauschte auf und Fee begriff, dass sie genau den richtigen Zeitpunkt erwischt hatte, um in die Wohnung zu gelangen. Hastig schlich sie in Mines Zimmer.

Sie hörte, wie sich die Toilettentür öffnete und jemand schniefend herauskam. Durch den Türspalt sah sie eine gebeugte Frau im Morgenmantel, bei der es sich wahrscheinlich um Mines Mutter handelte. Die Frau schaute zu ihr hinüber und Fee glaubte, dass sie ertappt worden war. Wie eingefroren blieb sie stehen und auch Mines Mutter bewegte sich nicht.

Die Frau seufzte und schlurfte ins Wohnzimmer. Im Sonnenlicht kräuselte sich der Zigarettenrauch und der metallene Deckel der Schnapsflasche kratzte am gläsernen Schraubverschluss.

Fee fiel ein Stein vom Herzen, doch es war leider nicht der größte Brocken. *Wo hat Mine ihre Geldbündel versteckt?* Das Zimmer war ein einziges Durcheinander, überall lagen Ordner und Bücher auf dem Boden. Offenbar hatte hier schon jemand ausgiebig gesucht. Mutlosigkeit wollte sich in ihr breitmachen, aber sie wehrte sich dagegen.

Fee versuchte, so leise wie möglich zu sein. Sie

klappte die Matratze hoch und zog die Schubladen vom Nachttisch auf, aber fand nichts. Wo sollte sie noch nachschauen? Es gab hier keine Orte mehr, die unberührt schienen.

Hatte sie sich etwa geirrt und es war jemand anders gewesen, der dem Krawattenmann das Geld verweigert hatte? Aber warum hatte Mine dann sterben müssen?

Das Geld muss hier irgendwo sein. Verzweifelt klammerte sich Fee an ihrer einzigen Hoffnung fest.

Sie wollte auch noch in der letzten Ecke nachsehen und balancierte über die Bücher auf dem Boden. Plötzlich verlor sie das Gleichgewicht, hielt sich am Regal fest und eine Kiste krachte herunter.

„Hallo?", rief Mines Mutter. „Ist da jemand?"

Eilig versteckte sich Fee hinter der Zimmertür.

Schritte näherten sich und die Tür wurde aufgestoßen. „Bist du das, Mine?" Hoffnung schwang in der Stimme mit. „Bist du zurückgekehrt?" Die Frau blickte sich um und Fee hielt den Atem an.

„Ich verliere noch den Verstand", murmelte Mines Mutter und verließ schluchzend den Raum.

Fee wartete noch etwas, bis sie wieder Luft holte. Ihr Blick schweifte durch den Raum und sie nahm das erste Mal die Titelbilder der Bücher wahr: Salate, Suppen, Burger und Torten. *Kochen war Mines Leidenschaft. Sie war wahrscheinlich öfter in der Küche als in diesem Zimmer.*

Fee schluckte. Wie sollte sie unbemerkt in die Küche kommen?

Mines Mutter schaltete den Fernseher ein und der Ton einer Reality-TV-Show schallte überlaut durch die Wohnung. Fee wusste, dass es keine bessere Gelegenheit geben würde. Vorsichtig schlich sie in den Flur.

Der Sessel, in dem Mines Mutter saß, stand mit dem

Rücken zu ihr. Langsam setzte Fee Schritt um Schritt vorwärts und verschwand in der Küche. Ihr Herz hämmerte wie verrückt. Sie war hier auf dem Präsentierteller! Auf keinen Fall durfte sie die Nerven verlieren.

Fee wusste genau, wie viel Platz die Geldscheine einnahmen. *Wo hat Mine das Geld versteckt?* Wahllos öffnete Fee die Küchenschränke, aber eine Cornflakes-Packung gab es nicht.

Auf der Arbeitsplatte stand eine Tupperschale mit Essensresten. Auch kalt duftete die Mahlzeit noch delikat. Wahrscheinlich stammte sie noch von Mine, offenbar hatte sie einige ihrer Gerichte eingefroren.

Im Fernsehen begann eine Werbepause und der Ton war so laut, dass Fee unauffällig die Tür vom Gefrierschrank aufreißen konnte. Es gab noch genau eine Tupperschale. Der milchige Kunststoff verdeckte den Inhalt und die verblassten Aufkleber waren mehrdeutig.

Fee öffnete die Schale.

Es war tatsächlich das Geld. Sie hatte sich nicht getäuscht, Mine hatte ihren Anteil eingefroren.

„Wer bist du?" Mines Mutter stand im Türrahmen.

Während Fee den Deckel zurück auf die Tupperschale drückte, musterte sie ihr Gegenüber. Diese schmächtige Frau mit ihren dürren Fingern würde kein Hindernis darstellen.

„Nicht das Essen." Mines Mutter starrte auf die Tupperschale und ihre Augen weiteten sich vor Schreck.

Fee stieß sie zur Seite und flüchtete durch die Balkontür.

*

191

Von Aurich bis Papenburg fuhr man etwa eine Stunde. Die Stadt im Emsland war Deutschlands älteste Fehn-Kolonie, was bedeutete, dass es überall Kanäle gab, die ursprünglich die Moorlandschaft entwässert hatten. Auch Cordelia Folkmanns Haus stand am Wasser, es handelte sich um eine moderne Villa ganz in Weiß. Dirks hatte den Durchsuchungsbeschluss auf ihrem Smartphone gespeichert, aber es gab niemanden, der ihn sehen wollte. Die Kollegen aus Papenburg hatten einen Schlüsseldienst organisiert, der ihnen Zugang zum Haus verschaffen sollte. Sie waren froh, das Objekt nicht mehr nur zu observieren, sondern sein Inneres zu sehen zu bekommen.

Auch Dirks freute sich, endlich etwas zu tun. Die Fahrt mit Breithammer war nicht angenehm gewesen. Nachdem die erste Euphorie über die Ermittlungserfolge verflogen war, wurde ihnen wieder der Streit von heute Vormittag bewusst und Breithammer hatte das Radio angeschaltet, um die Stille zu überbrücken.

„Tut mir leid, aber das wird nix", sagte der Mann vom Schlüsseldienst mit einer Mischung aus Faszination und Enttäuschung. „Dieses Haus ist mit der neuesten Sicherheitstechnik ausgerüstet. Ein Computerexperte kann hier mehr ausrichten als ich." Er deutete auf den Aufkleber einer Sicherheitsfirma. „Mit denen müsst ihr euch auseinandersetzen, wenn ihr in diesen Bunker wollt."

Eine halbe Stunde später wurde die Alarmanlage deaktiviert und wie von Geisterhand öffnete sich nicht nur die Haustür, sondern auch die Stahljalousien surrten aufwärts und das Garagentor fuhr hoch.

„Hammer-Maschine." Einer der Papenburger

Kollegen deutete auf das schwarze Sport-Motorrad, das nun von der Nachmittagssonne gestreichelt wurde. „Eine Kawasaki Ninja. Die würde ich gerne mal ausreiten."

Offensichtlich liebte Cordelia Folkmann die Geschwindigkeit, sie hatte ja auch schon einen Porsche besessen. Trotzdem fiel es Dirks schwer, sich die unscheinbare Architektin auf einem Rennmotorrad vorzustellen. „Gehen wir ins Haus."

Drinnen regierten klare Linien, nicht nur bei den Möbeln, sondern auch auf den Kunstwerken an den Wänden. Größtenteils war alles in Schwarz und Weiß gehalten, nur ab und zu blitzte etwas Silber auf. Gemäß Praxistest des Papenburger Kollegen war das Sofa aus echtem Leder und superbequem. Alles war fast klinisch sauber, aber das hatte Dirks auch so erwartet.

Während Breithammer in das Büro der Architektin ging, öffnete Dirks die Tür zu einem weiteren Raum.

Ein Boxsack hing von der Decke und eine Yoga-Matte lag auf dem Boden. Es gab ein Laufband und eine Kraftmaschine. Wenn Cordelia Folkmann hier regelmäßig trainierte, war sie weitaus fitter, als es ihr Dirks zugetraut hatte.

Oder nutzte jemand anderes diesen Raum? Hatte Folkmann einen Lebenspartner, dem auch das Motorrad gehörte? „Achte darauf, ob noch jemand in diesem Haus lebt", rief sie Breithammer zu.

Sie ging die Treppe hoch, um sich einen Eindruck von Folkmanns privaten Räumen zu verschaffen.

Breithammer kam zu ihr. „Das Gästezimmer ist unberührt."

„Und in ihrem Bad steht nur eine Zahnbürste", bemerkte Dirks. „Folkmann wohnt also alleine." Die

Kommissarin ging am Bett vorbei in ein großzügig geschnittenes Ankleidezimmer, das Licht ging automatisch an.

Dirks zuckte unwillkürlich zusammen, als sie die Köpfe im Regal sah. Erst auf den zweiten Blick erkannte sie, dass es sich dabei um Kunststoffexemplare handelte, die als Halterungen für Perücken dienten. Kastanienschwarz, Sonnenblond oder Granatapfelrot – die wesentlichen Farben waren vertreten und sahen allesamt natürlich aus. Dirks ging zum Schminktisch, der nicht nur das Make-up für eine gewöhnliche Morgenroutine enthielt, sondern auch professionelle Theaterschminke. Auf einer Kleiderstange hingen der Overall eines Telekom-Technikers, die Jacken eines DHL-Paketboten und eines Pizza-Bringdienstes und eine Flugbegleiterinnen-Uniform von Lufthansa.

„Ach du meine Güte." Breithammer betrat ebenfalls den Raum. „Folinde würde hier vor Glück ausrasten!" Er fühlte das Haar an einer der Perücken. „Was hat das zu bedeuten?"

„Dass Cordelia Folkmann mehr ist als eine unbedarfte, wohlhabende Witwe, so wie sie es uns im Fischrestaurant weismachen wollte." Dirks seufzte und in ihr setzte sich das beklemmende Gefühl fest, dass sie diesen Fall doch noch nicht wirklich durchschaut hatten.

18. Ausgehabend

Fee schloss die Tür zu ihrer Wohnung auf. Ein Teil von ihr fühlte sich schäbig, so als hätte sie Mines Mutter bestohlen. Hoffentlich hatte sie die Frau nicht verletzt, als sie sie zur Seite geschubst hatte. *Was hätte ich denn sonst tun sollen?*

Sie trat in den Flur. Es roch anders als sonst, der süßlich-herbe Tabakgeruch des Krawattenmannes hatte sich in diesen Wänden eingenistet. Fee hielt sich nicht lange damit auf, die Schuhe auszuziehen. Sie ging ins Wohnzimmer, dabei hielt sie die Tupperschale so, als würde sie darin frisch gebackene Brownies transportieren.

Der Krawattenmann saß auf dem Sofa. Er hatte ein Pflaster über dem linken Auge, aber ansonsten sah er in Ordnung aus.

„Hier ist das Geld." Fee warf ihm die Tupperdose zu.

Er öffnete den Deckel und zählte die Bündel. „Ich bin beeindruckt, Fee. Damit habe ich nicht gerechnet."

„Sind wir jetzt quitt?"

Er nickte. „Du wirst mich nie wieder sehen."

Dieser Satz konnte auch bedeuten, dass er sie umbringen würde.

Der Mann stand auf. Er ging an ihr vorbei und Fee meinte, dass er etwas humpelte. Wenig später hörte sie, wie sich die Wohnungstür öffnete und zurück ins Schloss fiel.

Tränen schossen Fee in die Augen. Endlich war dieser Alptraum vorbei! Alle Anspannung fiel von ihr ab und die Erschöpfung traf sie mit voller Wucht. Glücklicherweise konnte sie jetzt in einem richtigen Bett schlafen.

*

Um 19:35 Uhr schlüpfte Diederike Dirks hastig in ein Kleid und schminkte sich notdürftig. Jendrik wartete unten auf sie, um 20:00 Uhr hatte er einen Tisch reserviert. Sie wusste nicht, wohin er sie ausführte, nur, dass es romantisch sein sollte.

Dirks war froh, dass sie diesen Abend für sich hatten, und wünschte sich, wirklich von der Arbeit abschalten zu können. Die Suche nach einer Verbindung zwischen Cordelia Folkmann und Alida Ennen war eine langwierige Aufgabe. Alle Aufzeichnungen der Architektin mussten überprüft werden und dazu gehörte auch ihr Computer, bei dem erst mal das Passwort entschlüsselt werden musste. Glücklicherweise hatten sie in diesem Fall alle Unterstützung von oben und die erfahrensten Spezialisten kümmerten sich darum. Eigentlich wäre Dirks auch schon früher zu Hause gewesen, wenn nicht plötzlich Frau Conrads auf dem Revier aufgetaucht wäre, um anzuzeigen, dass ein Mädchen bei ihr eingebrochen wäre, um die letzte Tupperschale von Mine zu stehlen. Die Ermittlerin wusste nicht, was sie davon halten sollte, sie hatte das erst mal aufgenommen und einen Kriminaltechniker zu der Wohnung geschickt.

„Alles klar bei dir, Diederike?", rief Jendrik.

„Ich komme gleich!" Sie überprüfte ihr Antlitz im Spiegel. Einer Frau würde sofort auffallen, wie planlos sie ihr Make-up aufgetragen hatte, aber heute Abend zählte nur Jendrik. Sie musste die Kommissarin ablegen und Diederike sein. Sie stand auf und ging nach unten.

„Du siehst großartig aus", log Jendrik liebevoll und

sie konnte nicht anders als zu lächeln.

Wenig später waren sie in Jendriks Auto. Der Mazda MX-5 hatte zwar schon einige Jahre auf dem Rücken, aber es war schön in einem Cabriolet zu sitzen. Außerdem genoss es Diederike, nicht selbst zu fahren.

Ihr Magen knurrte überlaut. „Jetzt kannst du mir aber erzählen, wo wir essen werden."

„Wenn die Bundesligasaison wieder beginnt, müssen wir unseren Ausgehabend auf einen Wochentag verschieben", lenkte Jendrik ab. Das war natürlich selbstverständlich, als Sportjournalist war am Wochenende seine Hauptarbeitszeit.

„Komm schon, worauf kann ich mich einstellen? Italienisch? Steakhaus? Sushi?"

Jendrik lachte. „Du sollst dich ja gerade nicht auf etwas einstellen. Es ist ein Abend voller Überraschungen. Vertrau dich mir einfach an." Er griff nach ihrer Hand.

„Alles klar." Diederike lächelte. So kam sie wahrscheinlich am besten auf andere Gedanken. Sie lehnte sich zurück und schaute den Mond an. Das Kopfkino begann und sie freute sich darauf, nachher in Jendriks Armen zu liegen.

Nach einer Weile wurde ihr klar, dass sie Aurich verließen. *20:00 Uhr.* Sie überlegte, welche Lokale noch vor ihr lagen, und plötzlich wurde ihr klar, wo sie hinfuhren. Diederike setzte schon an, ihm zu sagen, dass sie ein anderes Restaurant nehmen sollten, aber dann entschied sie sich doch dagegen. Jendrik hatte sich offenbar viele Gedanken über diesen Abend gemacht und sie wollte ihn nicht aus dem Konzept bringen. Der Ort hatte außerdem einen hervorragenden Eindruck auf sie gemacht. Auch wenn es ihr dort besonders schwerfallen würde, nicht an ihren Fall zu denken, so durfte sie sich das einfach nicht anmerken lassen. Sie legte ihre Hand auf Jendriks Oberschenkel und grinste unbeholfen.

Im Dunkeln wurde die Mühle mit Scheinwerfern angeleuchtet und das Rot strahlte intensiver, als es in Wirklichkeit war. Auf der anderen Straßenseite stand das Bushäuschen, bei dem Kai Wiemers das Geld von Cordelia Folkmann versteckt hatte. Diederike konnte den Blick nicht davon abwenden, auch als Jendrik nach rechts abbog. Der Parkplatz des alten Bauernhofes war jetzt voll mit Autos und der mit bunten Lampions erhellte Biergarten strahlte eine entspannte Atmosphäre aus.

„Gut, dass ich reserviert habe", sagte Jendrik begeistert. „Das Restaurant heißt *Friesenflügel* und wurde erst vor zwei Monaten eröffnet. Das Essen soll hervorragend sein."

„Es ist wunderschön", bestätigte Diederike.

An diesem Abend gab es noch eine zweite Bedienung neben Nadine und in Diederike keimte die Hoffnung auf, einen ganz normalen Restaurantbesuch erleben zu können.

Jendrik nannte der jungen Frau seine Reservierungsnummer.

„Folgen Sie mir bitte, Herr Bleeker." Die Kellnerin führte sie zu einem großartig gelegenen Tisch und entzündete eine Kerze. Man hörte Grillen zirpen und in der Ferne quakte ein Frosch, romantischer ging es kaum.

Sie studierte die hübsch gemachte Speisekarte. Jendrik bestellte das, wofür sich Diederike eigentlich entschieden hatte, und sie nahm ihre zweite Wahl. Sie orderten niemals dasselbe, dann konnte man nämlich nicht so viel ausprobieren.

„Warum guckt die andere Kellnerin immer zu uns herüber?" Jendrik klang verunsichert. „Sind die Tische nicht aufgeteilt?"

Diederike versuchte Nadine telepathisch zu vermitteln, dass sie nur privat hier war. „Sicherlich gibt es noch ein paar Abstimmungsschwierigkeiten, wenn das Restaurant noch so neu ist."

„Das Steak ist auf jeden Fall klasse. Und der Preis geht!"

„Dasselbe trifft auf den Wein zu." Diederike fand, dass sie gerade einen prima Job machte. So entspannt war sie lange nicht mehr gewesen.

Jendrik lächelte. „Da habe ich wohl genau das richtige Restaurant ausgesucht. Ich wollte unbedingt an einen Ort, der absolut nichts mit deinem aktuellen Fall zu tun hat."

Diederike tätschelte seine Hand.

Jendrik schaute an ihr vorbei. „Ach, sieh nur, da kommt der Koch höchstpersönlich, um seine Gäste zu begrüßen. Das ist aber nett."

„Guten Abend, Frau Hauptkommissarin." Nikolas Geiger setzte sich gezielt an ihren Tisch. „Ich konnte es kaum glauben, als mir Nadine erzählt hat, dass Sie hier sind." Er baute drei Gläser und eine Flasche Likör vor ihnen auf. „Erzählen Sie, haben Sie schon etwas Neues über Mine herausgefunden?"

Jendrik war sichtlich verwirrt.

„Wir sind dem Mörder dicht auf den Fersen", antwortete Dirks. „Mehr darf ich nicht sagen."

„Verstehe. Aber es ist schon mal gut zu wissen, dass Sie eine Spur haben." Er goss den Likör ein.

„Sie haben hier ein großartiges Restaurant

aufgebaut", sagte Jendrik.

„Ich weiß." In Geigers Stimme schwang Wehmut mit. „Ich habe mich sofort in diesen Ort verliebt, als ich ihn gesehen habe. Als Künstler braucht man Inspiration und hier wollte ich noch einmal alles geben. Aber es ist nicht mehr dasselbe ohne Mine. Es ist ein Wunder, dass der Betrieb noch nicht zusammengebrochen ist. Mal sehen, wie lange das noch klappt." Er hob das Glas. „Auf Mine!"

„Auf Mine." Dirks schickte den Rachenschmeichler auf Tauchfahrt.

„Funktioniert die Mühle eigentlich noch?", fragte Jendrik.

„Sie ist noch gut in Schuss." Geiger wandte sich zu ihm. „Ich kann sogar alles fachgerecht bedienen, denn sobald sich abgezeichnet hat, dass ich das Grundstück pachten darf, habe ich ein Zertifikat als ‚freiwilliger Müller' gemacht."

„Was ist das?"

„Das bekommt man nach einer erfolgreichen Ausbildung durch die Mühlenvereinigung Niedersachsen-Bremen. Es geht darum, dass das Wissen um die historischen Mühlen nicht verloren geht."

„Dürfen wir uns die Mühle von innen ansehen?", fragte Jendrik.

„Ich führe Sie gerne herum."

„Tut mir leid, euch zu stören." Nadine trat an den Tisch. Ihr Gesichtsausdruck war so genervt, dass man damit Kinder zum Weinen bringen könnte. „Die Gäste warten auf ihr Essen, Nikolas."

Geiger schaute entschuldigend zu Dirks.

„Wir sehen ja selbst, wie voll es ist." Diederike dachte an ihren ersten Besuch am Donnerstag zurück. *Nicht, dass schon wieder etwas auf dem Herd anbrennt.*

Der Küchenchef ging wieder zu seinem Arbeitsplatz.

Jendrik seufzte. „Wie genau steht dieses Restaurant mit deinem Fall in Verbindung?"

Dirks spürte, dass sie ihm eine ehrliche Antwort schuldig war. „Mine Conrads, das zweite Todesopfer, war hier die Auszubildende."

„Das zweite Todesopfer?"

„Insgesamt gibt es drei Todesfälle, die miteinander zusammenhängen. Ein junger Mann, Mine und eine Hoteldirektorin auf Norderney."

„Alida Ennen", sagte Jendrik. „Die Verlobte von Multimillionär Hannes Kegel. Ich habe die Schlagzeilen gelesen."

Dirks nickte. „Ich weiß, das klingt nicht sonderlich professionell, aber es ist Mines Tod, der mich am meisten bewegt. Wobei – eigentlich stimmt das nicht. Es ist ihr Leben, das mich am meisten bewegt. Ihr Zuhause ist so hoffnungslos, und trotzdem hat sie mit der Ausbildung in diesem Restaurant ihren Traum verfolgt. Mine hat gerade etwas Glück gefunden und schon wird sie aus dem Leben gerissen."

Jendrik sah sie betroffen an und Dirks begriff, dass er an seine jüngste Schwester Bente dachte, die im letzten Herbst tot auf einem Müllplatz gefunden worden war.

„Tut mir leid, ich wollte nicht ..."

„Nein, sprich weiter", beschwichtigte Jendrik. „Ich freue mich, dass du mir von deiner Arbeit erzählst."

Dirks überlegte, was genau sie ihm sagen durfte. Natürlich vertraute sie ihm, dass er keine Information in der Zeitungsredaktion weitergab, aber sie wollte auch nicht ihren eigenen Codex brechen. „Es ist ein komplizierter Fall. Im Wesentlichen gehen wir davon aus, dass eine wohlhabende Architektin einen Killer damit beauftragt hat, Alida Ennen zu ermorden. Allerdings ist unklar, was sie für ein Motiv hat. Bisher haben wir nämlich noch keine Verbindung zwischen den beiden Frauen gefunden." In dieser entspannten Atmosphäre klangen die Dinge schon ein bisschen weniger kompliziert. Vielleicht hatte Jendrik ja wirklich eine Idee, die ihnen weiterhalf.

Um seine Gedanken anzuregen, bestellte Jendrik ein Pils. „Könnte es nicht sein, dass es gar nicht um Alida Ennen geht?"

„Wie meinst du das?"

„Alida Ennen ist zwar die Zielperson, aber eigentlich soll nicht sie geschädigt werden, sondern Hannes Kegel."

Dirks dachte darüber nach. Die Idee ergab einen teuflischen Sinn. „Hannes Kegel hat genug Geld, in diesem Bereich kann man ihm kaum schaden. Wenn man jedoch seine große Liebe ermordet, tut man ihm wirklich weh." *Also ist Alidas Verlobung doch der Grund, warum sie ermordet wurde.*

„Die Frage wäre dann, warum diese Architektin Hannes Kegel schädigen möchte."

Dirks fischte aufgeregt ihr Smartphone hervor. „Wir müssen also nicht nach einer Verbindung zwischen Cordelia Folkmann und Alida Ennen suchen, sondern zwischen Cordelia Folkmann und Hannes Kegel." Sie wählte Kegels Nummer, doch es ging nur die Mailbox heran. „Hier ist Hauptkommissarin Diederike Dirks. Ich muss dringend mit Ihnen sprechen, bitte rufen Sie mich zurück."

Jendrik strahlte. „Kann ich dir sonst noch irgendwie helfen?"

„Das war schon mehr als genug." Dirks umschloss glücklich seine Hände. „Obwohl – eine Sache fällt mir doch ein."

„Ich höre?"

„Es wäre super, wenn du dich morgen den ganzen Tag über an den Strand von Norddeich setzen könntest, um den Korb mit der Nummer 247 zu beobachten."

19. Rieke

Am Sonntagmorgen lag Fee im Bett und lächelte selig. Sie träumte von ihrem Auftritt mit „Starter". Die Bühne war größer, es gab mehr Zuhörer und das Festival-gelände lag direkt am Meer, trotzdem war sie überzeugt davon, in Manslagt zu sein. Es war ein schöner Moment, der sich in ihr festgebrannt hatte und eine wohlige Wärme ausstrahlte. Ihr Leben hatte wieder von vorne begonnen, alles war möglich.

Ein schrilles Klingeln riss sie aus dem Schlaf und Fee grunzte unwillig. Ihre Hand suchte den Wecker, doch auch das Drücken der Stopptaste beendete das Störgeräusch nicht. Schließlich begriff sie, dass jemand an der Tür läutete. *Am Sonntag um 8:00 Uhr?*

Fee wünschte sich, dass es Sven Holm wäre. Vielleicht hatte er sich ja nach ihrer Adresse erkundigt und das Festival früher verlassen. Sie zwang sich, aufzustehen. „Ich komme schon!"

Sie öffnete die Tür, doch da stand nicht Sven Holm. Es war eine recht kleine, dunkelhaarige Frau in einem grauen Businesskostüm. Ihr Gesicht wirkte unscheinbar und ihr Alter schätzte Fee auf Mitte vierzig. Die karibikblauen Augen waren schön, auch wenn sie etwas unnatürlich schienen, und bei genauem Hinsehen merkte Fee, dass es sich um Kontaktlinsen handelte. „Normalerweise sind die Zeugen Jehovas so wie Paketboten", sagte Fee abfällig, „sie kommen ungern in den vierten Stock."

Die Frau grinste. „Ich bin von der Kriminalpolizei, Frau Rickels."

Fees Herz klopfte schnell. Sie wollte die Tür

zuschlagen, doch die Frau hatte ihren Fuß so platziert, dass das nicht mehr ging.

„Haben Sie einen Ausweis?"

Die Frau zog ein Lederetui aus der Manteltasche.

„Diederike Dirks", las Fee laut vor, „Kriminalhauptkommissarin." Sie hatte natürlich keine Ahnung, woran man eine echte Polizeimarke erkennen sollte, aber dieser Ausweis machte Eindruck. *Wie kommt die Polizei plötzlich auf mich? Wissen sie von dem Geld? Hat jemand von der Bushaltestelle gequatscht?*

Die Frau hielt eine Bäckertüte hoch. „Ich habe Frühstück mitgebracht. Brötchen von der Tankstelle. Sie sind noch warm!"

Die Angst der letzten Tage war wieder da, aber wahrscheinlich würde es das Beste sein, erst mal mitzuspielen. Fee trat beiseite. „Machen Sie es sich im Wohnzimmer bequem. Ich will mir erst noch etwas Richtiges anziehen."

*

Dirks stand im Pausenraum des Reviers und lauschte dem gequälten Geräusch der Kaffeemaschine, die am Wochenende anscheinend besonders ungern ein Getränk zubereitete.

Jendrik hatte sie gestern Abend doch wundervoll von der Arbeit abgelenkt, und ihre Gedanken waren wieder klar. Es würde schwer sein, an den Mann auf dem Phantombild heranzukommen, denn über ihn wussten sie gar nichts. Aber wie lange würde sich Cordelia Folkmann verstecken können? Sobald die Architektin ihr Smartphone einschaltete, würde sie geortet werden, und wenn sie ihre Kreditkarte einsetzte, würde auch das gemeldet werden. *Wenn wir sie haben, kommen wir auch an den Killer heran.* Dirks hoffte außerdem, dass Kegel ihnen mehr über Folkmann erzählen konnte. Um 11:30 Uhr wollte sie sich mit dem Geschäftsmann auf Norderney treffen.

Dirks setzte sich an einen der Tische, um ihren Kaffee zu trinken. Sie wollte noch nicht ins Büro. Dazu brauchte sie erst einen Plan, wie sie mit Breithammer und Folinde umgehen sollte.

Ich muss mit Folinde sprechen. Ich muss ihr sagen, warum sich Oskar taub stellt. Sie muss wissen, dass er sich nur deshalb nicht mit ihr verloben will, weil er damit schon mal auf's Maul geflogen ist. Danach sollten die beiden die Sache unter sich klären, sie wollte nichts mehr damit zu tun haben. Diederike lächelte befreit. Dieser Plan gefiel ihr gut und sie wollte Folinde anrufen, sobald sie sich auf der Fahrt nach Norddeich befand.

Dirks beauftragte die Kaffeemaschine mit einem weiteren Getränk, um es Breithammer mitzubringen. Kurze Zeit später erreichte sie das Büro. „Moin Oskar."

„Moin! Oh, danke für den Kaffee. Ich hoffe, du hattest gestern einen schönen Abend mit Jendrik." Breithammer strahlte sie an, als ob nie etwas zwischen ihnen gewesen wäre.

Habe ich irgendwas nicht mitbekommen? „Tut mir leid mit gestern. Ich wollte dir nicht zu nahe treten mit dem, was ich über Folinde und dich gesagt habe."

„Kein Problem." Breithammer lächelte. „Ich weiß ja jetzt, warum du das getan hast."

Dirks blickte ihn überrascht an. „Wirklich?"

„Ich musste ganz schön darüber nachdenken, aber heute Morgen hat mich der Geistesblitz getroffen."

Dirks fiel ein Stein vom Herzen. Sie hatte es also doch

geschafft!

„Habt ihr beide am Samstag Zeit?", fragte Breithammer. „Wollen wir wieder zu viert im *Nuevo* essen gehen? Ich glaube, das wäre ein angemessener Ort."

„Gerne!" Diederike lachte. „Ich freue mich so."

Oskar konnte nicht anders, als ebenfalls zu lachen.

*

Als Fee ins Wohnzimmer ging, hatte die Kommissarin bereits Kaffee und Tee gekocht. „Wie war Ihr Name noch mal? Diederike Dirks?"

„Du kannst mich Rieke nennen. Ich finde, wenn man zusammen frühstückt, dann kann man sich auch duzen."

Fee nahm sich ein Brötchen. Wenn sie etwas aß, würde das ihre Nervosität am besten verstecken. „Warum sind Sie hier?"

„Was hast du gestern in Mine Conrads' Wohnung gemacht?"

Fee schluckte.

„Glaubst du, das Haus würde nicht unter Beobachtung stehen?"

Fee wollte Kaffee trinken, doch ihre Hand zitterte so sehr, dass sie die Tasse wieder abstellen musste. „Geht es Frau Conrads gut? Ich war wohl etwas rabiat."

Die Kommissarin zog einen Stapel Fotos aus ihrer Tasche und breitete sie auf dem Tisch aus. Die ersten zeigten Fee, wie sie über den Balkon von Mines Wohnung kletterte, die weiteren stammten dagegen von Fees Haustür. Der Mann mit der Krawatte verließ das Gebäude mit einem breiten Lächeln auf dem Gesicht, in seiner Hand war deutlich die Tupperschale erkennbar. „Was ist in der Tupperdose, Fee?"

„Lasagne?"

Die Polizistin zeigte auf eines der Balkonfotos, auf dem Fee ebenfalls die Tupperschale festhielt. „Ich glaube nicht, dass du extra bei Mine einbrichst, nur weil jemand bei dir Lasagne bestellt hat."

Fee fühlte sich, als ob ihr eine Schlinge um den Hals lag, die sich immer weiter zuzog. „Warum sind Sie bei mir?", fragte Fee mit trockener Kehle. „Sie müssen den Mann mit der grünen Krawatte schnappen!"

„Ich bin ihm gefolgt, aber leider konnte er mich abschütteln."

„Ach ja? Und wie soll ich Ihnen dann vertrauen?"

„Warum ist dieser Mann so wichtig? Was hat er getan?"

„Er hat Mine ermordet!" Fee kamen die Tränen, auch wenn sie das nicht wollte.

„Erzähl mir alles, was du weißt. Fang am besten ganz von vorne an."

Fee schüttelte den Kopf.

„Seinetwegen?" Die Kommissarin zeigte auf den Mann mit der Krawatte. „Du brauchst keine Angst vor ihm zu haben, Fee. Nicht, wenn ich bei dir bin."

„Und was ist mit meinen Eltern?"

„Hat er gedroht, ihnen etwas anzutun?"

Fee nickte. „Er hat gesagt, sobald ich zur Polizei gehe, würde ich niemals wieder sicher sein."

Die Kommissarin blickte ihr fest in die Augen. „Dieser Mann lügt. Er arbeitet alleine. Hilf mir, ihn zu finden, und du musst dir keine Sorgen mehr machen."

Fee atmete schwer. Sie wünschte sich sehr, dass die Polizistin recht hatte. Der Krawattenmann musste für den Mord an Mine hinter Gitter kommen. „Okay, Frau Dirks. Ich erzähle Ihnen alles."

*

Breithammer saß alleine im Konferenzraum und grinste in sich hinein. Er war froh, dass er das mit Diederike endlich begriffen hatte. Aber so war sie eben. Wenn es um private Dinge ging, konnte sie sich nur schwer klar ausdrücken.

Jetzt musste er sich aber wieder auf den Fall konzentrieren. Diederike war nach Norderney aufgebrochen und er koordinierte die Arbeit der Ermittlungsgruppen. Im Augenblick konzentrierten sie sich einerseits darauf, Cordelia Folkmann zu finden, andererseits suchten sie nach Zusammenhängen zwischen Alida Ennen und der Architektin. Dirks' Theorie, dass Alida Ennen nur ermordet worden war, um Hannes Kegel zu schädigen, hatte eine Menge für sich und er war gespannt, ob der Unternehmer das bestätigen konnte.

Breithammer schaute auf das letzte Flipchart: Cordelia Folkmann - Auftraggeberin, der Mann auf dem Phantombild - Killer und Alida Ennen - Zielperson. Stellten diese Zuordnungen wirklich die einzige Möglichkeit dar, um die Ereignisse zu deuten?

Sein Blick wanderte zu den anderen drei Tafeln.

Wahrscheinlich stimmte ihre Theorie im Großen und Ganzen und es ging nur noch darum, die vielen Einzelheiten zu klären. Es war eben immer ein blödes Gefühl, wenn eine Theorie noch nicht bestätigt war.

Welche Fragen waren denn noch offen?

Breithammer nahm sich einen Zettel und einen

Kugelschreiber.

Der Mord an Alida Ennen ist, in sich betrachtet, professionell ausgeführt. Durch den Diebstahl der Juwelen wird ein Einbruch vorgetäuscht. Die Ermordung von Mine Conrads dagegen wirkt ziemlich unprofessionell. Warum erwürgt der Täter sie, obwohl er das auch bei Alida Ennen vorhat? Dadurch erregt er doch erst den Verdacht, dass beide Tode zusammenhängen.

Breithammer unterzog die Druckknopfmechanik seines Kugelschreibers einem ausgiebigen Funktionstest.

Am nächsten ging ihm der Todesfall von Kai Wiemers, aber damit hatte er sich ja auch am ausgiebigsten beschäftigt. „Ein junger Mann mit einer kriminellen Vergangenheit, der vor einem Jahr ein neues Leben beginnt." Der Kommissar sprach seine Gedanken laut aus, so als wollte er Kais Geschichte jemandem erzählen. „Leider wird er noch einmal als Autodieb tätig, um seine Schulden bei Tomovic zu bezahlen. Er klaut ausgerechnet das Auto von Cordelia Folkmann, die darin das Geld transportiert, mit dem sie einen Killer bezahlen will. Sie schickt ihm den Killer hinterher und während des Kampfes wird Kai schwer verletzt. Er kann allerdings noch flüchten und das Geld verstecken. Das Geld wird von Mine Conrads gefunden." Breithammer zögerte.

Wenn das Geld von jemand anderem gefunden wird, dann war es offensichtlich kein gutes Versteck.

„Warum hat Kai das Geld ausgerechnet an dieser Bushaltestelle deponiert?" Breithammer stand auf und ging ein paar Schritte umher. Ja, Kai war geschwächt und hatte nicht viel Zeit. Aber trotzdem – an einer Bushaltestelle? Dort würden immer Menschen hinkommen. Menschen, die warten mussten und dabei vielleicht die Umgebung betrachteten, was die Wahrscheinlichkeit einer Entdeckung erhöhte. Wäre es nicht viel schlauer gewesen, das Geld einfach irgendwo im Straßengraben zu verstecken?

„Bei der Mühle liegt die Bushaltestelle an einem sehr markanten Ort, den man sich leicht merken kann", diskutierte Breithammer mit sich selbst. „Allerdings hätte auch eine weniger offensichtliche Wegmarkierung dazu gereicht, damit er das Geld später wiederfindet."

Was würde ich in dieser Situation machen? Wo würde ich das Geld verstecken?

Breithammer stellte sich vor, er wäre durch eine Bauchverletzung geschwächt und würde in dem Porsche sitzen. Folindes Gesicht tauchte vor seinem inneren Auge auf.

„Was, wenn Kai das Geld nicht für sich selbst in Sicherheit gebracht hat, sondern für jemand anderen?" Vielleicht hatte er sich genau deshalb für dieses markante Versteck entschieden: Nicht, damit er es selbst leicht wiederfindet, sondern damit er den Ort einfach beschreiben und ihn eine andere Person leicht finden kann!

Breithammer öffnete die Akte und kramte eine Liste mit Kais Handytelefonaten heraus. Zum Zeitpunkt seines Unfalls gab es keinen Eintrag und solch ein Anruf wäre ihnen natürlich längst aufgefallen. Aber heutzutage konnte man auch über seine Internet-verbindung telefonieren oder eine Messengernachricht schreiben, das würde nicht auf solch einer Liste erscheinen.

Für wen konnte Kai das Geld versteckt haben? Laut Krämers Aussage hatte er aktuell keine Freundin. Oder hatte er das Geld für seine Eltern deponiert? *Vielleicht wollte er auch nur, dass es ein Bekannter abholt, um es in*

Sicherheit zu bringen. Sein Onkel, Michael Krämer? Oder der Mann auf dem Phantombild? War dieser Mann etwa gar kein Bekannter von Cordelia Folkmann, sondern von Kai Wiemers? Aber mit wem hatte Kai dann gekämpft?

Ich muss noch einmal mit Krämer sprechen.

*

Fee war erleichtert, ihre Erlebnisse jemandem erzählt zu haben, der ihr Glauben schenkte. Die Kommissarin wirkte zwar recht angespannt, war aber nett. *Hoffentlich kann sie mich wirklich beschützen*. Nun war es nicht mehr rückgängig zu machen, jetzt wusste die Polizei alles. Fee widmete sich dem Frühstück.

„Also, ihr habt den Koffer an der Bushaltestelle gefunden und das Geld untereinander aufgeteilt", fasste die Ermittlerin zusammen. „Und am nächsten Tag ist der Mann mit der Krawatte bei dir im Modegeschäft aufgetaucht, um das Geld einzutreiben."

Fee nickte.

„Was habt ihr mit dem Koffer gemacht?"

„Darin hat Mine ihren Anteil transportiert."

„Aber der Koffer war nicht mehr in ihrer Wohnung."

Fee schaute sie überrascht an. „Wenn ihr ihn nicht gefunden habt, dann muss der Krawattenmann ihn mitgenommen haben."

„Der Kerl hat dich doch in der Wohnung geschnappt. Hast du den Koffer bei ihm gesehen?"

Fee überlegte. „Der Koffer ist mir nicht aufgefallen, aber ich habe auch nicht darauf geachtet. Ich hatte in erster Linie Angst um mein eigenes Leben."

Die Kommissarin nickte. „Das werde ich wohl nur

von diesem Typen selbst erfahren."

„Das klingt so, als ob Sie schon ganz genau wissen, wie Sie ihn finden." Fee goss sich Tee ein.

„Die beste Möglichkeit dafür besteht darin, dass wir die anderen Leute von der Bushaltestelle befragen."

„Und wie wollen wir das machen?" Fee blickte die Polizistin ungläubig an. „Ich kenne diese Leute doch gar nicht! Mines Adresse hatte ich nur, weil ich mit ihr auf Facebook befreundet bin."

„Jeder verrät mehr über sich, als er möchte." Die Kommissarin holte einen Notizblock hervor. „Also, was weißt du alles über die Leute an der Bushaltestelle?"

„Ich habe ein kurzes Video von ihnen gemacht", fiel Fee ein. Sie holte ihr Smartphone heraus und zeigte der Ermittlerin den Film.

„Sehr gut. Damit weiß ich schon mal, wie diese Leute aussehen, und ich kann mir Standbilder von ihnen herauskopieren." Die Kommissarin steckte einen Adapter mit Speicherstick an das Telefon und übertrug die Videodatei. „Was hast du bei diesen Leuten noch beobachtet? Sind zum Beispiel irgendwelche Namen gefallen?"

„Der junge Typ, der aus dem getunten Auto ausgestiegen ist, heißt Yasha. Er hat damit angegeben, dass er auch so ein Auto besitzt, aber weil es sich gerade in der Werkstatt befindet, muss er mit dem Bus fahren."

„Na, das sind doch eine Menge Informationen. Die Anzahl solcher Werkstätten ist äußerst begrenzt."

Jetzt begriff Fee, was die Polizistin meinte. „Der Sohn von der jungen Mutter heißt Jorin und ist etwa ein Jahr alt. Ansonsten wurde kein Name erwähnt. Doch, ich habe Mine mit ihrem Namen angesprochen, als ich sie erkannt habe."

Die Kommissarin notierte sich das.

„Die ältere Dame war auf jeden Fall in dem Mühlenrestaurant essen. Sie hatte nämlich noch eine Schachtel mit einem Tortenstück auf dem Schoß. Ich glaube, der Fotograf hat ebenfalls in dem Restaurant gegessen. In der Seite von seinem Rucksack steckte ein Werbeprospekt von einem Fotoladen: *Altstadt-Foto Aurich.*"

„Sehr gut." Die Kommissarin lächelte. „Was ist mit der Rückfahrt nach Aurich? Hast du gesehen, an welchen Haltestellen die anderen ausgestiegen sind?"

„Ja!" Fee war aufgeregt. „Ich bin als Vorletzte ausgestiegen, nach mir saß nur noch die alte Dame im Bus." Sie ließ die Fahrt vor ihrem inneren Auge noch einmal stattfinden. „Zuerst ist Mine ausgestiegen. Danach die Mutter mit Jorin, dann der Fotograf. Yasha ist kurz hinter der Innenstadt ausgestiegen und als Nächstes kam meine Haltestelle."

„Klasse. Ich denke, damit haben wir genug Hinweise." Die Polizistin ordnete ihre Notizen. „Yasha finden wir durch die Tuningwerkstatt, in der er sein Auto reparieren lässt, und die Adresse des Fotografen bekommen wir über den Fotoladen. Am Sonntag haben diese Geschäfte allerdings nicht geöffnet, das können wir also erst morgen machen. Heute suchen wir zunächst die Mutter und dann die alte Dame."

„Und wie stellen wir das an?"

„Wir kennen den ungefähren Wohnort der Mutter durch die Bushaltestelle, bei der sie ausgestiegen ist. Wie die meisten jungen Eltern wird sie oft mit ihrem Kinderwagen draußen unterwegs sein und auf einem Spielplatz oder einer Parkbank Pause machen."

„Klingt logisch, aber auch nach Geduldsarbeit."

„Zur Belohnung lade ich dich danach ins Mühlenrestaurant ein. Ich nehme an, dass die ältere Dame nicht das erste Mal dort gegessen hat, und hoffe, dass man uns da mehr Informationen über sie geben kann."

20. Venja

Fee und die Kommissarin gingen aufmerksam durch das Wohnviertel, in dem die junge Mutter mit Jorin lebte. Es war eine relativ gute Lage mit ruhigen Straßen und viel Grün. Fee konnte sich gut vorstellen, dass man hier mit einem Kinderwagen spazieren ging.

„Dort ist ein Spielplatz." Die Polizistin zeigte nach vorne.

Der Ort war in einem guten Zustand. Auf dem Boden lag kein Müll herum und die Spielgeräte waren neu. Und sie wurden benutzt! Das ausgelassene Kichern eines kleinen Mädchens erwärmte Fees Herz genauso wie die Sonne. Insgesamt gab es drei Sitzbänke. Auf einer saß eine Frau mit einem Kinderwagen, doch es war nicht die Mutter von Jorin. Sie trug ein Sommerkleid mit Batik-Färbung und der Kinderwagen war ein nachgebautes Modell aus den Fünfzigerjahren. Sie setzten sich auf die Parkbank gegenüber. Hier schien ihnen die Sonne direkt ins Gesicht, was herrlich war.

„Und nun?", fragte Fee.

„Jetzt warten wir." Die Kommissarin atmete tief ein.

Ein Vogel zwitscherte. Als Fee ihn entdeckte, flatterte er zu einem Baum, in dem er weniger Aufmerksamkeit bekam.

Außer der Frau gegenüber und den beiden Kindern auf der Rutsche befand sich niemand in der Nähe des Spielplatzes. Auch weiter weg war keiner zu sehen, doch es war ja auch Sonntag früh.

Fee hätte jetzt gerne einen Becher mit Kaffee. Vielleicht konnte ja eine von ihnen bei einer Tankstelle etwas kaufen, aber noch wollte sie die Kommissarin nicht danach fragen und ließ ihre Gedanken schweifen.

Es fühlte sich seltsam an, die Leute zu suchen, mit denen sie vor vier Tagen an der Bushaltestelle ein großes Geheimnis geteilt hatte. Seitdem war so viel passiert! Sie hatte noch gar nicht damit angefangen, die intensiven Erlebnisse zu verarbeiten, und trotzdem sollte sie den anderen bereits in die Augen sehen.

Wenn sie an das verlorene Geld dachte, empfand sie zuallererst eine tiefe Enttäuschung und das dürfte den anderen genauso gehen. Seltsamerweise spürte sie keine Reue, das Geld überhaupt genommen zu haben. Sie wollte es nicht missen, wieder von einem eigenen Modeladen träumen zu können. Fee schämte sich, wenn sie daran dachte, wie sie gestern Mines Mutter beiseitegeschubst hatte. Aber sie war auch stolz, das Geld in der Tupperdose gefunden zu haben. In den letzten Tagen war sie stärker gewesen, als sie es je für möglich gehalten hatte, und es fühlte sich so an, als ob sie mit einer größeren Zuversicht in die Zukunft ging. *Trotzdem würde ich all diese Erfahrungen eintauschen, wenn dadurch Mine wieder lebendig würde.*

Die beiden Kinder auf dem Spielplatz stritten sich über die beste Rutschtechnik.

Eine Taube landete neben dem Mülleimer und wusste offenbar selbst nicht, warum sie das getan hatte.

Auf der anderen Straßenseite kam eine Frau mit einem Kinderwagen und Fees Puls beschleunigte. Doch die Fremde war nur ein ähnlicher Typ wie die Mutter von Jorin. Sie setzte sich auf die erste Bank und unterhielt sich mit der Frau im Batik-Kleid.

„Wollen wir die beiden nicht fragen?" Fee blickte zur Kommissarin. „Vielleicht kennen sie ja Jorin und seine Mutter."

„Nur weil man selbst ein Kind hat, spricht man nicht automatisch alle anderen Mütter an. Lass uns erst mal abwarten, ob sie nicht persönlich kommt."

„Und wenn sie nicht kommt?"

„Glaub mir, wenn man ein Kind hat, genießt man jede Zeit, die man nicht zu Hause eingesperrt ist. Vor allem, wenn man hier so schön in der Sonne sitzen kann."

„Könnten wir nicht auch die Bushaltestelle beobachten, an der sie ausgestiegen ist?", fragte Fee. „Vielleicht fährt sie ja irgendwo anders hin."

„Sonntags ist es immer ein großer Aufwand, mit dem Bus zu fahren. Es ist ein guter Ort hier, Fee. Natürlich brauchen wir etwas Glück, aber ich glaube, die Wahrscheinlichkeit ist recht hoch, dass sie vorbeikommt."

Fee schaute wieder nach vorne. „Wie viele Kinder haben Sie?"

„Wie denkst du, dass ich überhaupt eins habe?"

„Nur deshalb sind Sie doch so zuversichtlich, dass die Mutter von Jorin hier auftaucht. Weil sie selbst hierherkommen würden."

Die Kommissarin richtete ihren Blick ebenfalls geradeaus. „Wir warten hier noch bis 13:00 Uhr", sagte sie mit steinerner Stimme. „Dann fahren wir ins Mühlenrestaurant."

*

Breithammer saß in Michael Krämers Wohnzimmer und trank den handwerklich perfekt zubereiteten Kaffee des Hausmeisters. Kais Onkel hatte außerdem Kuchenbrot aufgetischt, das seine Freundin gebacken hatte.

218

„Das Brot ist lecker, nicht wahr?", schwärmte Krämer. „Es ist nach einem alten Familienrezept gebacken. Mit gesalzener Butter schmeckt es himmlisch!"

„Sie sind ein echter Genießer. Das ist nicht gerade typisch für einen Hausmeister."

Krämer blickte Breithammer überrascht an. „Ich umgebe mich lieber mit wenigen guten Dingen als mit einer Menge Schrott. Qualität bedeutet wahre Schönheit."

Breithammer sah auf die Standuhr und die anderen Möbelstücke, die Krämer restauriert hatte. „Deshalb reparieren Sie gerne."

„Wenn etwas eine gute Qualität hat, kann es ewig halten. Heutzutage wird doch viel zu schnell etwas weggeschmissen oder aufgegeben. Und zwar nicht nur Gegenstände, sondern auch Menschen. Warum hat Kai denn lieber bei mir gelebt als bei seinen Eltern? Weil ich nie aufgehört habe, an ihn zu glauben."

Breithammer nahm sich noch eine Scheibe Kuchenbrot.

„Ich würde lieber nur alte Möbel restaurieren, anstatt mich um die Ferienhäuser anderer Leute zu kümmern", sagte Krämer. „Aber ich kann froh über diesen Zuverdienst sein. Nur deshalb kann ich den Bauernhof meiner Eltern halten. Das will ja sonst niemand aus der Familie machen."

Breithammer meinte, Krämer allmählich etwas besser zu verstehen. „Es ist bestimmt nicht leicht, so viele Verpflichtungen zu erfüllen. Bestimmt ist bei solch einem geräumigen Haus auch mal eine größere Investition notwendig."

„Bisher habe ich immer alles geschafft, was getan werden musste."

„Trotzdem sind die Sorgenfalten auf Ihrer Stirn tief."

„Weil ich bei Kai gescheitert bin!" Krämer atmete schwer. „Ich dachte, er hätte sich verändert, aber offensichtlich hat er es nicht."

„Er ist kein Möbelstück, das man reparieren kann. Menschen sind komplizierter. Sie haben ihm ein Zuhause gegeben, als er es brauchte, und das war sehr wichtig für ihn."

„Wahrscheinlich haben Sie recht."

„Ich bin mir sicher, dass er Ihnen sehr dankbar war."

Krämer spürte genau, dass Breithammer damit etwas andeutete, und wand sich unwohl auf seinem Stuhl. „Ich verstehe nicht, was Sie von mir wollen. Ich dachte, Sie sind gekommen, um mir Neuigkeiten über Kais Mörder zu erzählen. Hat Zolan Tomovic gestanden?"

„Durch ihn wissen wir, dass Kai eine große Summe Bargeld in dem Porsche gefunden hat. Geld, das er vor seinem Tod noch versteckt hat."

„Wie bitte?"

„Kennen Sie die Bushaltestelle vor dem Restaurant *Friesenflügel*?"

„Meine Freundin hat mich einmal dorthin eingeladen. Aber wir waren mit dem Auto da."

„Wann haben Sie das letzte Mal mit Kai telefoniert oder eine Nachricht von ihm bekommen?"

„Ich weiß nicht – vielleicht am Dienstag. Aber am Dienstagabend habe ich ihn auch noch persönlich gesehen. Wir haben bei mir in der Küche gesessen und ein kühles Pils getrunken, das wäre eine perfekte Situation für ihn gewesen, um mir von seinen Problemen zu erzählen ..."

„Dürfte ich Ihr Smartphone sehen?"

Krämer zögerte. Schließlich zog er sein Handy aus der

Tasche und gab es Breithammer. „Sie können sich alles durchlesen außer den Nachrichten zwischen meiner Freundin und mir."

Breithammer öffnete Krämers Messenger-App und schaute sich die Anruflisten an und den Nachrichtenverlauf mit seinem Neffen. Kai hatte sich am Mittwoch tatsächlich nicht bei ihm gemeldet.

„Bitte sagen Sie mir, was das soll."

„Ich glaube, dass Kai das Geld bei der Bushaltestelle versteckt hat, weil es jemand dort leicht abholen kann. Sie sind der Mensch, dem Kai am meisten vertraut, deshalb dachte ich, dass er Ihnen von dem Versteck erzählt hat."

Krämer verzog den Mund zu einem schmerzhaften Lächeln. „Geld, das man durch Unrecht erlangt, ist nichts wert. Das habe ich immer versucht, Kai klarzumachen. Er hätte sich damit niemals an mich gewandt."

„Haben Sie eine Idee, wen er noch angerufen haben könnte? Wem hat er noch vertraut?"

„Seit vor einem Jahr seine Freundin mit ihm Schluss gemacht hat, hat er niemanden mehr nah an sich herangelassen."

Breithammer erinnerte sich an das letzte Gespräch mit Krämer, schon damals hatte er erwähnt, dass Kai diese Trennung schwer getroffen hatte. „Hatte Kai noch Kontakt zu dieser ehemaligen Freundin?"

„Wahrscheinlich hatte er ihre Telefonnummer noch auf dem Handy."

„Können Sie mir mehr über diese Frau erzählen? Wo wohnt sie?"

Krämer überlegte. „Ich weiß so gut wie nichts über sie. Aber vielleicht finden wir ja in Kais Wohnung ein paar Informationen."

*

Eine große Wolke zog vor die Sonne und Fee wurde es fast kühl auf der Bank. Doch das Ende des Schattens war schon abzusehen, gleich würde der Himmel wieder blau sein.

Auf dem Spielplatz tummelten sich mittlerweile mehrere Kinder. Die Frau im Batik-Kleid war gegangen, genauso die Frau, die sich mit ihr unterhalten hatte. Dafür waren zwei andere Mütter und auch ein Vater mit ihren Kinderwagen aufgetaucht. Gerade schob eine alte Frau ihren Rollator langsam auf die Sitzbänke zu. Wenn man sich nur auf sie konzentrierte, gewann man den Eindruck, dass sich die Welt in Zeitlupe bewegte.

Die Kommissarin war nicht sonderlich redselig. Zumindest wollte sie nicht auf ihr Privatleben angesprochen werden. Aber vielleicht war sie ja offener, wenn es um ihren aktuellen Fall ging. „Was haben Sie bisher über Mines Tod herausgefunden?"

„Darüber darf ich nicht reden."

Fee seufzte. Insgesamt wirkte die Polizistin sehr einzelgängerisch. Während sie hier saßen, war sie kein einziges Mal angerufen worden und hatte auch selbst nicht telefoniert. War das typisch für eine Kriminalkommissarin?

„Ich habe Durst", sagte Fee. „Ist es in Ordnung, wenn ich zu einer Tankstelle gehe, um uns etwas zu trinken zu kaufen?"

Die Kommissarin reichte ihr einen 10-Euro-Schein. „Bring mir einen großen Becher Kaffee mit."

Es tat gut, sich wieder zu bewegen. Fee ging zur Hauptstraße, wo sie eine Tankstelle gesehen hatte. Sie nahm zwei Flaschen Wasser, eine Tüte Kartoffelchips und bestellte einen großen Kaffee. Ein Kunde kam herein und beglich seine Tankrechnung.

Was soll ich tun, wenn ich jetzt Jorins Mutter treffe?

Fee bezahlte den Einkauf und ging hinaus. Auf der anderen Straßenseite befand sich die Bushaltestelle, an der Jorins Mutter am Mittwoch ausgestiegen war. Im Augenblick stand dort ein Mann und wartete.

Wäre es nicht vernünftig, die Haltestelle wenigstens eine Zeitlang zu beobachten? Allerdings würde dann der Kaffee kalt werden. *Und was ist, wenn die Frau gerade am Spielplatz auftaucht?*

Fee ging zurück, die Kommissarin trug schließlich die Verantwortung für diese Operation. Weshalb wollte sie die anderen Leute von der Bushaltestelle finden? Um den Mörder von Mine zu ermitteln? Vorhin war das Fee noch logisch erschienen, aber inzwischen zweifelte sie an dieser Idee.

„Danke." Die Polizistin nahm den Kaffee entgegen und trank einen Schluck. „Hier hast du übrigens nicht viel verpasst."

Die alte Frau hatte ihren Rollator am Spielplatz vorbeibewegt. Ein Mann setzte sich auf die Bank, knabberte Kürbiskerne und spuckte die Schalen aus.

„Ich mag deinen Namen", sagte die Kommissarin.

Fee blickte sie überrascht an. Entweder lag es am Kaffee oder die Ermittlerin hatte sich bewusst dazu entschlossen, umgänglicher zu sein. „Als Kind habe ich den Namen auch geliebt, aber als Jugendliche wurde er mir zum Verhängnis. Ich sah zwar nicht aus wie ein Drache, aber ganz bestimmt nicht wie eine Fee."

„Trotzdem hat sich Eiko für dich entschieden."

Fee nickte betreten.

„Ich weiß, es ist schwer, aber du musst ihn vergessen."

„Wie soll ich das denn schaffen, wenn ich ihm andauernd begegne?"

Die Polizistin lächelte. „Es reicht nicht aus, den anderen nicht mehr zu sehen oder seine Sachen rauszuschmeißen. Du musst dich selbst verändern."

„Aber ich habe nichts falsch gemacht!"

„Trotzdem musst du selbst aktiv werden. Du hast erst wieder Frieden, wenn du dich gegen ihn entscheidest und ein neues Leben beginnst. Am besten suchst du dir einen neuen Job und eine neue Wohnung in einer neuen Stadt. Halbe Entscheidungen sind nichts wert."

„Aber ich will kein neues Leben anfangen."

„Veränderungen machen einem immer Angst. Trotzdem sind sie notwendig, ansonsten wird sich alles wiederholen. Glück genauso wie Unglück."

Fee wusste nicht genau, was sie mit dieser Lebensweisheit anfangen sollte. „Achtung!" Sie zuppelte der Kommissarin aufgeregt an der Hose. „Da kommt sie!"

Jorins Mutter überquerte mit ihrem Kinderwagen die Straße. Dann steuerte sie direkt auf die Bank mit dem Mann zu, der die Sonnenblumenkerne aß, und setzte sich neben ihn. Missmutig rutschte er zur Außenkante.

Die Kommissarin erhob sich und Fee folgte ihr.

Die hübsche blonde Frau blickte auf und war vollkommen überrascht, als sie Fee erkannte.

Die Kommissarin zog ihren Ausweis aus der Tasche und wandte sich an den Mann mit den Sonnenblumenkernen. „Kriminalpolizei. Ihr Platz ist beschlagnahmt." Der Mann trollte sich.

„Was soll das?" Jorins Mutter schaute Fee unsicher an. „Wieso bist du zur Polizei gegangen?"

„Sie ist zu mir gekommen. Einer von uns wurde ermordet."

Das Gesicht der jungen Frau zeigte Entsetzen.

„Du bist also Jorin." Die Kommissarin lächelte den Jungen im Kinderwagen an. „Und wie heißen Sie?"

„Venja. Venja Melk."

Auch Jorin schien sich an Fee zu erinnern. Er hielt ihr seinen Teddybären hin und wollte offenbar, dass sie ihn in die Luft warf.

Die Polizistin setzte sich neben die Blondine und holte ihren Notizblock hervor. „Erzählen Sie mir bitte, wie Ihre Begegnung mit dem Mann mit der grünen Krawatte ablief."

Venja schluckte. „Es war am Donnerstagmorgen. Ich war beim Supermarkt an der Ecke. Neben dem normalen Einkauf habe ich mir diesmal auch frische Brötchen geleistet und eine Zeitschrift, die ich mir lange nicht mehr gekauft habe. Obwohl ich noch mit mir gehadert habe, ob ich das Geld wirklich annehmen soll. Es wäre natürlich schön, ein Auto zu besitzen und eine Wohnung mit Garten, in dem Jorin spielen kann. Trotzdem hatte ich meine Zweifel wegen des Geldes und in der Nacht hatte ich kaum ein Auge zugetan." Sie blickte zu Fee, als ob sie Unterstützung bei ihr suchte. „Der Mann mit der Krawatte hat vor dem Supermarkt auf mich gewartet und ist hinter mir hergegangen. In der Nebenstraße hat er mir plötzlich den Kinderwagen aus der Hand gerissen. Ich habe geschrien, aber er hat mir klargemacht, dass er Jorin tötet, wenn ich nicht ruhig bin. ‚Gib mir einfach die 50.000 Euro, dann bist du mich wieder los', hat er gesagt. Also sind wir in meine Wohnung gegangen und ich habe ihm das Geld gegeben." Venja wischte sich eine Träne aus dem Auge.

Die Kommissarin nickte verständnisvoll. „Ist Ihnen irgendetwas an dem Mann aufgefallen, außer der Tatsache, dass er eine grüne Krawatte trug?"

Venja schüttelte den Kopf. „Ich hatte nur Todesangst um Jorin. Keine Ahnung, was ich tun würde, wenn ihm etwas passiert."

Die Kommissarin legte tröstend ihre Hand auf Venjas Schulter, gleichzeitig strahlte sie Enttäuschung aus. Dieser Besuch war alles andere als erfolgreich gewesen. Würden die ältere Dame, Yasha oder der Fotograf mehr erzählen können?

21. Hermina

Um 11:30 Uhr traf Dirks Hannes Kegel erneut in der Bar vom Inselhotel Kaiser. Diesmal setzte sie sich zur rechten Seite des Geschäftsmannes und bestellte ein Glas Orangensaft. Kegel sah müde aus, die Tasse mit Kaffee und das Sandwich, die vor ihm standen, waren offenbar sein Frühstück.

„Also, was haben Sie Neues herausgefunden?" Hannes Kegel biss lustlos in das Brötchen.

„Wir glauben, dass Alida von diesem Mann ermordet worden ist." Dirks legte das Phantombild vor ihn.

Kegel schob den Teller mit dem Sandwich beiseite und studierte die Zeichnung. „Warum hat er das getan? Nur wegen des Schmucks? Wenn ich das gewusst hätte, hätte ich Alida niemals etwas Wertvolles geschenkt."

Dirks schüttelte den Kopf. „Den Schmuck hat der Täter nur mitgenommen, um zu verschleiern, dass der Mord in Auftrag gegeben wurde."

Kegel starrte Dirks fragend an.

„Sagt Ihnen der Name Cordelia Folkmann etwas?"

„Nicht sofort."

Dirks zeigte ihm ein Foto.

„Ich habe diese Frau noch nie gesehen."

„Sie ist Architektin. Hat Sie vielleicht mal im Rahmen eines Bauprojekts mit Ihnen zusammengearbeitet?"

Kegel zog sein Telefon hervor und beauftragte einen Angestellten damit, in den Firmenunterlagen nach Cordelia Folkmann zu suchen. Dann wandte er sich wieder an Dirks. „Wieso glauben Sie, dass diese Frau irgendetwas mit mir zu tun hat?"

„Weil wir noch keine Verbindung zwischen ihr und

Alida Ennen gefunden haben. Die Wahrscheinlichkeit ist hoch, dass Alida nur deshalb ermordet wurde, um Ihnen zu schaden."

„Wie bitte?"

„Haben Sie einen Feind? Einen Konkurrenten? Jemanden, der sich von Ihnen ungerecht behandelt fühlt?"

„Jeder hat Konkurrenten, aber niemand greift zu solchen Methoden. Wir sind in Deutschland und nicht auf Sizilien."

„Sie haben meine Frage nicht beantwortet."

„Ich habe keinen speziellen Konkurrenten", entgegnete Kegel. „Ich habe niemals jemandem einen Anlass gegeben, mich zu hassen. Meine Firma ist deswegen so groß geworden, weil ich einen guten Ruf habe und versuche fair zu sein. Es bringt doch nichts, jemanden über den Tisch zu ziehen oder zu ruinieren! Langfristig ist es am besten, gute Geschäftsbeziehungen aufzubauen und zufriedene Mitarbeiter zu haben."

Dirks zeigte ihre Enttäuschung nicht. Sie hoffte, dass Kegels Mitarbeiter eine Verbindung zu Folkmann fand, die dem Millionär nicht bewusst war.

Das Telefon des Geschäftsmanns brummte. Kegel ging ran und hörte aufmerksam zu. Nachdem er aufgelegt hatte, wandte er sich wieder an Dirks. „In unserer Firma gibt es keine Einträge über eine Frau Folkmann. Wenn mein Assistent sich richtig informiert hat, geht es um ein Architekturbüro in Papenburg. Im Emsland hatten wir niemals ein Projekt."

„Verstehe. Also muss es ein anderes Motiv dafür geben, warum sie etwas gegen Alida Ennen hatte."

Kegel merkte, dass sein Kaffee kalt geworden war, und bestellte sich einen neuen. „Wie kommen Sie eigentlich darauf, dass diese Frau Folkmann den Mord in Auftrag gegeben hat?"

„Am Mittwoch wurde ihr Auto gestohlen, als sie sich vermutlich mit dem Mann auf dem Phantombild getroffen hat, um ihm eine große Menge Bargeld zu übergeben. Insgesamt ist sie die einzige am Fall Beteiligte, die über die finanziellen Mittel für einen Auftragsmord verfügt. Außerdem ist sie zurzeit flüchtig."

Kegel konnte nicht fassen, was er da hörte. „Verdammt noch mal, dann finden Sie diese Frau!"

*

Der schwarze Ford fuhr auf den Hof vom Restaurant *Friesenflügel*. Die Kommissarin und Fee stiegen aus.

Fee blickte bewundernd zu den alten Gebäuden und der Mühle. Sie dachte an den Mann mit der Fototasche. „Ich kann mir gut vorstellen, dass der Fotograf hier war, um ein paar Bilder von diesem Ort zu machen", sagte sie zur Polizistin.

„Da hast du wahrscheinlich recht. Es ist schön hier."

Sie gingen in den Biergarten und suchten sich einen Tisch aus. Um diese Uhrzeit war noch nicht viel los, allerdings mussten sie auf mehrere „Reserviert"-Schilder Rücksicht nehmen. Die Kellnerin brachte ihnen die Speisekarten. Fee mochte das Erscheinungsbild der jungen Frau mit den vielen Ohrringen auf einer Seite, außerdem fand sie ihre dunkelgrünen Augen interessant.

„Gibt es heute eine besondere Empfehlung?", fragte die Kommissarin.

„Ist alles lecker", antwortete die Kellnerin.

„Dann schauen wir uns die Karte mal genau an."

„Das ist die Karte schon gewohnt." Die Bedienung ging zum Nebentisch.

Fee blickte die Polizistin an. „Wollen wir sie nicht nach der alten Dame fragen? Wenn jemand etwas über sie weiß, dann doch die Kellnerin!"

„Da wäre ich mir bei dieser jungen Frau nicht so sicher."

„Ich mir schon. Sie tut nur desinteressiert."

„Wenn du meinst." Die Kommissarin holte ihr Smartphone hervor. Sie hatte schon vorhin auf der Spielplatzbank einzelne Fotos aus Fees Bushaltestellenvideo herauskopiert.

Die Kellnerin kehrte zurück, um die Bestellung aufzunehmen. „Und, habt ihr euch entschieden?"

„Wie heißt du?", fragte die Kommissarin.

„Stehe ich auf der Karte, oder was?"

Die Polizistin zog ihren Ausweis hervor. „Mein Name ist Diederike Dirks und ich bin von der Kriminalpolizei. Wir interessieren uns für einen Ihrer Stammgäste."

„Ach, Sie sind Diederike Dirks? So so." Die Kellnerin verzog ihren Mund zu einem unergründlichen Lächeln. „Ich heiße Philippina Feodora von Finkelstein, aber hier nennen mich alle Nadine."

Was war das denn für eine Antwort? Fee beschlich das Gefühl, dass die Kellnerin vielleicht doch einfach nur seltsam war.

Die Kommissarin lächelte. „Kannst du mir etwas über diese Frau erzählen?" Sie zeigte Nadine ein Foto von der eleganten alten Dame.

„Vielleicht." Die Kellnerin musterte die Polizistin genau. „Wenn ich mein Trinkgeld im Voraus bekomme."

Die Kommissarin gab ihr einen 100-Euro-Schein.

„Ab der doppelten Menge beginne ich freundlich zu werden."

Sie bekam einen zweiten Schein.

„Und ab dem dritten werde ich redselig."

Die Polizistin zog einen dritten Schein aus dem Portemonnaie, doch als die Kellnerin danach griff, hielt sie ihn fest. „Erst wenn deine Information uns wirklich zu ihr führt."

Fee wusste nicht, was sie von diesem Gebaren der Ermittlerin halten sollte. Gehörte das zum normalen Vorgehen der Kriminalpolizei? Konnte sie das Geld etwa als Spesen geltend machen?

„Sie heißt Hermina Ortgiesen", sagte Nadine. „Vor zwei Wochen hatte sie Geburtstag und hat deshalb eine ganze Torte bestellt, die zu ihr nach Hause geliefert werden sollte. Wenn ich euch das Essen serviere, bringe ich die Adresse mit."

Die Kommissarin ließ den Geldschein los.

*

Breithammer parkte vor dem Mietshaus, in dem Kai Wiemers' Ex-Freundin wohnte.

Kai hatte eine Schachtel mit Erinnerungsstücken an seine ehemalige Freundin aufbewahrt. Darin befand sich auch ein Strafzettel von ihr, bei dem er vielleicht das Foto besonders hübsch gefunden hatte. Es war Breithammer allerdings ziemlich egal gewesen, warum genau Kai den Bescheid aufgehoben hatte, Hauptsache er besaß die Adresse der jungen Frau.

War es nicht viel zu weit hergeholt, was er hier machte? Wieso sollte Kai seiner Ex-Freundin von dem

Geld erzählt haben, wenn sie damals mit ihm Schluss gemacht hatte? Aber die Idee würde nur aus seinem Kopf verschwinden, wenn er sie überprüft hatte.

Breithammer ging zur Haustür und klingelte.

Keine Reaktion. Auch nicht beim zweiten Mal.

Breithammer guckte auf die Uhr und entschloss sich, Mittagessen zu gehen. Danach wollte er es noch einmal versuchen. Er schlenderte zurück zu seinem Auto, da sah er eine junge Frau mit Kinderwagen.

„Venja Melk?"

Die blonde Frau blickte ihn überrascht an. „Woher wissen Sie ..."

Breithammer schaute auf den kleinen Jungen und plötzlich begriff er. „Das ist Kai Wiemers' Sohn, nicht wahr?" Er wandte sich wieder an Venja. „Das Geld war für ihn bestimmt. Sie sollten das Bargeld von der Bushaltestelle abholen, damit das Kind eine bessere Zukunft hat!"

„Er heißt Jorin." Venja nahm den Jungen auf den Arm, so als ob sie ihn dadurch besser beschützen könnte.

„Sie brauchen keine Angst vor mir zu haben, Frau Melk. Ich bin von der Kriminalpolizei." Breithammer zeigte ihr seinen Ausweis. Er hatte sich schon oft als Polizist vorgestellt, aber so entgeistert wie Venja Melk hatte ihn noch niemand angesehen. Gleichzeitig waren ihre Augen feucht, die Erwähnung von Kai Wiemers hatte sie offensichtlich vollkommen aus der Bahn geworfen.

„Ich hätte niemals zu der Bushaltestelle fahren dürfen", sagte sie. „Die Sache mit Kai lag doch schon längst hinter mir. Er war ein Dieb! Als ich von der Schwangerschaft erfahren habe, habe ich mit ihm

Schluss gemacht, weil ich nicht wollte, dass Jorin genauso wird. Aber Kai wollte mich nicht vergessen. Er hat behauptet, er würde sich ändern, sodass ich mich irgendwann wieder für ihn entscheiden würde. Ich hatte keine Ahnung, dass er das mit Jorin wusste, aber dann hat er mich am Mittwoch plötzlich angerufen und gesagt, dass er für uns Geld an der Bushaltestelle versteckt hat. Und er hat gesagt, dass er verletzt ist. Was ist mit Kai?"

„Er ist tot."

Venja konnte ihre Tränen nicht aufhalten. „War das der Mann mit der grünen Krawatte? Hat er ihn umgebracht?"

„Dieser Mann?" Breithammer zeigte ihr das Phantombild und Venja nickte.

„Was wissen Sie über ihn?"

„Ich bin ihm nur kurz begegnet. Aber das habe ich gerade erst Ihrer Kollegin erzählt. Diederike Dirks hieß sie."

Jetzt war Breithammer verwirrt. „Sie haben mit Diederike Dirks gesprochen?"

„Ja. Sie war mit einer jungen Frau hier, die am Mittwoch ebenfalls bei der Bushaltestelle gewesen ist."

Was sollte das? Davon hatte ihm Diederike überhaupt nichts erzählt. Was machte sie denn da für Alleingänge? Sie wollte doch eigentlich auf Norderney sein.

„Was ist denn los?", fragte Venja.

Breithammer holte sein Smartphone hervor und zeigte der blonden Frau ein Bild seiner Vorgesetzten.

„Wer ist das?"

Breithammers Herz schlug schneller und er zeigte Venja ein anderes Foto.

Venja schaute es sich genau an. „Die Haarfarbe

stimmt nicht, aber es ist dasselbe Gesicht."

Aufgeregt drückte Breithammer die Schnellwahltaste zu Dirks.

Nach dem zweiten Klingeln meldete sich die Hauptkommissarin. „Hey Oskar."

„Wo bist du gerade?"

„Auf der Fähre zurück nach Norddeich. Das Gespräch mit Kegel war ein Reinfall. Jetzt wollte ich nachsehen, ob Jendrik seine Aufgabe als Strandkorb-Beobachter ernst nimmt oder schon eingeschlafen ist."

„Komm so schnell wie möglich her! Wir haben endlich eine Spur zu Cordelia Folkmann."

*

Um 13:45 Uhr erreichten Fee und die Kommissarin die Wohnung der alten Dame. Hermina Ortgiesen öffnete die Tür, soweit es die dicke Sicherheitskette erlaubte, und lugte misstrauisch hinaus. Der intensive Duft nach Kölnisch Wasser erinnerte Fee sofort an letzten Mittwoch.

„Ich kenne dich." Hermina betrachtete sie genau. „Natürlich, die Bushaltestelle. Als wir ..."

„Genau deswegen sind wir hier", unterbrach die Kommissarin. „Dürfen wir reinkommen?"

„Natürlich. Ich meine, nein." Ihr Blick wanderte zu der Polizistin. „Wer sind Sie denn?"

Die Kommissarin reichte ihr den Ausweis.

„Kriminalpolizei", murmelte Hermina. Sie löste die Sicherheitskette und ließ sie hinein. „Gut gemacht, Mädchen." Sie drückte Fees Hand und lächelte. „Das hätten wir bereits am Mittwoch machen sollen: Die Polizei rufen."

Fee war wieder fasziniert, wie ordentlich sich die Frau zurechtgemacht hatte. Genauso herausgeputzt war diese Wohnung. Mit Blümchentapete, dunklen Holzmöbeln und Stickdeckchen. Hermina hatte hier ihre eigene kleine Welt.

„Wir haben Torte aus dem Restaurant *Friesenflügel* mitgebracht", sagte die Kommissarin.

„Das ist aber schön." Hermina freute sich. „Ich habe gerade Teewasser aufgesetzt." Wie auf Bestellung begann der Kessel zu pfeifen.

Sie halfen beim Decken des antik anmutenden ostfriesischen Porzellans und entzündeten die Kerze im silbernen Teewärmer.

Hermina trug ein Tablett mit Kanne, Kluntje und Sahne in die Stube. „Ich bin froh, dass ich noch so gut alleine zurechtkomme. Irgendwann werde ich von anderen abhängig sein, aber daran will ich noch nicht denken." Sie lächelte warm.

„Ich bin froh, dass Sie die Sache mit dem Geld so gut überstanden haben", sagte die Polizistin.

„Ja, das war sehr aufregend und schrecklich", gab Hermina zu. „Aber was soll man machen? Wie gewonnen, so zerronnen. So ist das Leben nun mal."

Fee nahm den ersten Bissen von ihrem Tortenstück. Es schmeckte genauso gut wie das Mittagessen.

„Erzählen Sie uns bitte genau, was passiert ist."

Hermina trank einen Schluck Tee. „Es war am Donnerstag hier unten im Haus. Ich kam vom Einkaufen und habe die Tür aufgeschlossen. Da hat sich dieser Grobian plötzlich mit mir in den Flur gedrängelt und mich bedroht. Er hat gesagt, ich solle ihm sein Geld zurückgeben. Was konnte ich machen? Es war niemand da, um mir zu helfen!" Ihre Hand begann zu zittern und das war ihr sichtlich unangenehm. „Er hat mich zu meiner Wohnung begleitet und ich habe ihm das Geld ausgehändigt. Glücklicherweise hat er Wort gehalten und ich habe ihn nicht mehr wiedergesehen." Hermina bemühte sich, tapfer zu lächeln.

Fee wandte sich zur Kommissarin. „Wenn Hermina gerade einkaufen war, dann hat der Mann mit der Krawatte wohl vor dem Supermarkt auf sie gewartet. Genauso wie bei Venja."

Die Polizistin nickte. „Wissen Sie noch, um welche Uhrzeit das war?", fragte sie Hermina.

„Natürlich. In meinem Alter hat alles seine Regelmäßigkeit. Einkaufen gehe ich immer um 11:30 Uhr, das dauert etwa eine halbe Stunde. Dann habe ich frische Zutaten für's Mittagessen."

Die Kommissarin machte sich eine Notiz und auch Fee legte eine innere Liste an. *Zuerst hat der Krawattenmann also Venja aufgelauert. Danach habe ich ihn im Modehaus gesehen und um 11:00 Uhr hat er sich vor Herminas Supermarkt gestellt.*

„Hatten Sie schon irgendwelche Pläne für das Geld?", fragte die Ermittlerin.

Hermina schüttelte den Kopf. „Eigentlich brauchte ich es gar nicht. Und es gibt niemanden, dem ich es gerne schenken würde."

„Was ist mit Ihrer Familie?"

„Die besucht mich so gut wie nie. Aber ich werde mir ihre Zuneigung nicht erkaufen." Hermina merkte offenbar, dass ihre Worte bitterer als gemeint klangen, und überspielte das mit einem Lächeln. „Ich kann mich nicht beschweren, ich hatte ein gutes Leben."

*

Um 13:55 Uhr riss Dirks die Tür zum Büro auf. „Tut mir leid, aber schneller ging es nicht, Oskar."

Breithammer befand sich gerade am Telefon und kritzelte etwas auf ein Blatt Papier. Er bedankte sich bei seinem Gesprächspartner und legte auf. „Kai Wiemers Exfreundin konnte mir eine Menge interessanter Dinge erzählen", erklärte er Dirks. „Cordelia Folkmann ist mit einer jungen Frau namens Fee unterwegs. Fee arbeitet im Modehaus Silomon und gerade habe ich mit dem Geschäftsführer gesprochen." Breithammer hielt den Zettel hoch. „Ihr ganzer Name ist Fee Rickels und das ist ihre Adresse. Ich erzähle dir unterwegs, was am Mittwoch an der Bushaltestelle passiert ist."

22. Überwachung

Fee trank ihren Tee aus.

„Zeit, um sich zu verabschieden." Die Kommissarin stand auf. „Vielen Dank für Ihre Gastfreundlichkeit, Frau Ortgiesen."

„Dafür nicht. Ich freue mich, dass ihr mich besucht habt." Die alte Dame wandte sich an Fee. „Bitte sag mir Bescheid, wenn der Unhold geschnappt wurde."

„Das werde ich." Fee folgte der Kommissarin hinaus.

Hermina schloss die Tür und man hörte deutlich, wie sie von innen die schwere Sicherheitskette befestigte.

„Eine nette alte Dame", sagte Fee, als sie die Treppe hinuntergingen. „Ich hoffe, ich bin in dem Alter auch noch so fit."

„Da hast du recht."

„Und was machen wir jetzt?", fragte Fee.

Die Kommissarin blickte sie überrascht an. „Das war es für heute. Morgen früh suchen wir nach Yasha und dem Fotografen."

*

Dirks parkte ihren Audi vor Fees Wohnung. Sie löste den Sicherheitsgurt und stieg aus.

„Was hast du vor?", fragte Breithammer.

„Ich will überprüfen, ob Fee bereits zu Hause ist." Dirks suchte auf den Namensschildern nach „Rickels" und klingelte.

Niemand antwortete und sie kehrte zurück zum Wagen. „Drittes Obergeschoss rechts."

Breithammer   überprüfte,   ob   das   Fernglas

funktionierte. „Hinter den Fenstern ist nichts zu sehen."

„Dann warten wir." Dirks hatte nichts dagegen, etwas zur Ruhe zu kommen. Außerdem hatten sie so Gelegenheit, über die neuesten Ereignisse nachzudenken. Breithammer hatte ihr erzählt, dass es insgesamt um 300.000 Euro ging, die sechs Leute unter sich aufgeteilt hatten. „Also: Der Mann auf dem Phantombild hat das Geld eingesammelt und Cordelia Folkmann ist auf der Suche nach ihm."

„Richtig." Breithammer ließ den Hauseingang nicht aus den Augen. „Offenbar haben wir uns geirrt. Folkmann und der Kerl auf dem Phantombild kennen sich nicht und arbeiten auch nicht miteinander."

Dirks schüttelte ungläubig den Kopf. Wie passte das alles zusammen? Brauchbare Antworten würden sie wohl erst bekommen, nachdem sie Cordelia Folkmann festgenommen hatten.

„Was, wenn sie nicht hierherkommt?"

„Folkmann gibt sich als Polizistin aus", entgegnete Dirks. „Nur deshalb vertraut ihr Fee. Früher oder später wird Fee zu ihrer Wohnung zurückkehren." Dirks wünschte sich die Zuversichtlichkeit, mit der sie sprach, aber letztlich warteten sie nur hier, weil es die einzige Möglichkeit war, Folkmann zu schnappen.

Breithammer setzte das Fernglas ab. „Kommt Fee alleine oder setzt Folkmann sie ab?"

Dirks hoffte auf das Letztere. Sie war sich allerdings noch nicht sicher, was sie dann tun sollten. Wäre es sinnvoller, Folkmann festzunehmen, oder sollten sie sie erst mal beschatten? Wichtig war, dass Fee auf keinen Fall gefährdet wurde, wenn der Zugriff erfolgte. Diese Entscheidung konnte sie wohl erst treffen, wenn es so weit war.

„Auf was für ein Auto warten wir?"

„Bestimmt nicht auf einen Porsche", entgegnete Dirks. „Diesmal wird Folkmann etwas Kleineres genommen haben."

Breithammer beobachtete durch das Fernglas die Autos, die gerade vorbeifuhren.

„Achtung!" Ein Taxi hielt vor dem Haus. Dirks fühlte gleichzeitig Aufregung und Enttäuschung. Wenn Fee mit einem Taxi kam, dann war Folkmann nicht bei ihr. Würden die Informationen der jungen Frau ausreichen, um die Architektin ausfindig machen zu können?

„Es steigt eine Frau aus", berichtete Breithammer. „Kurzes graues Haar, dick, um die fünfzig. Aus ihrer Tasche guckt so etwas wie ein Hund."

Dirks atmete auf.

Diese Observierung konnte sich hinziehen. Wäre es nicht sinnvoller, ein anderes Team damit zu beauftragen? Cordelia Folkmann kannte sie durch das Verhör in Norddeich und es bestand ein gewisses Risiko, dass sie ihr Auto entdeckte und misstrauisch wurde. Doch Dirks wollte die Verantwortung bei dieser wichtigen Unternehmung nicht abgeben. Erst wenn in ein paar Stunden immer noch nichts passieren würde, würde sie eine Ablösung bestimmen.

Eine Sirene ertönte und die erhöhte Aufmerksamkeit der Autofahrer war bis hierher spürbar. Ein Krankenwagen raste vorbei und die Anspannung legte sich wieder.

„Wir hätten uns einen Becher Kaffee kaufen sollen", bemerkte Breithammer.

Vor dem Haus parkte ein Auto aus, doch die Lücke blieb nicht lange leer. Ein schwarzer Ford fuhr hinein.

„Das sind sie!" Breithammer stieß mit dem Fernglas

an die Scheibe und auch Dirks versuchte, so viel wie möglich zu sehen.

*

„Danke für's Bringen." Fee fiel nichts Besseres ein, was sie zu der Kommissarin sagen konnte. Es fühlte sich richtig an, dass sie dem Mann mit der Krawatte auf der Spur waren und ihn zur Rechenschaft ziehen wollten, darin hatte sie nicht zuletzt die Begegnung mit Hermina bestätigt. Außerdem war es schön gewesen, den Vormittag nicht alleine gewesen zu sein.

„Ich werde dich morgen früh um 7:30 Uhr abholen", sagte die Polizistin. „Viele Autowerkstätten machen so früh auf."

„In Ordnung." Fee öffnete die Beifahrertür und stieg aus. Draußen zögerte sie. Irgendwie hatte sie ein beklemmendes Gefühl in der Magengegend.

Die Kommissarin beugte sich zu ihr. „Mach die Tür zu!"

Fee schluckte. Sie blickte zu den Fenstern ihrer Wohnung hinauf und plötzlich wurde ihr klar, wovor sie Angst hatte. „Was, wenn der Mann mit der Krawatte oben auf mich wartet? Ich habe ihn verraten und er will sich bestimmt an mir rächen."

*

Dirks gab das Kennzeichen von Folkmanns Wagen an die Zentrale durch. Danach überprüfte sie ihre Dienstwaffe.

„Folkmann steigt jetzt ebenfalls aus", rief Breithammer aufgeregt.

„Wieso das denn?"

„Fee schließt die Haustür auf und sie gehen gemeinsam hinein."

Dirks steckte die Pistole zurück ins Schulterhalfter. „Wahrscheinlich kommt sie gleich wieder zurück." Dirks hoffte, dass es wirklich so war. Im Gebäude würde es viel schwieriger sein, Folkmann festzunehmen, ohne Fee zu gefährden.

„Was ist unser Plan?", fragte Breithammer.

„Wir müssen Folkmann auf jeden Fall alleine erwischen", erwiderte Dirks. „Wenn sie zurückkommt, verfolgen wir sie."

*

Fee öffnete die Wohnungstür und die Kommissarin ging zuerst hinein. Vorsichtig schaute sie in die Küche und danach ins Wohnzimmer.

Hat sie denn keine Pistole?, wunderte sich Fee.

Die Polizistin überprüfte das Bad und das Schlafzimmer. „Siehst du, der Mann mit der Krawatte ist nicht hier." Sie schaute Fee direkt in die Augen. „Du brauchst keine Angst vor ihm zu haben. Er wird sich nicht an dir rächen."

„Wie können Sie sich so sicher sein?" Fee lauschte angestrengt, ob sie irgendwo ein verdächtiges Geräusch hörte.

„Weil er das Geld hat. Er wäre dumm, wenn er nicht untertauchen würde."

Dieses Argument überzeugte Fee nicht hundertprozentig. „Er hat Mine ermordet, nur weil sie sich gegen ihn gewehrt hat."

Die Kommissarin beugte sich über die Kommode und

schrieb etwas auf einen Stück Papier. „Das ist meine Telefonnummer, du kannst mich jederzeit anrufen."

Fee nahm den Zettel entgegen, aber wusste, dass ihr das nicht ausreichte. Bis sie den Krawattenmann festgenommen hatten, würde sie sich nicht mehr sicher fühlen. „Können Sie mir nicht wenigstens einen Polizisten vor die Wohnungstür stellen?"

Die Kommissarin seufzte. „Okay, pack deine Sachen. Für heute Nacht werde ich dich in einem Hotelzimmer unterbringen."

*

„Folkmann ist ganz schön lange da oben." Dirks wurde allmählich nervös.

Breithammer schaute angestrengt durch das Fernglas. „Leider kann ich kaum etwas erkennen", sagte er. „Folkmann ist nur einmal kurz ans Küchenfenster gekommen. Und Fee befindet sich offenbar im Schlafzimmer."

Sollten sie vielleicht doch versuchen, Folkmann in der Wohnung festzunehmen? Dazu würde sie ein Sondereinsatzkommando anfordern müssen und das Risiko für Fee wäre sehr hoch. Dirks schaute auf die Uhr und schaute zu, wie die Sekunden verstrichen. „Siehst du noch etwas?"

„Nein."

„Da!" Dirks deutete auf die Haustür, die sich gerade öffnete. „Sie kommen wieder raus."

„Warum zu zweit?", fragte Breithammer überrascht. „Und warum hat Fee ihren Rucksack dabei?"

*

Fee warf ihr Gepäck auf die Rückbank. Hatte sie noch irgendwas vergessen? Ihren Fön hatte sie im Badezimmer liegen gelassen, aber im Hotel würde es ja wohl einen geben.

Fee schaute zur Kommissarin, die irritiert zu einem Auto starrte. Wieso interessierte sie sich so für den weißen Audi?

„Komm schon, Fee, steig endlich ein!", mahnte die Polizistin.

*

„Ich glaube, Folkmann hat uns gesehen", rief Breithammer.

„Mist. Wenn sie uns erkannt hat, riskieren wir, dass wir sie verlieren!" Dirks' Kopf puckerte. Am besten wäre es, jetzt zuzugreifen, nur leider befand sich auch noch Fee im Auto. Die Zeit verrann und Dirks musste eine Entscheidung treffen.

Sie startete den Motor, kurbelte das Lenkrad herum und presste das Gaspedal auf Anschlag. Auf der Straße gab es eine kleine Lücke, Dirks raste mit quietschenden Reifen los und machte vor Folkmanns Auto eine Vollbremsung. Sie riss die Tür auf und auch Breithammer stürzte aus dem Wagen. Dirks hielt ihre Pistole mit ausgestreckten Armen vor sich und zielte auf Folkmann. „Keine Bewegung!"

Cordelia Folkmann hielt ihre Hände fest am Lenkrad. Feindselig funkelte sie Dirks an.

Breithammer öffnete vorsichtig die Fahrertür.

„Langsam aussteigen!", befahl Dirks. „Und die Hände schön oben halten."

Die Architektin stieg aus und streckte dabei die Arme hoch. „Interessieren Sie sich etwa für gute Maniküre?" Sie drehte die Hände nach allen Seiten.

Dirks ließ sich nicht ablenken. Ihr Finger saß locker am Abzug, sie war bereit, jederzeit abzudrücken. „Umdrehen! Beide Hände ans Auto!"

Folkmann reagierte widerwillig.

Es klackte und die hintere Tür ging auf.

„Bleib im Auto, Fee!"

Fee gehorchte nicht. Sie starrte nur entgeistert auf Cordelia Folkmann. „Sie sind gar nicht von der Polizei! Wer sind Sie dann?"

„Steig sofort wieder ein und verschließ die Tür!", herrschte Dirks sie an.

Blitzschnell drehte sich Folkmann aus Breithammers Griff heraus und schleuderte ihn über die Schulter, als wäre er ein Federgewicht. Sie schnappte sich Fee und presste ihr Breithammers Pistole gegen die Schläfe. „Zurück!"

Dirks ärgerte sich, dass sie nicht abgedrückt hatte, aber sie hatte auf keinen Fall Oskar oder Fee treffen wollen.

„„Zurück!', habe ich gesagt!"

Aus Fees Augen strahlte pure Angst.

Dirks und Breithammer traten mehrere Schritte nach hinten.

„Deine Pistole und die Handschellen!" Folkmann blickte Dirks an.

Dirks warf beides vor Folkmann auf den Boden.

Folkmann kickte die Waffe unter ein parkendes Auto und ließ Fee die Handschellen aufheben. „Und jetzt den Autoschlüssel."

Dirks gehorchte erneut.

Folkmann befahl Fee, hinten in den Audi einzusteigen und sich mit den Handschellen an den Haltegriff zu fesseln.

Fee zögerte und Folkmann feuerte in den Asphalt. Ängstlich machte Fee, was von ihr verlangt wurde.

Dirks wünschte sich, irgendetwas tun zu können. Der Verkehr war zum Stillstand gekommen und auf dem Bürgersteig standen mehrere Passanten viel zu dicht an der Szene. Eine verirrte Kugel konnte leicht einen Toten zur Folge haben!

Cordelia Folkmann stieg ins Auto und fuhr mit Fee als Geisel weg.

23. Yasha

„Verdoomte Schwienschiet!", fluchte Saatweber. „Wie konnte das passieren?"

„Folkmann sollte uns auf keinen Fall durch die Lappen gehen", antwortete Dirks.

„Na, das ist dir ja toll gelungen!"

Eine Stunde nach dem Desaster saßen sie im Konferenzraum des Polizeireviers Aurich und versuchten die Scherben zusammenzufegen.

„Also, was machen wir jetzt?", fragte der Staatsanwalt. „Wie wollt ihr Cordelia Folkmann finden und Fee Rickels befreien?"

„Zunächst müssen wir feststellen, dass wir Folkmann vollkommen falsch eingeschätzt haben. Offenbar ist sie diejenige, die mit Kai Wiemers gekämpft hat."

„Und wie konnte sie Wiemers verfolgen, wenn er ihr Auto hatte?"

„Folkmann kann ebenfalls Autos knacken", entgegnete Dirks. „Vor zehn Minuten haben wir meinen Audi auf einem abgelegenen Parkplatz sichergestellt, auf dem Folkmann wahrscheinlich das Fahrzeug gewechselt hat."

Breithammer übernahm wieder das Wort. „Die Frage ist nun: Könnte Folkmann auch Alida Ennen ermordet haben? Wenn sie auch für Mine Conrads' Tod verantwortlich ist, müsste sie am Donnerstagmittag sofort nach unserem Verhör zu ihr gefahren sein. Aber es könnte auch sein, dass der Mann auf dem Phantombild Mine erwürgt hat, und Folkmann hat dieselbe Methode bei Alida Ennen angewendet, um ihm den Mord in die Schuhe zu schieben."

Saatweber massierte sich angestrengt die Stirn. „Ich höre immer noch keinen konkreten Plan. Was kann ich dem Innenminister berichten?"

Dirks holte tief Luft. „Folkmann ist gerissen genug, um sich vor uns verstecken zu können. Allerdings wissen wir, was sie vorhat, und genau darin besteht unsere Möglichkeit, sie zu finden."

Breithammer führte den Gedanken aus. „Aus Venja Melks Aussage schließen wir, dass Folkmann alle Leute sucht, die am Mittwoch bei der Bushaltestelle waren. Wir müssen diese Leute vor ihr finden und ihre Wohnungen überwachen."

Saatweber trommelte mit den Fingern nervös auf der Tischplatte. „Aber die Zeugen müssen vorher auf dem Revier in Sicherheit gebracht werden. Es darf nicht noch einmal dasselbe passieren wie mit Fee Rickels."

Dirks nickte.

„In Ordnung. Um welche Personen geht es?"

„Mine ist tot, Fee hat sie entführt und mit Venja hat Folkmann bereits gesprochen", zählte Dirks auf. „Nach Venjas Angaben fehlen noch eine alte Dame, ein Mann mit einem Fotorucksack und ein junger Kerl, der mit Vornamen Yasha heißt."

„Also insgesamt drei", stellte Saatweber fest. „Wie wollt ihr diese Leute identifizieren?"

„Yasha ist offensichtlich in der Autotuningszene verankert", entgegnete Dirks. „Sein voller Name ist Yasha Hansen. Wir haben seine Daten im Computer, weil er mal bei einem illegalen Autorennen auffällig geworden ist. Ein Kollege bringt ihn gerade her und wir postieren ein Team in seiner Wohnung."

„Sehr gut."

„Bei dem Mann mit dem Fotorucksack hat Venja

einen Prospekt von *Altstadt-Foto* Aurich gesehen", sagte Breithammer. „Wir versuchen, den Besitzer des Fotoladens zu erreichen, um Einblick in seine Kundendatei zu bekommen."

„Und die alte Dame?"

Dirks seufzte. „Bei ihr hat Venja leider keinerlei Beobachtung gemacht, die uns weiterhilft."

„Zwei von drei ist schon mal gut." Saatweber stand auf. „Hoffentlich reicht das aus, um Folkmann festzunehmen, bevor sie Fee etwas antut."

*

Fee saß in einem Wohnzimmer an der Wand und war mit Handschellen an das Heizungsrohr gekettet. Außerdem steckte ein Knebel in ihrem Mund. Das Ferienhaus lag einsam, sodass niemand mitbekommen hatte, wie sie aus dem Auto gezerrt und in die Wohnung gestoßen worden war.

Ihr dämmerte, dass sie tiefer als je zuvor im Schlamassel saß. Was hatte die falsche Kommissarin mit ihr vor? Im Augenblick befand sich die dunkelhaarige Frau schon seit längerer Zeit im Badezimmer und Fee hoffte, dass sie einen fürchterlichen Durchfall hatte.

Sie selbst musste mit Übelkeit kämpfen, denn der Stofffetzen in ihrem Mund schmeckte ekelhaft. Außerdem würde sie sich liebend gerne die Füße vertreten. Wenn wenigstens der Fernseher laufen würde, dann hätte sie etwas Ablenkung.

Nach langen Minuten öffnete sich die Badezimmertür und eine Frau kam heraus, die ihr im ersten Moment vollkommen fremd vorkam. Dann begriff Fee, dass ihre Entführerin eine andere Perücke trug und ihre

Kontaktlinsen getauscht hatte.

Die Frau hockte sich neben Fee und legte ihr die Hand auf die Stirn. Sie merkte, dass sie schwitzte, holte ein Handtuch und tupfte ihre Haut ab. „Du weißt gar nicht, wie leid es mir tut, Fee. Ich wollte nicht, dass es so kommt." Die Frau schaute sie tieftraurig an, aber es war Fee scheißegal, was sie für Probleme hatte.

Schließlich stand die Frau auf. Sie schaltete den Fernseher an und ließ Fee alleine.

*

Um 16:15 Uhr saß ein junger Mann in viel zu großen Klamotten und mit einer lächerlichen Kette im Büro von Dirks und Breithammer.

„Du bist Yasha Hansen?", fragte Dirks.

„Korrekt."

„Haben dir die Kollegen schon erzählt, worum es geht?"

„Es geht um diesen Gangster, der zu mir gekommen ist. Ihr wollt den Arsch verhaften."

Breithammer grinste. „Korrekt."

„Erzähl uns bitte genau, was passiert ist", bat Dirks.

„Also, der Spacko hat geklingelt, als mein Bruder gerade bei mir war. Wir haben am Laptop gesessen und geplant, wie wir meinen roten Flitzer aufpeppen.

‚Was willst du?', hat mein Bruder ihn gefragt.

‚Ich will mein Geld zurück.'

‚Ach ja? Verkrümel dich, Kackwurst!'

Der Mann hat gegrinst. Dann hat er meine Redbull-Dose vom Schreibtisch genommen und über dem Laptop ausgegossen. Es gab ein paar Funken und der Bildschirm wurde schwarz. Scheiße!"

„Und dann habt ihr ihm das Geld gegeben?"

„Wo denkst du hin! Mein Bruder hat die Flachfresse an seinem hässlichen Schlips gepackt und wollte ihm 'ne Kopfnuss verpassen. Aber der Kerl war verdammt schnell und plötzlich lag mein Bruder mit ausgekugeltem Arm auf dem Boden.

‚Wenn du mir nicht sofort das Geld gibst, dann werde ich deinen Bruder tunen', hat der Scheißkopf gesagt. ‚Du wirst ihn nicht mehr wiedererkennen und er ist rasend schnell in der Hölle.'

Da habe ich dem Typen das Geld gegeben."

Vernünftige Entscheidung, dachte Dirks.

„Voll gut, dass die Polizei sich jetzt darum kümmert. Krieg ich jetzt 'nen neuen Laptop?"

Dirks ignorierte die Frage. „Ist dir etwas Besonderes an dem Mann aufgefallen? Hat er etwas Ungewöhnliches gesagt oder hast du gesehen, in was für einem Auto er weggefahren ist?"

„Leider nicht. Aber ich schwöre, wenn wir irgendetwas über den Sack wüssten, hätten mein Bruder und seine Freunde ihn schon längst wieder abgezogen."

*

Fee hörte, wie von draußen der Schlüssel in die Tür gesteckt wurde, und wenig später erschien ihre Entführerin mit mehreren Tüten in der Hand. Die Frau kam zu ihr und schaltete den Fernseher aus.

Na toll, gerade als die Shopping Queen bekannt gegeben werden sollte.

„Wenn du nicht schreist, werde ich den Knebel entfernen."

Fee nickte eifrig und die Frau riss ihr das Klebeband

251

vom Mund. „Ich habe mir das Hotel komfortabler vorgestellt", sagte Fee.

„Du bekommst immerhin Zimmerservice." Die Frau griff in eine Tüte und zeigte ihr ein abgepacktes Sandwich und einen Fertigsalat aus dem Supermarkt.

„Hast du auch 'ne Cola?"

„Ich bringe dir gleich Wasser." Die Frau öffnete die Handschellen. „Damit du essen kannst und falls du auf's Klo musst."

Fee stand auf und streckte sich. Welche Möglichkeiten hatte sie, um zu entkommen? Die Tür war abgeschlossen und es gab nichts in ihrer Reichweite, was sich als Waffe verwenden ließ. Und so, wie die Frau den stämmigen Polizisten überwältigt hatte, war mit ihr nicht zu spaßen.

Fee ging auf die Toilette. Auch dort schaute sie sich aufmerksam um, doch sie fand nichts, womit sie sich wirksam gegen ihre Entführerin wehren konnte. Auf dem Boden lag nur eine Haarnadel und Fee steckte sie ein.

Zurück im Wohnzimmer hatte die Frau schon die Salatschale und das Sandwich geöffnet und auf den Couchtisch gestellt. Fee setzte sich auf das Sofa und probierte das Brötchen. Sie war schon mal hungriger gewesen, aber wie bei einem Langstreckenflug war man für jede Abwechslung dankbar. „Wie sollte ich dich noch gleich nennen?", fragte sie. „Rieke?"

„Ich heiße Cordelia", entgegnete die Frau.

„Und was hast du mit mir vor, Cordelia?"

„Als Erstes muss ich den Mann mit der grünen Krawatte finden. Danach werde ich mir Gedanken über dich machen."

„Was hat es mit dem Geld auf sich?", fragte Fee.

„Wem gehört es? Wofür ist es?"

Cordelia antwortete nicht.

Fee aß einen weiteren Bissen. „Du wolltest mir Wasser bringen."

„Richtig." Cordelia ging in die Küche.

Fee schaute sich erneut um. Konnte sie nicht ein Fenster öffnen und hinausrennen? Doch die Jalousien waren überall heruntergelassen, wahrscheinlich auch, damit niemand hineinschauen konnte.

Cordelia kam mit einem Glas Wasser wieder und setzte sich neben Fee.

Es tat gut, etwas zu trinken, auch wenn das Wasser einen seltsamen Nachgeschmack hatte. Erst, als das Glas vollkommen leer war, wurde Fee klar, dass die bittere Note nicht durch ihren vom Knebel verpesteten Mund hervorgerufen wurde. „Hast du mich etwa vergiftet?"

„Schhh." Cordelia fuhr ihr mit der Hand durchs Haar. „Es ist am besten, wenn du möglichst viel schläfst."

*

Dirks und Breithammer erreichten den Besitzer von *Altstadt-Foto* um 17:25 Uhr. Er war entsetzt, dass eine junge Frau entführt worden war, und fuhr sofort zu seinem Laden, um nach der Adresse des Mannes zu suchen, den er mit Venjas Beschreibung in Verbindung brachte. „Dunkles Haar, mittelgroß, mittelschlank, Brille, reagiert extrem nervös auf Frauen – dabei kann es sich eigentlich nur um Martin Adorf handeln. Er macht tolle Fotos, aber leider will er auch ewig über Fototechnik palavern und kennt unsere Auslage besser als die Angestellten."

Sie schickten ein Team zu Adorfs Wohnung und

einen Polizisten, der Martin ins Revier begleiten sollte. Dirks telefonierte auch mit den Beamten in Yasha Hansens Wohnung, aber dort war „alles normal, bloß dass es keinen Fernseher gibt und nur Redbull im Kühlschrank."

Eine halbe Stunde später klopfte es an der Bürotür und Martin Adorf kam herein. Er hatte seine Fototasche dabei, und als er Dirks erblickte, wurde er noch eine Stufe schüchterner. Gleichzeitig scannte er mit den Augen unentwegt seine Umgebung. Besonders interessierte ihn die Ecke mit dem verblühten Geburtstagsblumenstrauß und dem kümmerlichen Ficus.

„Darf ich hier im Revier ein paar Fotos schießen?", fragte er unsicher.

„Nein", antwortete Dirks.

Adorf schluckte.

„Das ist gegen die Vorschriften", erklärte Breithammer.

Adorf rang sich ein leichtes Lächeln ab und setzte sich den Ermittlern gegenüber.

„Wir wissen von den Ereignissen an der Bushaltestelle", begann Dirks. „Laut unseren Informationen kam die Idee, die 300.000 Euro aufzuteilen, von Ihnen."

Adorf wurde rot. „Ich will unbedingt einen Führerschein machen, damit ich nicht mehr Bus fahren muss. Und meine Kamera ist auch nicht mehr aktuell. Eigentlich braucht mein ganzes Leben ein Upgrade. Vielleicht klappt's dann auch mit der Nachbarin."

„War diese Frau schon bei Ihnen?" Dirks schob ihm ein Foto von Cordelia Folkmann hin. „Konzentrieren Sie sich bitte nur auf das Gesicht und nicht auf die Haarfarbe."

„Ich bekomme niemals weiblichen Besuch."

„Und was ist mit diesem Mann?" Breithammer zeigte ihm das Phantombild.

Adorf nickte betreten. „Er hat am Donnerstagnachmittag bei mir geklingelt und ich habe ihn leider hereingelassen.

,Gib mir das Geld', hat er gesagt.

,Niemals', habe ich geantwortet.

Er hat an mir vorbeigeschaut und auf meinen Fotorucksack gezeigt. ,Wie tief kann so ein Weitwinkelobjektiv wohl fallen, bis es zerbricht?'

Ich habe ihm die 50.000 Euro gegeben und er ist abgehauen."

„Wie ist er abgehauen? Haben Sie gesehen, ob er in ein Auto gestiegen ist?"

„Darauf habe ich nicht geachtet. Ich war vollkommen fertig! In einem Moment hatte ich noch alle Möglichkeiten und plötzlich steckte ich wieder in meinem alten Leben fest."

„Hatten Sie schon irgendjemandem von dem Geld erzählt?", fragte Breithammer.

„Nur online. Ich habe im Fotochatroom gepostet, was ich mir für ein Objektiv kaufen will, und das hat zu einer Diskussion geführt, die immer noch andauert. Es ist ja wohl ganz klar, dass ...."

„Danke", unterbrach ihn Dirks. „Auch dafür, dass Sie so schnell gekommen sind. Sie werden heute zusammen mit einem weiteren Zeugen in einem Hotel untergebracht, getrennte Zimmer natürlich."

„Wenn der Mann mit dem Geld gefasst wird, haben wir dann noch Anspruch auf Finderlohn?", fragte Adorf.

„Natürlich nicht."

Als sie wieder alleine waren, wandte sich Dirks an

Breithammer. „Die Besuche vom Mann auf dem Phantombild waren stets sehr kurz und geben nichts her. Die Aussage der alten Dame wird genauso informationsleer sein. Was will Cordelia Folkmann damit anfangen? Wieso glaubt sie, dadurch diesen Mann zu finden?"

Breithammer zuckte mit den Schultern. „Hauptsache, Folkmann taucht in Yashas oder Adorfs Wohnung auf und unsere Falle schnappt zu. Bis dahin sollten wir uns etwas Ruhe gönnen."

Dirks wusste, dass sie heute Nacht, wenn überhaupt, nur schlecht schlafen würde. Eine junge Frau befand sich in der Hand einer Verbrecherin! *Wird Folkmann überhaupt zu Yasha oder dem Fotografen gehen, jetzt, wo wir noch intensiver nach ihr suchen? Gibt es vielleicht doch noch eine bessere Methode, um sie zu finden?*

Dirks dachte daran, was sie noch für Spuren hatten, und ihr fiel der rätselhafte Strandkorb in Norddeich ein. Sie drückte die Schnellwahltaste zu Jendrik.

„Diederike! Schön, dass du anrufst. Wie war dein Tag?"

„Zum Ins-Klo-Spülen. Erzähl mir lieber von deinem."

„Ich habe einen Sonnenbrand. Und ein Dalmatiner namens Flecky hat sich mit mir angefreundet."

„Kam jemand für Strandkorb 247?"

„Leider nicht. Ein Pärchen hat sich etwa eine Stunde davor in den Sand gesetzt, um etwas Schatten zu haben."

Dirks verbarg ihre Enttäuschung nicht.

„Ich fahr jetzt nach Hause", sagte Jendrik. „Bist du auch da?"

Dirks blickte zu Breithammer, der bereits seine Sachen packte. Sie selbst fühlte sich auch erschöpft. Die

Kollegen wussten alle Bescheid und würden sich sofort bei ihr melden, wenn sich etwas Neues ergab. „Ja. Ich komme auch."

24. Technik

Montagfrüh vergewisserte sich Dirks als Erstes auf ihrem Smartphone, ob sie wirklich keinen neuen Anruf bekommen hatte. Nach einer Katzenwäsche gab sie Jendrik einen vorsichtigen Kuss auf die sonnenverbrannte Stirn und deutete sein glückliches Grunzen als „Ich liebe dich".

Im Polizeirevier setzte sie sich sofort mit den Teams in den Wohnungen von Yasha Hansen und Martin Adorf in Verbindung. Sie hatten nichts zu berichten. Nur im Hotel, in dem die Zeugen untergebracht waren, war etwas passiert. „Ich weiß nicht genau, wer angefangen hat", berichtete der Kollege, „jedenfalls haben sich die beiden ihre Meinung über Kameras und Autos kundgetan, erst mündlich und dann mit den Fäusten. Im Moment schlafen sie allerdings friedlich."

Breithammer und Saatweber kamen herein und erkundigten sich bei ihr nach Neuigkeiten. „Wir müssen warten, bis die Autowerkstatt und der Fotoladen öffnen", sagte Dirks. „Erst dann kann Folkmann an die Adressen von Yasha und Adorf kommen."

Breithammer nickte. „Dann wird sie wahrscheinlich zuerst bei Yashas Wohnung erscheinen, denn die Autowerkstatt öffnet früher."

„Wir dürfen uns keinen Fehler mehr erlauben", mahnte Saatweber. „Wenn wir nicht bald Folkmann verhaften und Fee Rickels lebend finden, werden wir alle von diesem Fall abgezogen."

*

Jendriks Wecker klingelte um 8:00 Uhr, aber mithilfe der Technik gönnte er sich einen zehn Minuten längeren Schlaf. Er kroch aus dem Bett und machte sich Kaffee, und weil alles am richtigen Platz lag, gelang ihm das auch mit geschlossenen Augen.

Um 8:20 Uhr knipste der Kaffee das Licht im Hirn an. Jendrik vermisste Diederike und dachte daran, wie angespannt sie gestern Abend gewesen war. Außerdem war sie mitten in der Nacht aufgestanden, um auf dem Laufband zu joggen, – oder hatte er das geträumt? Jedenfalls war ihr Job gerade bedeutend stressiger als seiner und er wünschte ihr, dass ihr Tag heute besser wurde.

Was hatte er heute zu erledigen? *Recherchieren, ob im Vereinslokal von Werder Bremen immer noch ein Pils und ein Malteser serviert werden, wenn man einen „Ahlenfelder" ordert.* Das würde er gerne mit Diederike zusammen machen.

Es tat ihm leid, dass er gestern nichts über den Strandkorb 247 herausgefunden hatte. Aber wenn das wirklich wichtig für sie wäre, hätte sie mit der Observierung ja wohl einen Polizisten beauftragt. Oder hatte sie wegen der vielen Arbeit niemanden entbehren können, der den ganzen Tag am Strand herumsaß?

Jendrik stand auf und sammelte die Sachen zusammen, die er für eine Fahrt nach Bremen brauchen würde. Auf jeden Fall sollte er von dort ein paar *Schnoorkuller* mitbringen, darüber würde sich Diederike gewiss freuen.

Als Jendrik ins Bad ging, wurde ihm allerdings klar, womit er Diederike noch eine größere Freude machen konnte. Er packte den Laptop wieder aus und griff stattdessen zur Sonnencreme.

*

Saatweber verschwand und Dirks überprüfte erneut, ob ihr Telefon richtig funktionierte. Nein, daran lag es nicht, dass sie keinen Anruf erhielt. Auch die Funkverbindung zu den Einsatzteams war intakt. „Allmählich müsste sich Folkmann doch in der Werkstatt nach Yasha erkundigt haben." Sie blickte Breithammer an. „Warum ist sie immer noch nicht in seiner Wohnung aufgetaucht?"

„Vielleicht geht Folkmann erst zu der alten Dame."

Dirks stand auf und lief nervös im Büro hin und her. Es kam ihr so sinnlos vor, einfach nur abzuwarten, aber im Augenblick gab es nichts anderes zu tun. *Was machen wir, wenn Folkmann nicht zu Yashas oder Adorfs Wohnung fährt?* In Papenburg suchten die Kollegen in Folkmanns Haus nach einem Hinweis, wo sich die Architektin verstecken konnte, aber Dirks hatte kaum Hoffnung, dass sie etwas entdecken würden.

Im Prinzip hatten sie nur eine Chance, Folkmann zu finden, und diese Chance war nicht besonders groß. Es war Dirks egal, ob sie ihren Job in Ostfriesland behalten würde, aber sie könnte es sich selbst niemals verzeihen, wenn Fee Rickels etwas zustoßen würde.

*

Fee erwachte vollkommen durchgeschwitzt. Sie lag auf dem Boden und ihr linker Arm war taub. Als sie ihn schüttelte, hörte sie das Schlagen von Metall auf Metall und begriff, dass sie wieder mit den Handschellen an die Heizung gefesselt war. Sie ignorierte den Schmerz im Nacken und drückte sich langsam hoch, bis sie wieder mit dem Rücken an der Wand saß. Neben ihr lagen ein Kissen und eine Decke, Cordelia hatte sie also wenigstens nicht auskühlen lassen.

Fee horchte, ob sie irgendetwas von ihrer Entführerin hörte, aber es war still. Die Lampen waren alle aus, aber durch die Jalousien drangen Streifen von Sonnenlicht.

„Cordelia?", rief Fee. Erst jetzt fiel ihr auf, dass sie keinen Knebel trug.

Ihr Herz schlug schnell. War sie etwa alleine?

„Hilfe!", schrie Fee mit voller Kraft. „Kann mich jemand hören? Ich bin hier gefangen! Hilfe!" Sie rang nach Luft und lauschte. Es war genauso still wie vorher. „Hilfe! Hilfe! Bitte hilf mir doch jemand!" Fee brüllte so lange weiter, bis ihr die Stimme versagte, aus Erschöpfung und Verzweiflung. Tränen stiegen ihr in die Augen. „Kann mich denn niemand hören?" Draußen zwitscherte nur ein Vögelchen.

Wie viel Zeit hatte sie? Wann würde Cordelia zurückkommen? Würde sie überhaupt zurückkommen? Fee riss an den Handschellen und trat gegen die Heizung, aber das half nichts gegen deutsche Handwerkskunst.

Ihr fiel ein, dass sie eine Haarnadel besaß. Hastig zog sie das dünne Metall aus der Tasche und steckte es in das Handschellenschloss. Sie drehte die Haarnadel willkürlich hin und her, aber es geschah nichts. Natürlich hatte sie keine Ahnung, wie man ein Schloss mit einer Haarnadel öffnete, das hatte sie nur mal im Rahmen einer Zaubershow gesehen.

Entmutigt lehnte sie sich wieder zurück. Offenbar blieb ihr nichts anderes übrig, als auf Cordelia zu warten.

*

Um 10:00 Uhr funkte Dirks erneut die Kollegen in Yashas Wohnung an.

„Nein, Frau Dirks, hier gibt es nichts Neues."

Sie wollte sich mit dem anderen Teamleiter verbinden, da meldete sich der Kollege von sich aus.

„Hier hat es gerade an der Tür geläutet. Wir gehen in Stellung."

Aufgeregt winkte Dirks Breithammer heran und sie lauschten angespannt der rauschenden Stimme.

„Ich stehe an der Tür und schaue durch den Türspion", erzählte der Polizist. „Noch ist niemand zu sehen, aber ich höre Schritte. Es ist eine Frau. Brünett, schlank, recht klein. Sie trägt eine Paketdienstuniform von DHL."

„Das könnte Cordelia Folkmann sein", sagte Dirks. „Sie gibt sich gerne für jemand anderen aus."

Durch das Funkgerät hörte man, wie es an der Wohnungstür klingelte.

„Aufmachen und ohne zu zögern festnehmen", befahl Dirks. „Auch wenn Folkmann nicht so wirkt, so ist sie doch eine geübte Kämpferin."

„Verstanden", flüsterte der Polizist zurück. „Ich öffne die Tür und wir schnappen sie uns."

Sie hörten, wie die Tür aufgerissen wurde, eine Frau kreischte und es gab ein paar dumpfe Geräusche. „Polizei!", rauschte es aus dem Funkgerät. „Wir nehmen Sie fest wegen Mordes, Frau Folkmann."

„Was soll das? Ich bin nur hier, um ein Paket auszuliefern."

„Das sagen Sie alle." Handschellen klickten.

„Bitte schicken Sie uns ein Foto der Verdächtigen", forderte Dirks.

„Alles klar."

Wenig später gab es einen Signalton auf Dirks' Smartphone und sie schaute sich das Bild an.

„Das ist sie nicht." Breithammer schüttelte den Kopf. „Auf keinen Fall."

„Negativ." Dirks wandte sich an das Einsatzteam. „Das ist nicht Cordelia Folkmann."

„Und was sollen wir jetzt mit ihr machen?"

„Unterschreibt für das Paket und lasst sie gehen." Dirks legte das Funkgerät beiseite.

Die Bürotür ging auf und Saatweber erschien wieder. „Und?", erkundigte er sich.

„Leider gibt es nichts Neues." Dirks seufzte. „Bisher wurde nur ein Päckchen an Martin Adorf ausgeliefert."

Der Staatsanwalt kräuselte die Lippen und verließ das Büro wieder. Zurück blieb seine Hoffnungslosigkeit.

Was können wir nur tun?, dachte Dirks. Sie glaubte nicht mehr daran, dass Folkmann in ihre Falle tappen würde.

Das Telefon klingelte und hastig nahm sie den Hörer ab.

„Moin Frau Hauptkommissarin." Es war der Kollege vom Eingangsbereich des Polizeireviers. „Hier ist ein älterer Herr, der gerne mit Ihnen sprechen möchte."

*

Fee schaute wieder auf die Haarnadel in ihrer Hand. Sie würde damit in hundert Jahren nichts ausrichten können, aber es gab Leute, die konnten fast jedes Schloss damit öffnen. Sie musste nur …

Fee blickte sich um und entdeckte die Fernbedienung vom Fernseher an der Kante des Couchtischs. Mit dem Arm kam sie da niemals heran, dazu war sie zu weit weg. Aber wenn sich Fee ganz weit strecken würde, könnte sie sie vielleicht mit dem Fuß erreichen.

Fee schlüpfte aus Schuhen und Socken und machte sich so lang, wie sie konnte. Mit den Zehen kam sie immer dichter an die Fernbedienung, es fehlten nur noch Zentimeter! Sie zerrte weiter an den Handschellen, bis es sich anfühlte, als ob ihr Arm abreißen würde. Ihr großer Zeh berührte die Fernbedienung. Ein Krampf bildete sich in ihrem Fuß, trotzdem ließ Fee nicht nach. Vorsichtig zog sie das Stück Technik zu sich, sodass es vor dem Couchtisch auf den Boden fiel. Jetzt war es etwas leichter. Mit beiden Füßen konnte sie die Fernbedienung immer dichter zu sich ziehen, bis sie schließlich mit der Hand danach greifen konnte. *Jetzt kommt es nur noch darauf an, dass das Gerät modern genug ist.*

Fee jauchzte auf, als sie auf der Fernbedienung nicht nur einen Netflix-Knopf sah, sondern auch einen Youtube-Button. Sie schaltete das Gerät ein und glücklicherweise war es mit dem Internet verbunden. In der Suchleiste gab sie die Wörter „Handschellen" und „Haarnadel" ein und klickte auf das erste Video in der Liste. Auf dem Bildschirm erschien ein blonder Mann mit blauen Augen und einem Tattoo am Hals.

„Hallo", sagte der Mann in dem Video. „Ich bin Zolan und ich zeige euch jetzt, wie man ganz leicht Handschellen mit einer Haarnadel öffnet."

*

„Ein älterer Herr?", fragte Breithammer. „Was soll das denn bedeuten?"

„Wir werden es gleich herausfinden." Dirks übergab ihm das Funkgerät, damit er reagieren konnte, wenn sich die Einsatzteams meldeten.

Wenig später betrat ein großer Mann das Büro. Er hatte eine äußerst gesunde Gesichtsfarbe und trug einen sehr gut sitzenden Anzug mit Fliege und Einstecktuch. Über dem rechten Auge war eine dicke Falte, die nicht von den Sorgen herrührte, die ihn offenkundig umtrieben. Er schaute sich vorsichtig in der ungewohnten Umgebung um, dann bewegte er sich langsam auf Dirks' Schreibtisch zu.

„Was kann ich für Sie tun, Herr ...?"

„Vorberg", sagte der Mann. „Mein Name ist Felix Vorberg. Ich besitze mehrere Juweliergeschäfte, unter anderem eins in Emden, wo ich auch wohne."

Dirks' Hirn ratterte. „Alida Ennens Schmuck! War der Mörder etwa bei Ihnen? Hat er Ihnen die Juwelen zum Kauf angeboten?"

„Nein. Ich meine, ja." Vorberg seufzte. „Es ist etwas kompliziert."

„Wie meinen Sie das?"

Vorberg wirkte sichtlich mitgenommen. „Ich war von Freitag bis gestern in Zürich, deshalb habe ich erst heute früh von allem erfahren. Schrecklich, dass Alida Ennen ermordet worden ist. Das kann ich immer noch nicht fassen."

Dirks hob die linke Augenbraue.

Vorberg zog einen Zettel aus seinem Jackett und faltete ihn auf. „Das hier ist die Liste mit den Schmuckstücken, die Sie am Freitag herumgeschickt haben. Ich habe sie ebenfalls erst heute Vormittag gesehen." Er schaute Dirks entschuldigend an. „Die Juwelen befinden sich alle bei mir im Tresor."

„Wie bitte? Also hat der Mörder sie Ihnen bereits verkauft? Ich dachte, Sie wären in Zürich gewesen."

„Ich habe den Schmuck schon seit einer Woche." Vorberg schniefte und tupfte sich mit einem Stofftaschentuch die Nase ab. „Verzeihen Sie, ich bin immer noch ganz verstört."

Dirks blickte zu Breithammer, der genauso verwirrt war wie sie. Doch plötzlich fiel bei Dirks der Groschen. „Sie kannten Alida Ennen." Die Kommissarin wandte sich wieder dem Juwelier zu. „Sie haben den Schmuck von ihr bekommen."

Vorberg nickte. „Ich bin Stammgast im Inselhotel Kaiser. Alida ist ein feiner Mensch, und sie hat dieses Haus hervorragend geführt. Am letzten Montag kam sie zu mir und hat mich im Vertrauen darum gebeten, ihre Schmuckstücke in Zahlung zu nehmen. Bis Ende des Jahres wollte Sie sie mir wieder abkaufen."

„Sie hat Ihnen die Juwelen also verpfändet", sagte Dirks. „Wie viel Geld haben Sie ihr dafür gegeben?"

„135.000 Euro. Das war natürlich ein Freundschaftspreis und ich hätte ihr auch noch eine viel längere Frist eingeräumt, um den Schmuck wieder einzulösen. Sie schien das Geld wirklich dringend zu brauchen."

„Hat Sie gesagt, wofür sie es braucht?"

„Nein. Aber vielleicht wollte sie damit ja ihrem Verlobten ein Überraschungsgeschenk machen. Herr Kegel ist auch so ein netter Mensch. Ich bin untröstlich für ihn."

„Also wurde der Schmuck niemals gestohlen", stellte Breithammer fest.

„Haben Sie Alida Ennen das Geld in bar ausgezahlt?", fragte Dirks.

Vorberg nickte. „Es waren alles nagelneue 500-Euro-Scheine."

Dirks' Puls beschleunigte sich. Eilig schlug sie den Aktenordner mit den Unterlagen der Hoteldirektorin auf. „Haben wir schon Alida Ennens Kontodaten?", fragte sie Breithammer.

„Nicht alle, es war schließlich Wochenende. Vielleicht wurde heute noch mehr geschickt."

Dirks wandte sich ihrem Computer zu und schaute in den E-Mail-Posteingang. Darin befand sich auch die Nachricht einer Oldenburger Privatbank. Dirks druckte die Dokumente aus, die sie mitgeschickt hatten. „Alida Ennen hat vor zehn Tagen einen Hypothekenkredit auf ihre Eigentumswohnung in Norderney aufgenommen." Sie zeigte Breithammer die Papiere. „165.000 Euro, auszuzahlen in bar."

„Macht zusammen 300.000 Euro." Breithammer schluckte. „Also stammt das Geld aus Folkmanns Auto von Alida Ennen."

25. Krawattenmann

„Was ergibt das denn für einen Sinn?", fragte Breithammer. „Wieso stammt das Geld von Alida Ennen?"

Dirks war genauso perplex. Sie bedankte sich bei Vorberg und der Juwelier verließ das Büro. „Was ist die Beziehung zwischen Alida Ennen und Cordelia Folkmann?" Sie stand auf und ging unruhig durch den Raum. „Und wie passt der Mann auf dem Phantombild dazu?"

„Wenn sich das Geld in Folkmanns Auto befunden hat, dann hat sie es von Alida Ennen bekommen", kombinierte Breithammer. „Deshalb war Folkmann am Mittwoch in Norddeich, um das Geld entgegenzunehmen."

Dirks rief die Fotografie von Alida Ennens Terminkalender auf ihrem Smartphone auf. Die Hoteldirektorin hatte ihr erstes Meeting um 10:00 Uhr eingetragen. „Wenn Alida Ennen die erste Fähre genommen hat, kann sie den Termin locker erreicht haben. Wahrscheinlich hat sie den Geldkoffer in einem Schließfach am Bahnhof platziert und den Schlüssel an einem vereinbarten Ort versteckt."

Breithammer nickte. „Wie wäre es unter einer Bank beim Fischrestaurant? Oder im Spülkasten von der Damentoilette? Wir wissen schließlich, dass Folkmann ihren Porsche dort geparkt hat."

„Folkmann hat das Geld aus dem Schließfach geholt und in ihrem Auto verstaut", führte Dirks weiter aus. „Wahrscheinlich wollte sie sofort wieder losfahren, aber dann hat sie sich an die leckeren Auslagen im

Fischrestaurant erinnert. Sie ist nur kurz ausgestiegen, um sich eine Schale Granat oder Heringssalat zu kaufen, und in diesem Moment begegnet sie Kai Wiemers. Er stiehlt ihr den Autoschlüssel und die ganzen Ereignisse nehmen ihren Lauf."

Breithammer stimmte zu. „Die Frage ist nun: Wofür hat Alida Ennen Cordelia Folkmann das Geld gegeben?"

Dirks schaute wieder in den Terminkalender der Hoteldirektorin. Die früheren Einträge hatten plötzlich enorm an Gewicht gewonnen, vor allem die rätselhaften Treffen bei Strandkorb 247. *Wenn ich nur wüsste, wem dieser Korb gehört!*

Ihr Handy klingelte. Sie sah ein Bild von Jendrik auf dem Display mit seinem schiefen, aber warmen Lächeln. Wie gerne würde sie mit ihm sprechen, aber jetzt musste sie sich auf die Arbeit konzentrieren, also drückte sie den Anruf weg.

„Wir müssen Saatweber informieren", sagte Breithammer. „Und du solltest mit Hannes Kegel sprechen. Vielleicht hat er eine Idee, was seine Verlobte vorhatte."

„Du hast recht." Dirks suchte die Nummer des Geschäftsmannes in ihrer Anrufliste, da klingelte das Smartphone erneut. Genervt drückte sie die grüne Hörertaste. „Moin Jendrik! Du, im Augenblick ist es ganz schlecht. Ich ruf dich später zurück, ja?"

„Nein."

In ihrer Vorstellung sah Dirks ihn verschmitzt grinsen. „Okay, worum geht es? Du bist gerade in Bremen, oder?"

„Ich habe geschwänzt und bin stattdessen nach Norddeich gefahren."

Dirks traute ihren Ohren nicht. „Du hast was gemacht?"

„Ich habe mich wieder an den Strand gesetzt und Korb Nummer 247 beobachtet. Genauso wie gestern war er die ganze Zeit über leer."

Dirks schloss die Augen. Es war lieb, dass Jendrik das für sie getan hatte, aber offensichtlich hatte es ja nichts gebracht.

„Diesmal habe ich jedoch die Leute in den Nachbarkörben angesprochen. Das waren alles Tagesgäste, die nichts wussten, nur im Korb neben der 247 war eine junge Frau, die mir etwas sagen konnte."

„Erzähl!"

„In der 247 saß immer eine ältere Frau. Ziemlich groß, sehr dünn, Kurzhaarschnitt, und egal wie heiß es war, sie trug immer ein Halstuch. Außerdem hat sie ein Buch gelesen, das sie offensichtlich sehr genoss. Genau deshalb hat die Frau im Nachbarkorb mit ihr geredet. ‚Es ist ein Friesenkrimi', hat die Frau aus Korb 247 geantwortet. ‚Er heißt *Nordsee's Eleven* und handelt von einer Amateurfußballmannschaft, die die Spielbank Norderney ausraubt. Wenn man das Buch in der Buchhandlung *Bücherwelten* bestellt, ist es am nächsten Tag da.'"

„Fantastisch!" Dirks' Stimme überschlug sich fast. „Dann bekommen wir ihre Adresse wahrscheinlich in dieser Buchhandlung."

„Ich war schon dort", entgegnete Jendrik stolz. „Die Frau heißt Siegrid Renner und wohnt ganz in der Nähe des Ladens."

„Du bist ein Schatz, Jendrik! Ich fahre sofort los."

*

Nachdem Dirks gegangen war, informierte Breithammer Saatweber über den Besuch des Juweliers.

„Das ist interessant, Oskar", entgegnete der Staatsanwalt, „aber hilft uns das dabei, Cordelia Folkmann zu
fassen? Finden wir dadurch Fee Rickels? Die Zeit tickt!"

Breithammer legte auf und bat die Einsatzteams um
eine Statusmeldung. In Yashas Wohnung war alles still,
nur bei Martin Adorf übte ein Kind in der
Nachbarwohnung Flöte. Im Hotel, wo die beiden
Zeugen untergebracht waren, herrschte noch immer
dicke Luft, aber es war zu keinen weiteren Hand-
greiflichkeiten gekommen.

Warum tauchte Folkmann nicht in Yashas oder
Adorfs Wohnung auf? Brauchte sie ihre Informationen
denn gar nicht? *Was macht sie gerade?*

Breithammer beschloss, sich ein bisschen die Füße zu
vertreten, um ruhiger zu werden. Er steckte das
Funkgerät ein und ging zur Tür, da klingelte das
Telefon.

Noch ein Zeuge? Breithammer eilte zurück und nahm
den Hörer ab.

Diesmal war es niemand vom Empfang, sondern die
Notrufzentrale. „Ist dort Kriminalhauptkommissarin
Diederike Dirks?"

„Diederike ist gerade im Einsatz, hier ist Kommissar
Oskar Breithammer."

„Hier ist ein Anruf von einer Fee Rickels", meldete
der Kollege, „ich stelle durch."

Es klickte in der Leitung und eine abgehetzte Stimme
erklang. „Hallo? Spreche ich mit der Polizei?"

„Kriminalpolizei. Fee?"

„Ich wurde entführt!"

„Ich weiß, ich war dabei."

„Sind Sie etwa der Polizist, den Cordelia auf die

Straße geschleudert hat?"

„Was ist passiert, Fee? Wo bist du? Ist Cordelia Folkmann bei dir?"

„Keine Ahnung, wann sie wiederkommt. Ich konnte mich aus den Handschellen befreien. Bitte kommen Sie schnell! Es ist ein Ferienhaus – Warten Sie, hier steht eine Adresse."

Breithammer notierte die Anschrift. „Ich schicke sofort einen Streifenwagen und einen Notarzt zu dir. Und ich komme persönlich." Er lachte ausgelassen. „Gut gemacht, Fee!"

Fünfundzwanzig Minuten später war Breithammer beim Ferienhaus, in dem Fee gefangen gehalten worden war. Saatweber parkte hinter ihm. Der Staatsanwalt hatte die Jahre zurückgewonnen, die er in den letzten Stunden aus Sorge verloren hatte. Auch die Spurensicherung würde bald eintreffen, denn sie erhofften sich im Gebäude einen Hinweis darauf, wo Cordelia Folkmann stecken konnte.

Als Breithammer bei der Haustür war, kam gerade der Notarzt heraus.

„Frau Rickels ist bis auf ein paar Schrammen am Handgelenk bei bester Gesundheit", berichtete der Mediziner. „Ich habe ihr eine Elektrolytenlösung dagelassen, damit sie nicht dehydriert. Natürlich sollte sie vorsichtshalber ins Krankenhaus, aber vor allem zur psychologischen Betreuung."

„Danke, wir werden das in die Wege leiten." Breithammer begrüßte die Polizisten, die den Ort gesichert hatten, und ging dann direkt ins Wohnzimmer zu Fee.

Die junge Frau saß auf der Couch und lächelte den Kommissar an.

Breithammer setzte sich neben sie. „Ich weiß, du hast viel durchgemacht, und ich gönne dir eine erholsame Auszeit, trotzdem muss ich dir ein paar Fragen stellen. Wir müssen unbedingt Cordelia Folkmann finden!"

Fee nickte. „Ich will auch, dass sie geschnappt wird. Also, wie kann ich helfen?" Sie trank einen Schluck von der Elektrolytenlösung und schüttelte sich angewidert.

„So wie wir es verstanden haben, sucht Folkmann diesen Mann." Breithammer zeigte ihr das Phantombild.

„Richtig." Auf Fees Stirn bildeten sich Schweißperlen. „Cordelia glaubt ihn durch Informationen finden zu können, die sie durch die andern Personen an der Bushaltestelle bekommt. Deshalb haben wir gestern mit Venja Melk und Hermina Ortgiesen gesprochen."

„Hermina Ortgiesen ist die alte Dame?"

„Genau. Heute wollten wir eigentlich zu Yasha und dem Fotografen. Ich nehme an, dass sie das alleine gemacht hat."

Breithammer schüttelte den Kopf. „Wir überwachen die Wohnungen der beiden und bisher ist sie nicht dort aufgetaucht."

„Wirklich? Dann weiß ich auch nicht, wo sie sein kann."

„Hat sie vielleicht schon genug Informationen bekommen, um den Mann auf dem Phantombild zu finden?"

Fee schaute ihn überrascht an. „Venja und Hermina haben nichts über den Krawattenmann gesagt, was einen irgendwie weiterbringen könnte."

„Ich weiß, was du meinst." Breithammer massierte sich das Kinn. „Trotzdem muss es einen Sinn ergeben, dass ihr die Aussagen dieser Leute so wichtig sind."

„Eine Sache hat mich gewundert", erinnerte sich Fee.

„Cordelia war sich so sicher, dass ich keine Angst vor dem Mann mit der Krawatte haben muss. Das habe ich nicht verstanden, denn er ist sehr brutal und hat Mine umgebracht. Aber diese Tatsache schien Cordelia eher zu irritieren."

Breithammer stand auf und grübelte. Sie hatten inzwischen herausgefunden, dass das Geld von Alida Ennen stammte und die Hoteldirektorin irgendetwas mit Cordelia Folkmann zu tun hatte. In diesem Szenario tauchte der Mann auf dem Phantombild gar nicht mehr auf. Er erschien nur bei den Leuten von der Bushaltestelle, um das Geld einzutreiben. *Was, wenn das zwei vollkommen getrennte Ereignisse sind?* Er blickte zu Fee. „Du hast den Mann zuerst während deiner Arbeit im Modehaus Silomon gesehen, nicht wahr?"

Sie nickte.

„Alle an der Bushaltestelle wussten, dass du in dem Modehaus arbeitest, denn du hast über deinen Arbeitsplatz gesprochen."

„Ja, denn nur durch meine Erfahrung mit 500-Euro-Scheinen war ich mir sicher, dass wir kein Falschgeld gefunden hatten. Aber worauf wollen Sie hinaus?"

„Könnte es nicht sein, dass der Mann auf dem Phantombild zu einer der wartenden Personen gehört?"

Fee schaute ihn verwirrt an. „Wie meinen Sie das?"

„Einer von den anderen war mit seinem Anteil von 50.000 Euro nicht zufrieden und hat den Mann mit der Krawatte beauftragt, auch noch den Rest einzusammeln."

Fee schluckte.

Breithammer verfolgte die Idee weiter. „Deshalb will Frau Folkmann den Mann durch die Befragung der anderen Wartenden finden. Dabei sind ihr allerdings nicht die direkten Informationen über den Mann auf dem Phantombild wichtig, sondern die allgemeinen Aussagen der Leute, ob sie sich in Widersprüche verwickeln oder nicht."

„Einer von diesen Leuten lügt." Fee war bleich geworden. „Wir müssen nur herausfinden, wer."

Breithammer rief sich die Aussagen von Yasha Hansen und Martin Adorf ins Gedächtnis. Waren sie glaubhaft? Allerdings hatte Folkmann gar nicht mit den beiden geredet, sondern nur mit Venja Melk und Hermina Ortgiesen.

„Venja Melk", sagte Fee.

Breithammer schaute überrascht zu ihr.

„Nicht wegen ihrer Aussage am Spielplatz", erklärte Fee. „Sondern damals an der Bushaltestelle hat sie sich äußerst seltsam verhalten! Nachdem Yasha nämlich den Teddy auf das Bushäuschen geschmissen hatte, wollten wir alle, dass er hochklettert, um das Plüschtier wiederzuholen, – nur Venja hat gesagt, dass das nicht nötig wäre, obwohl ihr Kind total geheult hat. Sie wusste von dem Geldkoffer!"

„Weil ihr Ex-Freund es dort versteckt hat", sagte Breithammer. „Er ist der Vater von Jorin und wollte, dass Venja das Geld für ihn von der Bushaltestelle abholt."

„Gibt es denn ein besseres Motiv? Sie hat Anspruch auf das ganze Geld erhoben, weil es für ihren Sohn bestimmt war!"

Breithammer dachte an seine Begegnung mit der jungen Mutter. Sie hatte ihm erzählt, dass ihr das Geld egal war. Konnte sie wirklich so überzeugend lügen? Verfügte sie doch über Kontakte in der Unterwelt, um den Mann auf dem Phantombild zu den anderen zu schicken? „Würde Venja denn alle anderen von der Bushaltestelle identifizieren können?"

Fee zählte die Personen auf. „Mich findet sie durch das Modegeschäft. Yasha durch seine Autowerkstatt. Den Fotografen durch den Werbeprosekt. Die alte Dame durch das Mühlenrestaurant. Und Mine?" Fee blickte ihn erstaunt an. „Was hat Mine eigentlich gemacht?"

„Sie war Auszubildende in dem Mühlenrestaurant."

Fee atmete tief ein. „Das habe ich nicht gewusst."

„Die Frage ist, ob es Venja gewusst hat. Denn sie war ja gar nicht im Restaurant. Sie war nur an der Bushaltestelle, um das Geld abzuholen." Breithammer seufzte. „Was ist mit der alten Dame? War an ihrer Aussage irgendetwas seltsam?"

„Auf den ersten Blick nicht." Fee dachte nach. „Als Stammkundin im Mühlenrestaurant weiß sie natürlich, dass Mine dort Auszubildende ist. Außerdem ist sie am längsten im Bus sitzen geblieben und konnte beobachten, wo alle anderen aussteigen." Sie stutzte.

„Vielleicht hat sie das genau aus diesem Grund gemacht", sagte Breithammer. „Weil sie schon an der Bushaltestelle geplant hat, sich auch das Geld der anderen zu holen."

„Um zu ihrer Wohnung zu kommen, hätte sie viel früher aussteigen müssen!", rief Fee. „Außerdem hat sie ausgesagt, dass sie einsam ist. Aber warum bestellt sie sich dann zu ihrem Geburtstag eine ganze Torte nach Hause?"

Breithammer grinste. „Dann werden wir Hermina Ortgiesen mal einen Besuch abstatten."

*

Um 11:05 Uhr stand Dirks in Norddeich vor dem Apartmenthaus, in dem Siegried Renner wohnte. Sie drückte den Klingelknopf und wenig später rauschte die Gegensprechanlage auf.

„Wer ist da?"

„Kriminalpolizei, Frau Renner. Ich muss dringend mit Ihnen sprechen."

Die Technik blieb still, Siegrid Renner brauchte offensichtlich Zeit zum Nachdenken.

Dirks schaute am Gebäude hoch. Würde die Frau versuchen zu fliehen? Dann würde sie nicht weit kommen, denn an der Straße hinter dem Haus stand ein Streifenwagen bereit.

Das Türschloss brummte und Dirks drückte die Haustür auf.

Im Obergeschoss wartete Siegrid Renner. Die Kurzhaarfrisur stand ihr ausgezeichnet und ein weites Baumwollkleid verbarg ihre dünne Figur. Den Seidenschal, den sie um den Hals gewickelt hatte, hatte sie wahrscheinlich selbst bemalt. „Kommen Sie herein."

In der Wohnung roch es nach Biosupermarkt.

„Möchten Sie lieber Tee oder Mineralwasser?"

Da die Raumatmosphäre schon an Kräutertee erinnerte, entschied sich Dirks für Wasser.

Renner stellte zwei Gläser und die Flasche auf den Küchentisch und Dirks nahm Platz. Renner setzte außerdem den Teekessel auf und kramte in einem Hängeschrank. „Irgendwo hatte ich noch Kekse", raunte sie. Es war klar, dass sie das alles nicht aus Gastfreundlichkeit machte, sondern nur, um ihre Nervosität unter Kontrolle zu bringen.

„Nette Sache, das mit dem exklusiven Strandkorb", sagte Dirks. „Warum waren Sie in den letzten Tagen nicht mehr dort? Das Wetter war doch ausgezeichnet."

„Von mir aus könnte es auch mal wieder regnen." Renner hatte die Kekse gefunden und stellte die Dose auf den Tisch. Dann öffnete sie einen weiteren Schrank, um etwas anderes zu suchen.

„Setzen Sie sich bitte!" Dirks entschied sich, allen weiteren Smalltalk zu überspringen, denn offenbar wollte Siegrid kein Vertrauen zu ihr aufbauen. „Ich bin hier wegen des Mordes an Alida Ennen. Worüber haben Sie gesprochen, wenn Sie sich mit ihr im Strandkorb 247 getroffen haben?"

Siegrid Renner nahm auf dem Stuhl gegenüber Platz. „Das ist vertraulich." Sie schien erleichtert darüber, eine gute Antwort gefunden zu haben.

Dirks probierte einen Keks. Er schmeckte so staubig, als ob man ihn bei der Graböffnung von Tutenchamun gefunden hätte. „Sind Sie Psychologin oder Seel-sorgerin?"

„Ich habe keinen Schein von einer Universität, wenn Sie das meinen. Aber ich habe viel gelesen und verfüge über eine Menge Lebenserfahrung."

„Wie haben Sie Alida Ennen kennengelernt?"

„In einem Internet-Chatroom. Sie brauchte jemanden, um zu reden."

„Über Hannes Kegel?"

Renner antwortete nicht.

„Alida Ennen hat Sie erst aufgesucht, nachdem sich Hannes Kegel mit ihr verlobt hat. Da ist es naheliegend, dass es um die Beziehung zwischen den beiden ging."

„Ich sagte schon, das ist vertraulich. Ich werde Ihnen nichts über den Inhalt der Gespräche erzählen. Sie können mich nicht dazu zwingen."

„Ein Richter wird das sicherlich anders beurteilen. In

welchem Beruf haben Sie denn eine Ausbildung? Wodurch finanzieren Sie sich?"

„Mein Mann hat mir genug Geld hinterlassen, nachdem er verstorben ist." Renner schaute sie giftig an. „Haben Sie denn schon Alidas Mörder gefunden? Darum sollten Sie sich kümmern, anstatt harmlose Bürger zu belästigen!"

Dirks hielt Renners Blick stand und plötzlich glaubte sie, neben der offensichtlichen Feindseligkeit auch eine unterschwellige Dankbarkeit dafür zu spüren, dass man sie gefunden hatte. „Alidas Tod hat Sie sehr getroffen, nicht wahr?"

Siegrid Renner antwortete nicht, aber ihre Lippe zuckte.

„Um den Mörder zu identifizieren, brauchen wir Ihre Hilfe, Frau Renner. Erzählen Sie mir, worüber Sie mit Alida gesprochen haben!"

Siegrid schüttelte den Kopf.

„Wir wissen, dass Alida Ennen 300.000 Euro zusammengekratzt hat, um sie Cordelia Folkmann zu geben. Warum?"

Die Stille wurde nur durch das Bellen eines Hundes unterbrochen.

Dirks zog ein Foto von Mine Conrads aus der Tasche. „Dieses Mädchen wurde ebenfalls ermordet."

Siegrids Gesicht verlor jede Farbe. „Das hätte nicht passieren dürfen."

„Ach ja? Außerdem ist noch dieser junge Mann ums Leben gekommen." Dirks zeigte ihr ein Foto von Kai Wiemers. „Da ist wohl irgendetwas vollkommen aus dem Ruder gelaufen, was?"

„Ich kann Ihnen nicht helfen, Frau Dirks!"

„Warum nicht?"

Siegrids Augen wurden feucht, auch wenn sie sich zwang, das nicht zuzulassen.

„Warum können Sie mir nicht helfen, Frau Renner?"

„Ich brauche Ihre Zusage, dass Sie nichts, was ich Ihnen mitteile, gegen mich verwenden werden."

Dirks' Blick blieb hart. „Das kann ich Ihnen nicht versprechen. Wenn Sie etwas Unrechtes getan haben, müssen Sie die Verantwortung dafür übernehmen."

Siegrid wandte sich ab und man konnte förmlich spüren, wie die Frau mit sich selbst rang. Nach einer Weile schaute sie Dirks entgeistert an. Dann wickelte sie sich langsam den Seidenschal ab.

26. Therapie

Auf das erste Klingeln reagierte Hermina Ortgiesen nicht, also läutete Breithammer erneut. „Kriminalpolizei! Wir wissen, dass Sie da sind, Frau Ortgiesen!" Er schlug gegen die Wohnungstür. „Wenn Sie nicht sofort öffnen, brechen wir das Schloss auf."

Die alte Dame zog die Tür nur so weit auf, wie es die Sicherheitskette zuließ. „Bitte?"

„Kommissar Oskar Breithammer." Er zeigte ihr seinen Ausweis.

„Da war gestern schon jemand bei mir", antwortete Hermina ruhig. Dann entdeckte sie Fee. „Was machst du denn hier?"

„Ich sollte Ihnen doch Bescheid sagen, wenn der Unhold geschnappt wurde."

Hermina schaute sie ungläubig an. Sie zog die Sicherheitskette auf und ließ Breithammer und Fee herein. „Du weißt ja bereits, wo das Wohnzimmer ist, Fee."

Breithammer fand den Weg auch alleine.

„Sie haben also den Mann gefunden, der Fee und mir das Geld abgenommen hat?" Hermina setzte sich an den Wohnzimmertisch.

„Wir sind hier, damit Sie uns seine Adresse sagen."

„Wie bitte? Ich verstehe nicht."

Breithammer setzte sich ebenfalls. „Hätten Sie vielleicht die Güte, mir ein paar Familienfotos zu zeigen? Besonders würden mich die von Ihrer letzten Geburtstagsfeier interessieren."

„Ich verfüge über keine solchen Fotos."

„Dann helfe ich Ihnen aus." Breithammer legte das

Phantombild auf den Tisch. „Wo ist dieser Mann?"

„Ich weiß nicht, wovon Sie sprechen."

„Sie wissen ganz genau, wovon ich spreche! Warum sollte man sich mit 50.000 Euro zufriedengeben, wenn man auch 300.000 Euro haben kann? Sie haben diesen Mann damit beauftragt, das Geld von den anderen Leuten an der Bushaltestelle einzutreiben. Also, wo ist er?"

„Sie sind ein ganz unverschämter Kerl!", schimpfte Hermina. „Was fällt Ihnen ein, mich so zu beschuldigen? Sie sind ein Rüpel und ich werde mich bei Ihrem Vorgesetzten beschweren."

Ein leises Geräusch erregte Breithammers Aufmerksamkeit, es hatte geklungen, als ob irgendwo etwas auf den Boden gefallen war. „Hast du das auch gehört?", fragte er Fee.

Fee nickte. „Ich glaube, es kam aus dem Raum dort." Sie zeigte auf die zweite Tür im Flur.

Breithammer stand auf und zog seine Pistole. Es handelte sich um dasselbe Modell wie seine alte Waffe, die ihm Cordelia Folkmann abgenommen hatte, trotzdem fühlte sich die neue fremd an.

„Was haben Sie vor?" Herminas Stimme wurde schrill. „Sie können nicht einfach in meine Räume gehen. Das ist mein Schlafzimmer!" Sie sprang auf, um Breithammer festzuhalten, doch es war für ihn kein Problem, die alte Frau abzuschütteln.

„Pass auf sie auf", wies er Fee an.

„Wo ist denn Ihr Durchsuchungsbefehl?", rief Hermina verzweifelt. „Sie brauchen einen Durch-suchungsbefehl!"

Breithammer stieß die Schlafzimmertür auf und hielt die Pistole mit beiden Armen vor sich. Auf den ersten

Blick wirkte der Raum leer, doch im großen Wandspiegel konnte man auch den verborgenen Winkel hinter dem Schlafzimmerschrank sehen. „Kommen Sie sofort raus!"

Brüllend stürzte sich der Mann auf ihn. Mit dem ersten Fausthieb schlug er Breithammer die Waffe aus der Hand und der zweite traf ihn ins Gesicht. Den dritten Schlag wehrte Breithammer ab und teilte seinerseits einen rechten Haken aus. Der Mann mit der Krawatte trat nach ihm, doch Breithammer konnte ausweichen und ihn auch mit der Linken treffen. Der Mann taumelte und entdeckte die Pistole auf dem Boden. Als er sich danach bückte, bekam Breithammer die Krawatte zu greifen. Er drehte das grüne Stück Stoff einmal um seinen Hals und zog zu.

Der Mann richtete die Waffe auf ihn, aber schaffte es nicht abzudrücken. Die Krawatte schnitt ihm die Luft ab, und erst als er die Pistole fallen ließ, lockerte Breithammer seinen Griff.

„Lassen Sie sofort meinen Sohn los!" Hermina erschien im Türrahmen. „Ivo hat nichts getan! Die anderen haben ihm das Geld freiwillig gegeben!"

„Nachdem er sie eingeschüchtert und bedroht hat", erwiderte Breithammer. „Und Mine hat er erwürgt, als sie sich gegen ihn gewehrt hat."

„Das stimmt nicht!", rief Hermina.

Breithammer zerrte Ivo hoch und legte ihm Handschellen an. „Setz dich auf das Bett", befahl er dem Mann, während er seine Pistole aufhob und sicherte. „Und jetzt erzähl mir deine Version."

Ivo Ortgiesen atmete tief ein. „Ich hatte mal einen Schlüsseldienst", sagte er. „Unser Markenzeichen war die grüne Krawatte."

„Verstehe." Breithammer nickte. „So kamst du also problemlos in Mine Conrads' Wohnung. Und was ist dann passiert?"

„Ich habe sofort gewusst, dass irgendwas nicht stimmt. Mein Instinkt hat mir geraten, abzuhauen, doch es ging ja um 50.000 Euro. Also bin ich in die Wohnung gegangen, um zu sehen, was los ist. Im Wohnzimmer lag das Mädchen auf dem Boden. Ich habe ihr mit dem Feuerzeug in die Augen geleuchtet, um zu testen, ob sie noch lebt, aber die Pupillen haben keine Reaktion gezeigt."

„Mine war also bereits tot, als Sie in die Wohnung kamen."

„Genau. Ich habe einen Riesenschreck bekommen und wollte verschwinden, da kam Fee Rickels. Sie hat geglaubt, ich hätte Mine umgebracht, und ich dachte mir, das kann mir nur dabei nützen, das Geld von ihr zu bekommen. Als wir dann jedoch in Fees Wohnung waren und ihr Geld verschwunden war, da wurde mir das alles zu viel. Ich hatte keinen Bock mehr und wollte mich erst mal mit Mutti beraten."

„Weichei!", rief Hermina. „Wir hatten schon den Anteil von Mine abgeschrieben, da wollte ich nicht noch auf das Geld von dieser übergewichtigen Modetussi verzichten."

Fee starrte Hermina verdattert an.

„Komm schon, Mädel, das einzig Schöne an dir ist dein Name."

„Jedenfalls habe ich ja noch das Geld von Fee bekommen", sagte Ivo. „Auch wenn ich dazu extra zu einem Rockfestival fahren musste." In seiner Stimme klang ein bisschen Stolz mit.

„Wo ist das Geld jetzt?", fragte Breithammer.

„Wir haben es nicht mehr." Ivo seufzte. „Vor etwa einer Stunde war eine Frau hier und hat es uns abgenommen." Er schaute Fee an. „Du warst gestern zusammen mit ihr hier."

„Cordelia Folkmann", sagte Breithammer.

„Sie hat sich mir nicht vorgestellt! Ich wollte ihr den Ausgang zeigen und da hat sie mich gehörig aufs Parkett geschickt. Hätte ich der zierlichen Frau gar nicht zugetraut."

„Was für eine Schande", jammerte Hermina. „Dabei ging es ihr doch eigentlich gar nicht um das Geld."

Breithammer schaute die alte Dame überrascht an. „Was wollte Folkmann dann?"

„Den Koffer, in dem das Geld transportiert worden war! Sie hat gesagt, nur der Koffer wäre wichtig."

Breithammer blickte zu Fee.

„Mine hat mir am Donnerstag eine seltsame Nachricht geschickt", erzählte Fee. „,Ich habe Angst', hat sie geschrieben und: ,Ich habe noch etwas gefunden.' Offenbar war in dem Koffer noch etwas anderes als Geld."

*

Diederike Dirks starrte entsetzt auf Siegrid Renners Hals: Die Haut war grausam entstellt. „Wie ist das passiert?"

„Ich stand in der Küche, um Abendbrot zuzubereiten. Mein Mann trat hinter mich und hat mir einen Kuss auf den Hals gegeben. Dann begann er, an meinem Ohrläppchen zu knabbern. ,Ich habe gehört, du warst ein böses Mädchen', hat er gesagt. Dann hat er ein Fläschchen geöffnet und mir Säure über den Hals gegossen. ‚Das nächste Mal ist dein Gesicht dran‘, hat er gesagt.“

Dirks spürte einen fetten Kloß im Hals. „Sind Sie zur Polizei gegangen? Haben Sie ihn angezeigt?“

Siegrid schaute sie spöttisch an. „Das war meine Strafe, weil ich am Tag vorher bei der Polizei gewesen war! Glauben Sie wirklich, dass man mir dort geglaubt hat?“

„Aber das hier ist offensichtliche Körperverletzung! Ein Arzt hätte Ihnen diesen Säureangriff bestätigen können!“

„Was nützt mir das, wenn man es meinem Mann nicht nachweisen kann? Wir waren alleine und wie so oft stünde es nur Wort gegen Wort. Wenn mein Mann in einer Sache gut ist, dann, dass er die Leute um den Finger wickeln kann. Nur deshalb bin ich auf ihn hereingefallen. Er war stets der charmante Kerl, den alle mochten, und ich war die komplizierte Frau, die dankbar sein sollte, so einen tollen Hecht zu haben. Niemand hätte was gegen ihn unternommen und nach der Säureverletzung habe ich begriffen, dass ich ihn besser nicht noch einmal gegen mich aufbringen sollte.“

Dirks wollte etwas sagen, aber ihr fehlten die Worte.

„Sie können es sich nicht vorstellen, welch eine Hölle das ist, jeden Tag in Angst zu leben“, fuhr Siegrid fort. „Jeden Morgen habe ich dafür gebetet, dass mein Mann bei der Arbeit erfolgreich sein würde, denn wenn er mit schlechter Laune nach Hause kam, ließ er sie an mir aus. Dafür, dass mich Gott von ihm befreien möge, dafür habe ich nicht gewagt, zu beten, denn immerhin hatte ich einen Eheschwur geleistet, nicht wahr? Aber ich habe mir gewünscht, dass er sich in den Menschen verändern würde, den ich einst in ihm gesehen habe. Ich war in einer Horrorwelt gefangen und ich hatte keine Kraft, um zu entkommen."

„Aber dann ist Ihr Mann gestorben", sagte Dirks mit trockener Kehle. „Das haben Sie vorhin erzählt."

Auf Siegrids Gesicht zeigte sich trotz der Tränen ein breites Lächeln. „Vor sieben Jahren hatte er einen Unfall. Wenn das nicht geschehen wäre, wäre ich zerbrochen. Aber plötzlich war ich frei! Es fühlt sich so an, als ob ich erst an diesem Tag geboren worden wäre."

Dirks musste ebenfalls lächeln, obwohl sie das eigentlich nicht wollte. In Siegrids ansteckender Fröhlichkeit schwang auch ein seltsamer Unterton mit. Oder bildete sie sich das nur ein? Wahrscheinlich war sie einfach nur zu erschüttert durch Siegrid Renners Geschichte, kein Mensch sollte so etwas durchmachen. „Was hat das mit Alida Ennen zu tun?" Dirks stutzte. „Hatte sie etwa auch unter einem gewalttätigen Mann zu leiden?"

Siegrid versteckte ihre Narben wieder unter dem Seidenschal. „Die Verlobung mit Hannes Kegel war tatsächlich der Auslöser dafür, dass Alida mit jemandem sprechen musste. Manchmal spült auch ein freudiges Ereignis böse Erinnerungen nach oben."

„Was hat sie erlebt?"

„Als junge Frau wurde sie wiederholt vergewaltigt. Sie hat es geschafft, sich von ihrem Peiniger zu lösen, aber trotzdem war ihre Seele aufs Tiefste beschädigt. Die Verlobung mit Hannes Kegel hat einen ganzen Strudel an Gefühlen in ihr ausgelöst. ,*Er ist perfekt und ich bin es nicht*', hat sie gesagt. ,*Wie soll ich ihm jemals eine richtige Partnerin sein?*' Wenn ein Mensch, der ohnehin schon wenig Selbstbewusstsein hat, dauerhaft gedemütigt wird, dann reagiert er häufig mit Selbsthass. Man gibt sich selbst die Schuld für das, was passiert ist. Alida wurde viel von Schuldgefühlen geplagt. ‚*Ich selbst konnte ihm entkommen*‘, hat sie gesagt, ‚*aber was ist mit den jungen Frauen, die nach mir kamen? Ich hätte verhindern müssen, dass noch jemand anders von ihm missbraucht wird.*‘“ Siegrid schaute Dirks direkt in die Augen. „Alida hat überlegt, ihn jetzt noch anzuzeigen. Aber letztlich hatte sie Angst, dass der Ruf von Hannes Kegel darunter leiden würde, wenn seine Verlobte plötzlich mit so etwas an die Öffentlichkeit ginge. Es wäre auf jeden Fall eine schwere Belastung für die junge Ehe geworden. Also hat sich Alida auf das eingelassen, was ich ihr vorgeschlagen habe.“

„Und was haben Sie ihr vorgeschlagen?“

Siegrid senkte den Blick. „Ich habe ihr gesagt, dass sie erst frei ist, wenn dieses Schwein tot ist.“

Dirks schluckte.

„Ich habe Ihnen erzählt, dass ich keine Kraft hatte, mich selbst aus meinem Teufelskreis zu befreien. Meistens trifft es die Menschen, die ohnehin schon ein geringes Selbstbewusstsein haben und alles in sich hineinfressen. So jemand hält es noch weniger aus, wenn bei einer Gerichtsverhandlung die Sachen an die Öffentlichkeit gezerrt werden und man wiederholt über intime Details sprechen muss. Dann werden sie ein zweites Mal zu Opfern. Ich habe nur eine einzige Frau getroffen, die sich wirklich gewehrt hat. Trotz ihrer Schwächen hat sie ihr Leben radikal verändert und sich Fähigkeiten antrainiert, um anderen Frauen zu helfen.“

Dirks begriff, wen Siegrid meinte. „Sie sprechen von Cordelia Folkmann.“

Siegrids Blick war stahlhart. „Vor sieben Jahren hat mich Cordelia von dem Stück Scheiße befreit, mit dem ich verheiratet war, und nun habe ich ihre Telefonnummer an Alida Ennen weitergegeben."

Dirks musste diese Worte erst sacken lassen. „Ihr Mann ist also nicht bei einem Unfall verstorben, sondern durch eine Auftragskillerin ermordet worden!"

„Für mich ist sie ein Engel der Gerechtigkeit."

„Ein Todesengel mit einem stattlichen Stundenlohn! Es gibt Leute, die erledigen so einen Job für weitaus weniger als 300.000 Euro."

„Aber von denen weiß niemand, worum es wirklich geht! Cordelia hat dasselbe erlebt wie wir. Außerdem nimmt sie nur so viel Geld von denen, die es sich leisten können. Sie finanziert damit auch Projekte für Frauen, die ärmer sind."

Dirks wollte das jetzt nicht weiter diskutieren. „Alida Ennen hat also Cordelia Folkmann damit beauftragt, ihren früheren Peiniger umzubringen", fasste sie zusammen. „Um wen handelt es sich? Wer hat Alida Ennen damals so gequält?"

„Ich weiß es nicht", entgegnete Siegrid. „Alida hat immer über ihre Gefühle gesprochen, nicht über ihn. Aber sein Name und die Anweisung, wie er sterben soll, befinden sich in dem Geldkoffer, den sie Cordelia übergeben hat."

Dirks stand auf und tigerte in der Küche hin und her. Angestrengt versuchte sie, die neuen Informationen mit ihren bisherigen Erkenntnissen zusammenzubringen. *Alida Ennen ist die Auftraggeberin und Cordelia Folkmann die Killerin. Die Zielperson ist unbekannt, ihre Informationen befinden sich jedoch im Koffer. Aber warum ist Alida Ennen tot? Wer hat sie getötet?*

Nach und nach fügten sich die Puzzlesteine in ihrem Kopf zusammen und Dirks konnte das ganze Bild sehen.

Am Mittwoch holt Cordelia Folkmann den Koffer mit ihrem Auftrag in Norddeich-Mole ab. Sie schaut jedoch nicht sofort nach, wer ihre Zielperson ist. Als Kai Wiemers den Porsche stiehlt, verliert Cordelia nicht nur das Geld, sondern auch die Information, wen sie umbringen soll! Deshalb jagt sie dem Koffer nach, um ihre Auftragsbeschreibung wiederzuerlangen.

Als Kai Wiemers jedoch beim Autounfall ums Leben kommt, bricht Cordelia ihre Verfolgung ab. Sie fährt nach Norderney, um sich ein Alibi zu beschaffen und abzuwarten, bis sich der Sturm gelegt hat. Als klar ist, dass die Polizei sehr wenig weiß, geht Cordelia am Freitagabend ins Inselhotel Kaiser, um sich direkt bei Alida Ennen nach der Zielperson zu erkundigen. Da ist es aber schon zu spät. Irgendwie hat nämlich die Zielperson herausgefunden, dass es Alida auf ihr Leben abgesehen hat, und hat den Spieß umgedreht. Die Zielperson hat die Auftraggeberin ermordet.

Aber wie hat die Zielperson herausgefunden, dass Alida sie umbringen lassen wollte? Indem dieser Mann den Koffer gefunden hat. Der Koffer war in Mine Conrads' Zimmer gewesen, also musste auch die Zielperson bei Mine gewesen sein.

Der Peiniger kannte somit auch Mine. Aber sie hatten doch nach einer Verbindung zwischen Mine und Alida gesucht und keine gefunden! Wenn Alida jedoch von dieser Person gequält worden war, dann hatte sie gewiss aus Scham alle Erinnerungen an ihn aus ihrem Lebenslauf gelöscht.

Plötzlich wusste Dirks, um wen es ging. Es kam dafür nur eine Person infrage. Aber hatte diese Person nicht ein Alibi für den Mord an Mine? Warum sollte seine Angestellte lügen?

Dirks dachte daran, dass sich Mine am Tag ihres Todes hatte krankschreiben lassen. Und am Tag vorher hatte sie nicht mit dem Fahrrad nach Hause fahren können. *Mines mysteriöse Krankheit ist ein Hinweis darauf, dass auch sie missbraucht wurde. Die Gerichtsmediziner haben bei der Obduktion zwar keine Anzeichen für eine Vergewaltigung gefunden, allerdings gibt es auch sexuelle Praktiken, bei denen der Täter keine DNA-Spuren beim Opfer hinterlässt; außerdem muss bei einer psychischen Abhängigkeit, wie sie zwischen Ausbilder und Lehrling besteht, der Vergewaltiger nicht zwangsläufig körperliche Gewalt für seine Taten anwenden.*

Auch wenn dieser Mann bisher einen recht sympathischen Eindruck auf Dirks gemacht hatte, jetzt war es an der Zeit, sich ihn genauer anzusehen, als sie es bisher getan hatte.

27. Cordelia

Cordelia Folkmann bog hinter der Bushaltestelle ab und fuhr auf den Hof vom Restaurant *Friesenflügel*. Nur ein weiteres Auto stand auf dem Parkplatz, aber es war auch Montagvormittag. Der Himmel war bedeckt und ein Gewitter zog auf. Das Rot der großen Mühle leuchtete in dieser Wetterlage bedrohlich.

Am Fahrradständer waren zwei Räder angeschlossen. Eines davon hatte Mine Conrads gehört, die am Mittwoch nicht damit nach Hause fahren konnte, weil sie „krank" gewesen war. Wäre sie an diesem Tage nicht mit dem Bus gefahren, hätte sie vielleicht überlebt, aber was wäre das für ein Leben gewesen?

Cordelia zog die Polizeipistole aus der Handtasche und lud sie durch. Heute würde sie das erste Mal jemanden mit solch einer Waffe töten. Das war eine der vielen Situationen, in denen sie sich wünschte, kein erstes Mal erleben zu müssen. Aber es war notwendig und sie hoffte inständig, dass ihre Hand ruhig bleiben würde. Glücklicherweise hatte sie in schwierigen Situationen bisher immer Nervenstärke bewiesen. Sogar als sie Fee entführt hatte, was eigentlich gegen alle Prinzipien verstieß, die sie sich selbst gesetzt hatte.

Cordelia stieg aus und ging auf das Restaurant zu, der Kies knirschte gleichmäßig unter ihren Schritten. Im Gebäude lag ein betörender Duft in der Luft. Was war das für ein Gewürz? Es würde sie ihr Leben lang an diesen Moment erinnern. Und auch die Geräusche von Töpfen und Pfannen, die in der Großküche von der Decke hingen und eine ganz eigene Musik erschufen.

Sie trat in die Küche. Auf dem Herd brutzelte die

geheimnisvolle Sauce alleine vor sich hin. Auf einem Holzbrett lagen säuberlich geschnittene Tomaten und Champignons. In der Spüle war ein frisch gewaschener Salat, die Wassertropfen schlugen gleichmäßig auf den Edelstahl.

„Nikolas Geiger?" Cordelia schaute sich um, doch der Koch war nirgendwo zu sehen. Langsam ging sie weiter.

Plötzlich sprang er hinter dem riesigen Kühlschrank hervor und schwang ein großes Messer. Ihr Arm schnellte hoch und fing den Angriff ab, genauso den zweiten und dritten Hieb. Geiger stieß das Küchenmesser nach vorne, doch Cordelia wich zur Seite aus. Sie packte sein Handgelenk und schlug den Arm auf die Arbeitsplatte, sodass die Stichwaffe auf den Boden fiel. Mit der anderen Hand schnappte sich der Koch ein Filetiermesser. Diesmal traf er sie am Arm, aber ihre Bluse erlitt den größeren Schaden. Cordelia benutzte einen Wok als Schutzschild, doch Geiger drängte sie zusehends nach hinten. Sie sprang zur Seite und ließ ihn in die Leere stechen. Nun hatte sie genug Platz, ihre Kickboxfähigkeiten einzusetzen. Der erste Tritt galt der Hand mit dem Messer und die Waffe flog in hohem Bogen in Richtung Herd, wo die Sauce aufspritzte. Es folgte ein gesprungener Drehkick, der den Koch endgültig außer Gefecht setzte. Er lag auf den glänzenden Fliesen, Cordelia zog die Pistole und zielte zwischen seine Augen.

„Na los, drück ab!" Geiger atmete schwer. „Erschieß mich!"

„Ich möchte erst Angst in deinen Augen sehen. Bekenne, was du getan hast!"

Geiger lachte auf. „Meinst du etwa, ich würde irgendwelche Schuld empfinden?" Er grinste. „Ich lebe im Moment, Schätzchen. Ist das nicht das Geheimnis eines glücklichen Lebens? Ich mache das, wonach mir gerade ist. Die Sachen gehen so lange gut, wie sie gutgehen, und diesmal habe ich offensichtlich Pech gehabt."

Cordelias Zeigefinger zuckte, doch es löste sich kein Schuss.

Geigers Augen strahlten Verachtung und Spott aus. „Wie hast du mich eigentlich gefunden?"

„Leider ist mir das viel zu spät klar geworden. Mine hatte nicht mit besonders vielen Leuten Kontakt. Und nur einer davon konnte auch etwas mit Alida zu tun haben. Alida hat mal eine Ausbildung zur Köchin bei dir angefangen, nicht wahr?"

Geiger nickte wehmütig. „Leider hat sie schon nach drei Wochen abgebrochen. Dabei war sie so begabt! Die kurze Zeit mit ihr hat mich sehr inspiriert und ich hätte ihr gerne noch mehr beigebracht."

„Du hast sie in den drei Wochen mehrfach vergewaltigt!"

„Ich ficke alle meine Auszubildenden! Sie sollen schließlich was für's Leben lernen. Ich gebe ihnen meine Kunst weiter, da kann ich wohl volle Hingabe verlangen. Kreativ zu sein ist ein kraftraubender Prozess, irgendwo muss diese Energie ja herkommen. Soll ich etwa auch noch für Sex bezahlen?"

„Du bist Abschaum!"

Geiger grinste. „Ich mache die Leute mit meinem Essen glücklich. Heute Morgen hat mich sogar ein Fernsehsender angefragt."

Cordelia drückte ab und der Schuss zerschmetterte die Fliese neben Geigers Kopf. Endlich zeigte der Koch Nerven! Sein selbstverliebtes Lächeln war weg und auf seiner Stirn glänzten Schweißperlen.

„Erzähl mir von Mine!", forderte Cordelia.

„Da gibt es nicht viel zu sagen. Am Mittwoch war ich sehr nett zu ihr, es war ganz harmlos, sie musste nicht mal die Beine breit machen. Trotzdem hat sie danach rumgeflennt, also habe ich ihr freigegeben. Sie wollte nicht mit dem Fahrrad nach Hause fahren, weil sie angeblich Schmerzen hatte. Ich habe ihr sogar angeboten, sie zu bringen, aber sie wollte lieber den Bus nehmen. Am Donnerstag ist Mine dann nicht zur Arbeit gekommen, obwohl wir so viel zu tun hatten. Ich bin zu ihrer Wohnung gefahren und habe sie zur Rede gestellt, da hat sie mir direkt ins Gesicht gesagt, dass sie kündigt. Ich habe zu ihr gesagt: ‚Diese Ausbildung ist dein Traum. Träume erfüllt man sich nur mit harter Arbeit und nicht, wenn man sofort aufgibt, wenn einem was nicht passt. Aber ich will mal nicht so sein. Wenn du weiterhin vollen Einsatz zeigst, bekommst du eine Gehaltserhöhung.'

Da hat sie mich angeschrien. ‚Ich brauche dein Geld nicht mehr! Ich habe jetzt selbst genug!'

‚Ach ja? Und woher hast du das Geld?'

‚Verschwinde! Hau ab!'

Sie hat mich geschlagen, da habe ich rotgesehen und bin ihr an die Gurgel gegangen. Ich habe immer fester zugedrückt, das war geil. Schließlich ist sie leblos auf den Boden gesunken. Danach bin ich in ihr Zimmer gegangen, um nach dem ‚Geld' zu suchen. Gefunden habe ich jedoch nur einen Koffer. Darin waren ein Umschlag mit meinem Foto und ein Zeitungsausschnitt mit dem Artikel über meine Restauranteröffnung. Dazu gab es eine Nachricht: *Es soll wie ein Unfall aussehen, aber er soll wissen, dass es Alida Ennen war, die seinen Tod in*

Auftrag gegeben hat.' Du glaubst gar nicht, wie mich das geschockt hat! Ich habe den Koffer mitgenommen und bin erst mal zurück zur Arbeit gefahren. Dort habe ich mich dann entschlossen, Alida zu zeigen, dass ich mich nicht verarschen lasse." Der Schweiß war versiegt und Geigers überhebliches Grinsen kehrte zurück. Mit dem Zeigefinger deutete er auf die Pistole. „Was für eine Art von Unfall willst du damit eigentlich vortäuschen?"

„Das ist jetzt auch egal, Hauptsache, die Welt ist endlich frei von dir." Cordelia krümmte den Zeigefinger, um Geigers dämonisches Grinsen endgültig auszulöschen. Da spürte sie einen Schlag im Nacken und sackte zu Boden.

*

Nikolas Geiger lachte übermütig. „Schön, dass du kommst, Nadine."

„Das war wohl im allerletzten Moment." Die Kellnerin stand da mit einer Eisenstange, die sie Cordelia Folkmann übergezogen hatte.

Der Koch wuchtete sich hoch und holte Klebeband, um Folkmann zu fesseln.

„Was hast du mit ihr vor?", fragte Nadine.

„Ich weiß noch nicht. Aber diese verfluchte Kuh hat einen langsamen Tod verdient. Erst mal will ich sie in der Mühle einsperren." Er wickelte das Klebeband um Folkmanns Fuß- und Handgelenke.

Cordelia Folkmann kam wieder zu Bewusstsein und starrte ihn benommen an.

„Du bist total dilettantisch", spottete Geiger.

„Ich weiß, dass ich kein Profi bin", entgegnete sie. „Ich mache das nicht, weil ich gut darin bin, sondern weil es sonst niemand macht."

Geiger klebte ihr den Mund zu. „Auf jeden Fall sitzt du jetzt in der Scheiße. Du glaubst, ich hätte Alida und Mine gequält? In den nächsten Tagen wirst du erfahren, was echte Qualen sind." Er wickelte ihr das Klebeband mehrmals um den Kopf, bis Folkmann keinen Mucks mehr von sich geben konnte. Er wandte sich zu Nadine. „Hilfst du mir, sie rüber zur Mühle zu schleppen?"

„Erst mal sollten wir uns darüber unterhalten, was ich für eine Belohnung bekomme", erwiderte die Kellnerin. „Immerhin habe ich dir gerade zum zweiten Mal den Arsch gerettet."

„Zum zweiten Mal?"

„Ich habe dir ein Alibi gegeben, schon vergessen? Nur meinetwegen hat sich die Polizei nicht weiter nach dir erkundigt. In Wahrheit warst du letzten Donnerstag fast zwei Stunden weg. Hast du etwa so lange gebraucht, um Mine den Hals umzudrehen?"

„Was willst du?"

Nadine lächelte breit. „Ich will Teilhaberin vom Restaurant werden. Fünfzig Prozent, gleichberechtigte Partner!"

Das Blut schoss Geiger in den Kopf und er packte Nadine am Hals.

Die Kellnerin starrte ihn mit schreckgeweiteten Augen an.

„Gierige Schlampe! Du willst einen Anteil vom *Friesenflügel*? Gar nichts bekommst du! Ich habe schon zwei Menschen erwürgt, da kommt es auf einen dritten auch nicht an."

„Aber du brauchst mich doch." Nadine röchelte. „Du brauchst mein Alibi und du brauchst mich im Restaurant. Wir sind ein gutes Team."

Geiger drückte noch fester zu. „Ich bin von niemandem abhängig! Hörst du? Von niemandem!"

Nadine versuchte verzweifelt, sich zu wehren, doch ihr fehlte die Kraft und die Eisenstange fiel auf den Boden. Ihre Muskeln erschlafften, trotzdem presste Geiger weiter. Das Blut in seinem Kopf rauschte und er hörte kaum noch ein anderes Geräusch.

Aber da war noch ein anderes Geräusch. Draußen heulten Sirenen.

*

Zwei Streifenwagen rasten durch die Einfahrt und stoppten abrupt vor der Mühle. Es folgten der Audi von Diederike Dirks und der VW von Breithammer.

Dirks stieg aus und zog ihre Pistole. „Zwei Leute in die Mühle, zwei in den Biergarten!", wies sie die Kollegen an. „Wir gehen in die Küche, Oskar."

Auch Breithammer zückte seine Waffe, gemeinsam rannten sie auf das Restaurant zu. Dirks riss die Tür auf und Breithammer gab ihr Deckung. Kurz darauf waren sie im Gebäude.

Dirks ignorierte den Duft und bewegte sich mit schnellen Schritten auf die Küche zu, Breithammer folgte ihr. „Nikolas Geiger? Wir nehmen Sie fest wegen Mordes an Mine Conrads und Alida Ennen."

Der Koch stand am Herd und rührte in einer Pfanne. „Das ist wohl ein Scherz, Frau Hauptkommissarin." Er steckte seinen Finger in die Sauce und schleckte daran. „Himmlisch. Wollen Sie nicht auch mal probieren?" Er streckte ihr den Finger hin.

Dirks packte die Hand, drehte ihm den Arm auf den Rücken und legte ihm Handschellen an.

„Ich kenne keine Alida Ennen", behauptete Geiger. „Und warum sollte ich Mine ermorden? Denken Sie etwa, ich liebe es, mich zu überarbeiten? Mine war meine beste Arbeitskraft, ich habe am meisten darunter zu leiden, dass sie tot ist! Außerdem habe ich ein Alibi. Nadine kann bezeugen, dass ich den ganzen Donnerstag hier war."

„Deswegen wollte ich noch mal mit Ihrer Kellnerin sprechen." Dirks übergab Geiger an Breithammer. „Wo ist sie?"

„Sie muss erst heute Abend kommen", erwiderte Geiger. „Gerade ist das Wetter zu schlecht. Haben Sie vielleicht die Wettervorhersage gesehen? Wissen Sie, wie es in den nächsten Tagen wird?"

„Halten Sie die Klappe! Sie können froh sein, dass ich Sie vor Cordelia Folkmann erwischt habe. Die hätte nämlich kurzen Prozess mit Ihnen gemacht."

„Ach ja?" Geiger blickte sie spöttisch an. „Hätte sie das?"

„Bring ihn nach draußen, Oskar. Ich komme gleich nach."

Breithammer führte Geiger ab.

Dirks blieb in der Küche stehen und atmete tief durch. Ein Teil von ihr wünschte sich, dass Cordelia Folkmann doch vor ihr hier gewesen wäre. Obwohl das auch nicht das Leid aufwiegen würde, das Geiger angerichtet hatte. Noch niemals war nach einem Fall das Gefühl von Leere und Bitterkeit größer gewesen.

Wie wollen wir jetzt Cordelia Folkmann finden? Wird sie weiter ihren blutigen Nebenjob ausüben? Die beste Möglichkeit, Folkmann zu erwischen, bestand wahrscheinlich darin, ihr hier im Mühlenrestaurant eine Falle zu stellen. Das sollten sie wohl gleich in Angriff nehmen. Dirks schaltete die Herdplatte aus und verließ die Küche.

Kurz hinter der Tür blieb sie stehen. Warum hatte Geiger sie so spöttisch angesehen, als sie von Cordelia Folkmann gesprochen hatte? Dirks ging zurück in die Küche. Auf einmal sah sie die Eisenstange auf dem Boden liegen und ein großes Fleischmesser. Da war Klebeband und eine Fliese schien zerstört. Außerdem gab es kleine Blutflecken. Sie führten von der kaputten Fliese weg hin zu einer Metalltür.

Dirks legte den Hebel um und zog die Tür zur Kühlkammer auf. Auf dem eisigen Boden lagen Cordelia Folkmann und Nadine.

28. Code

Die Nacht zum Dienstag verbrachte Fee zur Beobachtung im Krankenhaus. Es tat gut, einfach zu schlafen, fernzusehen und sich bedienen zu lassen. Endlich durfte sie sich wieder sicher fühlen. Sie hätte auch noch länger bleiben können, aber da war plötzlich eine Energie in ihr, die sie unbedingt nutzen wollte. In ihrem Kopf machte sie sich eine Liste der Dinge, die sie als Nächstes tun wollte. *Wohnung kündigen, Job kündigen, Bewerbungsunterlagen vorbereiten.* In welche Stadt sollte sie ziehen? Sie kannte sich so wenig in Deutschland aus. Wahrscheinlich würde sie das davon abhängig machen, welchen Job sie bekommen würde.

Für einen Moment stellte sie sich vor, dass sie doch 50.000 Euro besitzen würde. Dann wäre alles leichter. *Warum muss es leicht sein?* Sie würde das auch so schaffen. Und wenn sie in ein paar Jahren in ihrem eigenen Modeladen stehen würde, dann konnte sie umso mehr stolz sein auf das, was sie erreicht hatte.

Fee grüßte die Nachbarin Frau Müller und stieg die Treppen hoch zu ihrer Wohnung. Sie schloss die Tür auf und ging hinein. Glücklicherweise hatte sich der Zigarettenrauch von Ivo Ortgiesen gelegt. Es war schön still. Sie trat in die Küche, füllte den Wasserkocher und stellte ihn an. Er war aus Glas und sie konnte zusehen, wie er allmählich zu blubbern begann. Fee schaute in den Teeschrank und entschied sich für die Ostfriesenmischung, damit fühlte man sich immer zu Hause.

Plötzlich beschlich sie ein beklemmendes Gefühl. Sie war nicht alleine in der Wohnung, das spürte sie ganz deutlich. Alles in ihr verkrampfte sich. Sie bewaffnete sich mit einer Allzweckschere und ging vorsichtig ins Wohnzimmer.

Jemand saß auf der Couch.

„Eiko!"

„Ich habe immer noch einen Schlüssel." Grinsend klimperte er mit seinem Schlüsselbund. „Und ich habe dir Cornflakes mitgebracht." Er hielt die Papppackung hoch.

„Was machst du hier?"

„Willst du nicht die Schere weglegen?"

„Nein."

Eiko stand auf und trat dicht vor sie. „Auf dem Festival haben alle plötzlich nur noch von dir und deinem Auftritt für ‚Starter' geredet. Es hat mich sehr beeindruckt, wie hartnäckig du mir hinterhergerannt bist." Er blickte ihr tief in die Augen. „Wollen wir es nicht noch mal zusammen versuchen?"

Fees Herz wurde warm und ihr Puls beschleunigte sich.

„Du warst immer etwas Besonderes für mich, Fee. Ich bin so ein Idiot, dass ich mit dir Schluss gemacht habe. Das tut mir ehrlich leid." Er fuhr ihr zärtlich durchs Haar.

Fee steckte ihre Hand in seine Hosentasche und zog den Schlüsselbund heraus. Sie löste ihren Wohnungsschlüssel ab und behielt ihn für sich.

„Verschwinde", sagte sie. „Ich will nichts mehr mit dir zu tun haben."

*

Am Samstagabend saßen Diederike, Jendrik, Oskar

und Folinde wieder im Restaurant *Nuevo* zusammen. Folinde sah umwerfend aus in ihrem glitzernden Kleid. Ihr feuerrotes Haar bildete unendliche Locken, offensichtlich war sie heute beim Friseur gewesen. Auch Oskar trug einen festlichen Anzug. *Ist es heute etwa wirklich so weit? Wird Oskar tatsächlich um Folindes Hand anhalten?* Diederike blickte aufgeregt zu Folinde und sie strahlte erwartungsfroh zurück.

Während des Essens unterhielten sie sich jedoch noch über den Fall, der Diederike immer noch Alpträume bescherte.

„Cordelia Folkmann und Nadine haben beide überlebt", berichtete Oskar. „Cordelia sitzt bereits in normaler Untersuchungshaft, Nadine hat allerdings eine starke Kehlkopfverletzung erlitten und muss länger behandelt werden."

„Ich finde Cordelia Folkmann ja äußerst faszinierend", gestand Folinde. „Wie viele Männer hat sie wohl getötet?"

„Das ist noch nicht abzusehen", sagte Dirks. „Die Leichen von ihrem und Siegrid Renners Ehegatten werden auf jeden Fall ausgegraben und neu untersucht, auch wenn sie schon seit Jahren unter der Erde liegen. Die Frage ist, wie gründlich Folkmann bei ihren Taten vorgegangen ist. Aber die Straftaten in diesem Fall reichen auch schon aus für eine Verurteilung. Selbst wenn man den Kampf mit Kai Wiemers als Notwehr einstuft, weil er sie angegriffen hat, so hat sie Fee Rickels entführt und einen Mordauftrag angenommen. Den Aktenkoffer, in dem das Geld und Geigers Akte waren, haben wir in der Mühle gefunden."

„Die holländischen Kollegen haben außerdem den ehemaligen Bassisten von ‚The Gröling Dead' ausfindig gemacht und beschlagnahmt, was von den letzten 50.000 Euro übrig geblieben ist", erzählte Breithammer grinsend.

„Aber der richtige Verbrecher ist Nikolas Geiger!", ereiferte sich Folinde. „Ich hasse es sogar, seinen Namen auszusprechen. Ihm kann man doch hoffentlich alles beweisen, oder?"

Dirks nickte. „Die Kriminaltechnik konnte mittlerweile seine Genspuren sowohl in Alida Ennens als auch in Mine Conrads Wohnung sicherstellen. Außerdem haben wir sein Gesicht auf den Überwachungsvideos der Reederei identifiziert. Dazu kommt das erschütternde Geständnis, das er Cordelia Folkmann gegenüber abgelegt hat. Wir sind gerade dabei seine weiteren Auszubildenden zu kontaktieren. Es ist schrecklich."

„Eine Frage habe ich trotzdem noch", sagte Jendrik. „Nach Alida Ennens Tod habt ihr doch ganz intensiv nach einer Gemeinsamkeit zwischen Alida Ennen und Mine Conrads gesucht. Wieso habt ihr dabei nicht herausgefunden, dass Alida ebenfalls eine Ausbildung bei Nikolas Geiger gemacht hat?"

„Weil sie aus Scham alle Hinweise auf Nikolas Geiger aus ihrem Lebenslauf getilgt hat. Niemand sollte jemals wissen, dass sie irgendetwas mit ihm zu tun gehabt hatte."

Betreten widmeten sie sich wieder dem Essen. Diederike hatte allerdings kaum noch Appetit, und soweit sie es beurteilen konnte, ging es den anderen genauso.

Oskar fand als Erster seine Fassung wieder. „Kommt schon, Leute. Heute ist ein Abend zum Fröhlichsein. Wir dürfen uns durch diesen Scheißkerl nicht auch noch dieses Treffen vermiesen lassen."

Jendrik pflichtete ihm bei. „Ja, wir haben unsere eigenen Leben und damit muss es auch weitergehen."

Er hatte recht. Dirks griff nach seiner Hand und blickte zu Oskar. Heute Abend sollte es doch um die Verlobung mit Folinde gehen. Diesen wundervollen Moment durften sie sich nicht stehlen lassen. *Unglaublich, dass sie heiraten wollen. Es ist noch nicht einmal ein Jahr her, als Oskar Folinde in einem Mordfall als Zeugin vernommen hat.*

„Dann sollten wir uns noch einen leckeren Nachtisch bestellen." Oskar winkte den Kellner zu sich und zwinkerte ihm zu.

Diederike bekam eine Gänsehaut. *Jetzt kommt der große Moment. Ich freue mich so.* Sie wagte es nicht, zu Folinde zu sehen, trotzdem spürte sie ihre Aufregung.

Der Kellner kam mit einem Tablett, auf dem ein Meer von Wunderkerzen zischend Funken versprühte. Das aktuelle Lied wurde unterbrochen und „Lady in Red" von Chris De Burgh erklang. Die Leute an den Nachbartischen beendeten ihre Gespräche und drehten sich zu ihnen um. Spannung lag in der Luft und Diederike war beeindruckt, dass Oskar so ruhig blieb.

Respekt. Aber du kannst ja auch ganz ruhig sein, denn Folinde wird ganz sicher Ja sagen. Diederike lächelte die rothaarige Schönheit glücklich an.

Ein zweiter Kellner stellte Gläser mit Champagner auf ihren Tisch. In einem Glas sammelten sich die Bläschen um einen Diamantring. Dieses Glas bekam jedoch nicht Folinde.

Diederike starrte angestrengt zu Oskar, damit er den Fehler bemerkte, doch der lächelte nur selig.

„Diederike", erklang Jendriks Stimme.

Sie drehte sich zu ihm. Warum kniete er denn auf dem Boden?

„Alles ist in Bewegung", sagte er, „auch das Glück. Sobald man stehen bleibt und es festhalten will, verliert man es." Aufgeregt rang er nach Luft. „Deshalb will ich den nächsten Schritt mit dir gehen. Ich weiß, wir sind erst ein halbes Jahr zusammen, aber die letzten Monate waren die glücklichsten meines Lebens. Ich bin mir felsenfest sicher, dass ich auch den Rest meines Lebens mit dir verbringen will."

Diederike wünschte sich von Herzen, dass Oskar diese Worte zu Folinde gesagt hätte. Der Rothaarigen flossen die Tränen über das Gesicht. Oskar legte seinen Arm um sie. „Oh ja, Schatz, ich bin auch ganz gerührt."

Folinde entriss sich seiner Umarmung und gab ihm eine Ohrfeige. „Du bist so ein Blödmann!" Sie sprang auf und rannte hinaus. Ihre Strickjacke blieb auf der Stuhllehne zurück.

„Was war das denn?" Oskar starrte zu Diederike, um eine Übersetzung zu erhalten.

„Das war Klartext!" Sie konnte es nicht fassen. „Was ist daran so schwer zu verstehen, dass ich es toll finden würde, wenn du dich mit Folinde verlobst?"

„Ich dachte, das wäre ein Code und du redest eigentlich über dich und Jendrik!" Oskars Gesicht war kalkweiß. „Du meinst, – Folinde wollte …"

„Renn ihr hinterher!"

Oskar schnappte sich Folindes Strickjacke und hastete aus dem Restaurant.

Hoffentlich holt er sie noch ein, dachte Diederike. Sie blickte zu Jendrik, der immer noch vor ihr kniete, vollkommen bedröppelt wie ein Hündchen im Regen. Was hatte er als Letztes gesagt?

Jendrik schluckte. „Ich meine es ernst, Diederike. Willst du mich heiraten?"

Sie hörte die Worte, doch ihr Verstand hatte Schwierigkeiten, sie zu verarbeiten. Diederike spürte, wie die Zeit verstrich, Chris De Burgh begann mit der letzten Strophe. Jendrik schaute sie so erwartungsvoll an!

Plötzlich musste sie an das denken, was Oskar zu ihr gesagt hatte. „*Sobald dieser Satz einmal ausgesprochen ist, verändert sich die Beziehung, dann kann man nicht mehr zurück. Der ganze Einsatz liegt auf dem Tisch und es geht um alles oder nichts.*" Diederike lächelte. „Ja, Jendrik, ich will."

Der letzte Akkord verklang und die Gäste applaudierten.

www.stefanwollschlaeger.de

47889153R00181

Printed in Poland
by Amazon Fulfillment
Poland Sp. z o.o., Wrocław